Liberada

Novias 3

Eva Alexander

A R.
Mereces ser feliz, tú y todas las mujeres del mundo.

Contenido

Sin título

Capítulo 1

Casey

—Tiene demasiada sal.

No, no era verdad. La comida llevaba la cantidad justa de sal, los gramos indicados en la receta de mí suegra. Además, no era la primera vez que lo preparaba, pero era la primera en la que él se quejaba.

Tenía tres opciones.

Podría decir la verdad, que la comida era perfecta.

Podría decir que tenía razón y que había cometido un error al cocinar.

Podría decir que si no le gustaba podría preparase él solo la comida.

Todas y cada una de esas respuestas llevaban al mismo desenlace.

Una bofetada o varias.

Un puñetazo o más.

Una patada.

Una costilla rota, un brazo u otra parte de mi cuerpo por debajo de mi cuello, algo que sería fácil de ocultar. Nunca en la cara y no sé si eso es algo bueno o malo.

¿Por qué?

Porque mi marido había tenido un mal día en el trabajo o alguien le había cortado la calle mientras conducía. Podrían ser mil cosas las que lo habían puesto de malhumor y yo iba a pagarlo. Como siempre.

Sí, mi nombre es Casey y mi marido es un maltratador. No lo supe y la verdad es que no había manera de saber que algo estaba mal con él.

Keith Moore, hace diez años era un hombre guapo, alto y moreno. El sueño de cada mujer, ¿verdad? Nos conocimos unos meses antes de graduarme de la universidad y fue una primera cita de película.

Estaba frente de una cafetería cuando justo enfrente de mí tuvo lugar un accidente, dos coches chocaron y corrí a rescatar a las personas que se quedaron atrapadas dentro. Una de las conductoras estaba sangrando y me quedé con ella hasta que llegaron los paramédicos.

Y llegaron para salvar el día, Keith llegó y fue el héroe que le salvó la vida a esa mujer, fue el bombero que me hechizó con su uniforme y sonrisa bonita. No tuve ni una maldita oportunidad, porque en serio, ¿alto, moreno, guapo, bombero? ¿Qué mujer podría resistirse?

¡Dios! Fue perfecto. Nuestras citas eran increíbles, cenas a la luz de las velas, besos en la lluvia, sorpresas y regalos para cada aniversario. Keith era perfecto, era un caballero, cariñoso y me cuidaba como nadie lo había hecho.

Caí, me enamoré tanto y tan rápidamente que en un año llevaba su anillo de compromiso en el dedo, tres meses después su alianza, pero no su apellido. Debería haberme dado cuenta en ese momento, ese día en que le dije que quería guardar mi apellido y se enfadó tanto que tiró la botella de cerveza al otro lado de la habitación.

No lo hice, acepté sus explicaciones, creí que había tenido un mal día en el trabajo y que mi decisión lo tomó por sorpresa. Solo fue una botella, ¿quién no quiere tirar y romper cosas cuando tiene un mal día?

Yo sí, seguramente que tú también.

Ese fue el primero e ignoré los siguientes de la misma manera que lo hice la primera vez. Claro que el cambio fue tan sutil que no me di cuenta o tal vez no quise hacerlo.

Poco a poco dejé de salir con mis amigas.

—Amor, ¿quieres salir cuando yo tenía preparada una cena romántica en casa para los dos?

Y claro que me quedaba en casa, porque quería pasar la noche con él, viendo una película romántica y pensando que me había tocado la lotería que mi novio quería pasar tiempo conmigo y no saliendo con sus amigos.

—Casey, ¿fin de semana con tus amigas cuando podemos ir los dos a la cabaña de mis padres a disfrutar de un poco de tranquilidad?

—¿Viaje de despedida? Pero si todas tus amigas son solteras y lo único que hacen es beber toda la noche, estarás sola. Mejor quédate conmigo, lo pasaremos muy bien.

Beber, otras de las cosas a las que renuncié por él. Ni una copa de vino, ni una cerveza, ni un maldito cocktail. ¿Por qué? Porque Keith consideraba que una mujer decente no bebé alcohol.

Mis amigas dejaron de invitarme cansadas de escucharme decir que tenía otros planes, de llamar porque nunca tenía tiempo para ellas. Ese proceso tardó meses enteros, casi un año y cuando me di cuenta de que me había quedado sin amigas no me pareció tan mal.

Tenía a Keith, a sus amigos, a las esposas de sus amigos, mujeres que él consideraba una buena influencia para mí. Como dije, pasa y no te das cuenta.

Una vez que acabó con las malas compañías Keith se centró en mi trabajo. Era decoradora de interiores y trabajaba para una gran empresa de construcciones. Edificios de apartamentos, oficinas, incluso hoteles, la empresa construía y mi trabajo era decorar.

Era muy buena en lo que hacía, me encantaba, pero a Keith no. Le molestaban las llamadas a todas horas, que tenía que levantarme de la mesa y resolver algún problema. Odiaba a mi jefe, Paul. Estaba en sus cuarenta y tantos años, rico, guapo y soltero y nunca insinuó nada, pero Keith tenía la impresión de que quería algo conmigo. O, mejor dicho, que Paul me deseaba y yo como la mujer débil que era iba a ceder y tener una aventura con él.

Keith odiaba mi trabajo y yo odiaba tener que discutir con él. Ni uno de mis intentos consiguió convencerlo de que ni mi jefe ni ningún otro cliente tenía intención de invitarme a salir.

Fue su idea abrir mi propia oficina y no cualquier oficina, una online. Los clientes me enviaban fotos y medidas del espacio para decorar. Mi trabajo era el mismo, pero algo más difícil.

Necesitaba ver la manera en la que entraba el sol por las ventanas, necesitaba sentir el aire de la habitación. Solía pasar más tiempo en el lugar que tenía que decorar que delante de un ordenador y al final terminé haciendo lo que menos me gustaba.

Pero, por lo menos se acabaron las peleas y durante un tiempo fuimos felices. Keith se iba a trabajar por la mañana y yo me quedaba en cada trabajando con los pocos clientes que se arriesgaban a trabajar con un decorador online.

Tenía mucho tiempo libre y quise aprovechar ese tiempo a salir con mis amigas, pero ya no me quedaba ni una. Quise ir al gimnasio, pero Keith ni siquiera me dejó acabar la proposición.

—*Pensé que el gimnasio...*

Eso fue todo lo que dije antes de ver como su mirada se oscurecía, su rostro se tensaba y el vaso que sostenía en la mano se rompía en mil pedazos. Así que me apunté a una clase de yoga online y no fue lo único que hice online.

Compré ropa, de la normal, no como la que compraba antes, la que Keith consideraba que era indecente. Como vestía fue una de las primeras cosas que cambié por él y fue una de esas muchas cosas de las que no me di cuenta.

Compré comestibles. Hice un curso de cocina online, otro de pintura, otro y otro para llenar mi día, para no volverme loca del aburrimiento.

De salir ni se podía hablar, Keith prefería ir conmigo a hacer la compra y cuando íbamos todo el proceso era un infierno. Tenía que llevar una lista y comprar lo único que tenía apuntado. No podía entretenerme en ningún pasillo o pensar demasiado en que producto quería adquirir.

Lo peor era su enfado, su comportamiento en el supermercado. Todo le molestaba, los clientes, las cajeras, los carros que hacían ruido o no iban tan bien como quería él. Respiraba aliviada cuando llegaba a casa y cuando propuso hacer la compra online me pareció una idea genial.

Amigas no tenía, las esposas de los amigos de Keith trabajaban o tenían hijos de los que cuidar y no podían salir a tomar algo o a comprar. Trabajo tenía, pero no suficiente para mantenerme ocupada.

Los únicos momentos en los que salía era el fin de semana. Con Keith. A comer en casa de su madre. No me entiendas mal, su madre era una mujer encantadora, pero su padre era un hombre horrible.

Era un maltratador y es muy extraño que me di cuenta de ello en cuanto entré en su casa, la primera vez que me senté a su mesa. Vi la manera en la que se comportaba la madre de Keith, la vi y la reconocí.

Pero no pasó por mi cabeza que Keith, tan cariñoso y cuidadoso, podría ser como su padre. No lo creí posible hasta que me dio mi primera bofetada. Pasó dos años después de la boda, boda que no fue la que había soñado desde que era una niña pequeña, fue una ceremonia civil fría e impersonal, pero eso ya es otra historia.

Llevábamos tres años juntos, uno de novios y dos de casados, y aunque habíamos discutido (que es normal, todas las parejas discuten) nunca fuimos más allá de unos gritos y una puerta cerrada demasiado fuerte.

Ese día Keith verificó la cuenta bancaria, la común ya que después de la boda dijo que era mejor tener una para los dos y no separadas. Ya, sé lo que piensas, pero recuerda que en ese momento estaba enamorada y mi cerebro estaba viviendo en el mundo de fantasía que Keith había creado para mí.

Pues, encontró un cargo de una tienda de lencería y no me creyó cuando le dije que le había comprado un regalo a su madre. En su opinión, esa marca solo vendía ropa para putas y que estaba mintiendo, que seguramente había comprado algo para mí.

—*¡Keith! Es un camisón para tu madre* —espeté.

—*¿Tú crees que soy tonto, que no he visto como miras al nuevo vecino?* —gritó.

—*¿Qué vecino?*

—*No te hagas la estúpida, Casey. Sé lo que has estado haciendo todo el día en casa* —acusó.

Fue una pelea como todas, ya sabía que los celos eran un problema para él, pero nunca pensé que me acusaría de engañarlo así de repente y mucho menos sin pruebas.

No recuerdo todo lo que pasó o todo lo que se dijo, se me quedó grabado en la memoria el principio, la razón de la pelea y el final. Se me quedó grabado ese momento en que Keith se acercó, en un instante lo estaba mirando a los ojos y al siguiente sentía la palma de su mano en mi mejilla torciendo mi cabeza hacia la derecha.

Nunca me había metido en peleas, ni en el colegio, ni en la universidad así que no tenía ni idea de lo que se sentía al ser golpeada. En mi casa mucho menos, mis padres no creían en la educación a base de golpes y no tuve hermanos con los que pelear.

Así que la bofetada me tomó por sorpresa, el dolor también, y recuerdo que no podía creer lo que estaba pasando. Estaba mirando a Keith, mi mano cubriendo la mejilla que palpitaba por la fuerza del golpe recibido y pensaba que eso no había sucedido, que no podía pasarme a mí.

En mi mente estaba con un pie fuera de esa casa, no concebía quedarme al lado de un hombre que me había golpeado, pero me miró arrepentido, cayó de rodillas pidiendo disculpas.

Que fue un error.

Que no sabía lo que le había pasado.

Que me amaba tanto que el pensamiento de mí con otro le había hecho perder la cabeza.

Que a él le dolía más que a mí.

Que no volverá a pasar.

Cedí, por Dios, cedí. Lo perdoné y fue el mayor error de mi vida.

Así empezó mi calvario porque una vez que lo hizo y lo perdoné, Keith entendió que podía hacerlo de nuevo, que yo le perdonaría cualquier cosa. ¿Y para qué mentir? Lo hice, durante años perdoné golpe tras golpe, insulto tras insulto, critica tras crítica.

No sé por qué me quedé, quizás porque no tenía a nadie más. Mi padre falleció cuando tenía dieciocho, un infarto a los cincuenta años, y mi madre dos años después en un accidente de coche.

Estaba sola en el mundo con Keith siendo la única persona que declaraba amarme más allá del todo. Para no quedarme sola aprendí todo lo que él quería, que era lo que pretendía de mí. Cambié mi comportamiento, mi manera de hablar, cambié completamente hasta convertirme en la esposa perfecta para Keith.

Pensaba que una vez cumplido el cambio no volvería a pegarme y estaba equivocada, muy equivocada. A pesar de hacer todo como él lo requería los golpes llegaban día sí y día no.

Había empezado un blog donde compartía consejos de decoración, tenía un montón de seguidores entre los que se encontraba la esposa del jefe de Keith. Esa mujer me adoraba y un día que el maquillaje no ocultó demasiado bien el ojo morado que tenía.

Ella lo notó y se le mencionó a su marido que a su turno se lo preguntó a Keith. No hace falta decir que esa noche cuando llegó a casa me golpeó y lo hizo en el abdomen, ahí donde nadie podía ver los moretones.

Desde ese momento me libré de las bofetadas o los puños en la cara y empezaron las patadas o lo que sea que se le antojaba a Keith.

Había periodos de tiempo en los que no me tocaba, en los que volvía el Keith que me había enamorado y aunque rezaba siempre volvía el otro, el hombre que había llegado a odiar.

Llegó el momento en el que ya no podía aguantar y empecé a ahorrar dinero, a esconderlo de él. Tenía una cuenta de ahorro que estaba a nombre de mi madre, una cuenta de la que Keith no tenía conocimiento por el simple hecho de que a mí también se me había olvidado.

Poco a poco, ahorré suficiente dinero para irme lejos. El plan era abandonarlo, encontrar un lugar seguro, lejos de él y pedirle el divorcio. Me había amenazado con matarme, pero había sufrido tanto que no le tenía miedo a la muerte.

Tenía el dinero, estaba lista para irme cuando pasó.

Me quedé embarazada.

Para mí el embarazo era más razón para dejarlo, pero de nuevo Keith cambió y llámame estúpida ya que le di otra oportunidad. Funcionó, durante el embarazo volvimos a ser la pareja feliz que fuimos durante los primeros años.

Esperaba con ilusión el nacimiento de nuestro hijo, Keith no quiso saber el sexo del bebé, estaba convencido de que iba a ser un niño. Siete meses duró el cambio de Keith, siete meses desde que averiguamos que estaba embarazada hasta el momento del nacimiento, hasta que nació nuestra hija.

Keira.

Una pequeña criatura con mis rizos rubios y los ojos azules. Un ser humano que se convirtió en el centro de mi mundo desde el momento en que la pusieron a mi pecho.

Para Keith fue justo lo contrario, fue una desgracia que en lugar de un hijo había nacido una hija. Maldijo en el momento en que la doctora pronunció la palabra niña, se fue del paritorio y no volvió ni siquiera para llevarme a casa.

Dirás que debería haber escapado en ese momento, que era el momento perfecto, sin embargo, no todo es tan sencillo en la vida. Era madre, una madre primeriza que se quedaba despierta mirando a la pequeña respirar, temiendo por su vida, asustada de no saber cómo cuidar a esa pequeña criatura.

Volví a casa en un taxi, mi Keira iba segura en un asiento especial para bebés que me prestaron en el hospital, y en cuanto entré me recibieron el desorden y el olor a alcohol. Keith había pasado los últimos tres días de fiesta y dudo que había sido para celebrar el nacimiento de nuestra hija.

Durante unos días me dejó en paz, pero pronto todo volvió. Volvieron las discusiones, los golpes, los insultos. De nada servía que no hacía nada para provocar su ira, Keith ya llegaba a casa enfadado y cualquier sonido de la niña desencadenaba un infierno, uno que tenía que vivir yo.

Un día, con un dolor atroz gracias a dos costillas rotas y harta de ser un saco de boxeo, le dije que iba a coger a la niña, que me iba. Keith, viendo que yo estaba tumbada en suelo cuando abrí la boca, me empujó con el pie y luego colocó ese mismo pie calzado con botas en mi cuello.

Presionó y presionó hasta que empezó a faltarme aire, a oscurecerse mi vista. Hasta que creí que iba a morirme, pero no pasó. Levantó el pie, se agachó y me miró a los ojos.

—*Déjame y no vivirás un día. Ni tú, ni tu preciosa hija.*

Eso sucedió cuando Keira tenía ocho meses y ahora acababa de cumplir tres. La situación es la misma, golpes día sí y día no, gritos que han convertido a mi hija en una niña asustadiza.

Intenté protegerla, Dios sabe que lo intenté, pero a Keith le daba igual si la niña estaba delante cuando me golpeaba. Sabía que tenía que hacer algo, pero también sabía que nada funcionaba. Ni órdenes de alejamiento, ni la amenaza de pasar tiempo en la cárcel.

Denunciar no era una opción, correr sí y tenía que correr lejos, tan lejos que le sería imposible encontrarme. Lo tenía todo planeado, dinero en una cuenta de la que él no sabía, documentos de identidad y tarjeta de crédito a otro nombre.

Me había costado mucho dinero y esfuerzo conseguirlo, pero el internet había sido de gran ayuda. Encontré a alguien que creó una nueva identidad para mí y Keira, me faltaban dos días hasta empezar la nueva vida que me esperaba a miles de kilómetros lejos de Keith.

Todo lo que tenía que hacer era sobrevivir a esta noche y a la siguiente. Miré el rostro rojo de Keith, rojo por la furia y las cinco cervezas que se había tomado en cuanto había llegado del trabajo, y supe que mi nueva vida empezará con dolor, con mucho dolor.

—Lo siento, te prepararé otra cosa —dije.

—Deberías haberlo hecho bien desde el primer momento, ¿verdad, esposa? —gruñó Keith.

¿Qué podría decir? No había nada que podía calmar su furia, lo sabía después de tantos años, lo que sea que saldría de mi boca iba a llevar a la siguiente etapa. Los golpes. Pues hoy me quedé callada y averigüé que el silencio era lo mismo, el empujón me envió con la silla hacia el suelo y antes de poder reaccionar lo tenía a horcajadas sobre mí.

Dolía tanto, dolía todo, cada parte de mi cuerpo siendo golpeada con los puños librándose solo el rostro. Grité, mejor dicho, sollocé de miedo y dolor. Finalmente, se fue dejándome tumbada en el suelo, luchando por respirar y me quedé ahí mucho tiempo, hasta que el frío me envolvió.

Le tenía miedo al frío desde que falleció mi abuela. Tenía catorce años y en un día soleado de verano la estaba visitando, ese mismo día tuvo un infarto. Murió sosteniendo mi mano, murmurando sobre el frío y eso se quedó conmigo.

Cada vez que Keith iba más allá de un par de golpes y me costaba levantarme pensaba en la abuela, en ese frío que mencionaba, en la muerte. Y estaba tan cerca de la libertad que no había manera de renunciar ahora mismo, Dios no podía ser tan cruel, no podía dejarme morir después de todo lo que había aguantado.

Alargué la mano, me agarré del borde de la mesa e intenté levantarme. Mi brazo izquierdo cedió en cuanto mis dedos se tensaron sobre la mesa. Intenté de nuevo, me puse de lado ahogando los gritos de dolor que sentía y poco a poco me puse de pie.

De ahí todo fue algo más fácil, me dirigí hacia las escaleras y antes de subirlas vi a Keith en el sofá. Dormía roncando, la televisión encendida, ni una preocupación en su vida. Claro que no la tenía, su esposa aguantaba en silencio su abuso, no preguntaba por qué salía cada noche, por qué olía a perfume cuando volvía a casa.

¡Dios, no! Ni loca iba a preguntar por qué salía tanto, sabía que me estaba engañando y le estaba agradecida a esa mujer. Llevaba meses sin tocarme y era una cosa menos de la que debía preocuparme.

El cambio de Keith había llegado también a esa parte, ya no era dulce, era violento y cada vez que me tocaba se sentía como una violación. No lo deseaba, no quería sus manos sobre mí y si no lo quería eso era violación, ¿verdad?

Por eso le estaba agradecida a esa mujer, gracias a ella podía dormir tranquila. Por un lado, me sentía culpable, sabía que ella iba a ser la siguiente, que iba a tomar mi lugar. Keith no sabía estar solo.

Llegué arriba, entré en el dormitorio de Keira y por suerte ella estaba dormida en su cuna. A los tres años seguía durmiendo en la cuna, no quería pasar a la cama y yo también la quería ahí. Sabía que no podía bajar de la cuna sola, sabía que sin importar lo que me pasaba a mí ella estaba ahí arriba, a salvo en su cuna rodeada de sus peluches.

Nueve peluches, todos lobos porque ella tenía una fijación con los lobos, y todos tenían que venir con nosotros. Solo Dios sabe cómo conseguiré meter todo lo que necesitábamos en una mochila.

Lo haré de alguna manera porque no hay otra opción. Mi hija a sus tres años ha llorado más que otro niño, ha visto más violencia que debería y desde ahora adelante solo tendrá risas y felicidad.

Dejar atrás a sus peluches no era una opción.

Capítulo 2

Alan

—¡No quiero ir! —gritó Daniel.

Yo tampoco, hijo, yo tampoco.

Lo pensé, Jesús, lo grité en mi cabeza mientras que mi rostro reflejaba la expresión que mi hijo conocía muy bien, esa que no admitía discusiones.

—Lo sé, Daniel —dije agachándome hasta quedar a su altura, pronto ya no podré hacerlo, mi hijo estaba creciendo demasiado rápido—. Es solo una vez a la semana, pronto será cada dos semanas y antes de darte cuenta ya no tendrás que ir.

—Estoy bien, ¿por qué tengo que ir? —se quejó.

Porque no estás bien.

Porque fui un mal padre.

De nuevo, mantuve lo que de verdad pensaba en mi cabeza.

—Daniel, has vivido unos malos momentos, unos que si no se tratan como es debido dejan traumas de por vida.

—Déjalo, papá —intervino Julia sin quitar la mirada de la pantalla de su teléfono—. A las mujeres les gustan los hombres con traumas.

Miré a mi hija, mi hija de trece años que hablaba sobre algo que no debería. Hombres, mujeres. ¿Qué mierda?

—¿Y qué sabes tú de lo que les gusta a las mujeres? —pregunté, olvidando por un momento que si no salíamos por la puerta en dos minutos íbamos a llegar tarde a la cita con la psicóloga y por lo que cobraba por la hora no era una buena idea tardar ni medio segundo.

—Lo sé, ¿vale? Está en todas las novelas, las mujeres prefieren los chicos malos, los que sufren traumas y por eso las tratan mal — explicó Julia.

Sacudí la cabeza añadiendo otra tarea a mí ya demasiado larga lista, echar un vistazo a los libros que le prestaba mi hermana a la niña.

—Yo no voy a tratar mal a ninguna mujer —espetó Daniel.

En un segundo estaba delante de la puerta poniéndose la cazadora, escondí mi media sonrisa y lo imité. Me puse la cazadora mientras esperaba a Julia que había encontrado algo muy interesante en su teléfono justo en el momento en que teníamos que salir.

—Julia, ¿vienes?

—¿Podemos tomar un café en Starbucks mientras Daniel le cuenta todos sus problemas a la psicóloga? —preguntó.

—Si compras algo sin cafeína, sí.

—Yo quiero una galleta —dijo Daniel, abriendo la puerta.

Salimos de la casa mientras hacia las cuentas y llegaba a la conclusión de que necesitaba otro trabajo. Terapia, café que valía más que cuatro cafés en otra cafetería, ropa, videojuegos, todo mi sueldo se iba en eso y no quedaba mucho más.

Pero los niños eran felices y eso era lo que importaba. Tenían comida y un techo sobre sus cabezas. Tenían a un padre que se preocupaba, uno que iba a enmendar sus errores, uno que no iba a cometer los mismos errores.

Ya no, había aprendido la lección.

Mis hijos lo eran todo para mí y viviré el resto de mi vida demostrándoles que no hay nada más importante que ellos.

Hubo un tiempo en mi vida en la que todo giraba alrededor de una mujer, de sus deseos. Se los cumplí todos y cada uno porque la amaba, eso es lo que haces para la mujer que amas, ¿verdad? Le das todo lo que pide.

Ya.

Se lo di sin importarme a quien hería. Le hice daño a mi propia hermana en nombre del amor. Estuve tan ciego y si no hubiera sido porque ella se aburrió creo que seguiría en la misma situación.

Mi mujer, lo que pensé que era el amor de mi vida, me dejó cuando ya no le fui de ayuda, cuando el dinero se terminó, cuando encontró a otro hombre dispuesto a cumplir sus deseos. Dispuesto y capaz.

Briseida, la mujer con el pelo de fuego, me enamoró cuando todavía era demasiado joven para entender de que iba la vida. Tuvimos hijos demasiado pronto, hijos que cuidé yo porque ella tenía mejores cosas que hacer.

No hice un buen trabajo, los di de comer, los bañé y los envié al colegio. No vi el daño que les provocaba el comportamiento de su madre y el mío. Pensaba que eran demasiado pequeños para entender algo y cuando me di cuenta el daño ya estaba hecho.

Daniel, aunque era muy pequeño, lo pasó peor que su hermana. Se encerró en sí mismo, dejó de hablar con nosotros, dejó de jugar y de sonreír. Poco a poco nos bloqueó, creo su propio mundo y a nosotros nos dejó fuera.

Fue su manera de protegerse de los gritos de su madre, de mi indiferencia y aunque no parece mucho le causó mucho daño. Hay niños y niños, Julia no se vio afectaba por la situación, pero Daniel era un niño mucho más sensible y cualquier cambio le fastidiaba.

Primero fue el ambiente en casa que no era lo que necesitaba un niño tan sensible, luego su madre se fue y durante un tiempo yo tampoco fui muy presente en su vida.

Recuerdo el día en el que me di cuenta de que algo estaba con mi hijo, lo recuerdo como si hubiera pasado ayer. Julia estaba en colegio y me llevé a Daniel a comprar en el supermercado. Estaba comprando cuando empezó una discusión entre un cliente y uno de los empleados, estuve más pendiente de lo que pasaba que de mi hijo.

Lo perdí, me giré y me di cuenta de que mi hijo no estaba a mi lado. Lo busqué por toda la tienda y lo encontré escondido detrás de unas cajas. Sentado en el suelo, la cabeza sobre sus rodillas y las manos tapando sus oídos.

Toqué su cabeza y cuando la levantó me miró con tanto miedo que tuve que sentarme por la impresión. Fue como si alguien hubiera activado una alarma que me despertó.

Desde ese día luché por ser mejor padre, para que Daniel crezca un chico sano, para que Julia no se sienta avergonzada de su padre, para ser una familia.

Lleva años yendo a terapia y por un lado tiene razón, está bien, Jesús, está mejor que bien. Juega, sonríe, se enfada, grita. Es un niño normal, pero eso no significa que hay que bajar la guardia.

—Tía Sarah nos invitó a cenar, ¿vamos? —preguntó Julia.

Me giré en el asiento mirando hacia atrás para aparcar el coche y no contesté.

Sarah, mi hermana.

La persona que pagó por mis errores. Lo único que me quedó después de la muerte de mis padres en un accidente de coche, lo que no supe apreciar. Ella estuvo a mi lado hasta que cegado por ese amor enfermizo la eché de mi casa.

Eché a la calle a una niña, que era una niña que ni siquiera había cumplido dieciocho años. Da igual que ha sobrevivido, que ahora está felizmente casada con un buen hombre. Da igual que me ha perdonado, yo no puedo hacerlo. No puedo perdonarme por lo que hice.

Sarah pasó por un infierno, aunque no fue mi culpa, de eso también me siento culpable. Estuvo sola sin nadie a su lado y no había nada de lo que podía hacer para enmendar esos errores.

Fue ella la que dio el primer paso, la que volvió a nuestras vidas y fue como si nada hubiera pasado. Me perdonó, incluso tuvo la loca idea de irnos todos a vivir fuera del país. Claro que eso era porque no quería verme entrar en la cárcel.

Ahora éramos una familia feliz y todavía hay momentos, justo como este de ahora, en los que me cuesta creerlo. Tengo a mi hermana de vuelta, feliz y sana. Estoy viviendo en la casa de la abuela, casa que vendí para que mi mujer pudiera comprarse más zapatos, casa que Sarah recuperó y que ahora me regaló.

Me cuesta, cada vez que abro la puerta de la casa me muero de vergüenza por lo que hice. Me imagino lo que dirá la abuela, lo que dirán mis padres y me muero un poco cada vez.

A veces me cuesta tanto que si no sería por los niños creo que ni me levantaría de la cama, pero se los debo. Ellos merecen un padre, un hombre que hará todo por ellos, que no los defraudará de nuevo.

—¿Papá? —insistió Julia.

—Sí, dile que ahí estaremos.

Acompañamos a Daniel a la consulta de su psicóloga y luego cruzamos la calle a la cafetería donde mi hija pidió algo que llevaba un nombre tan extraño como los ingredientes. Algo sobre canela, calabaza y chocolate, algo que nunca probaría. Yo era hombre de café solo, negro y amargo, nada de esas tonterías dulces para mí.

—¿Quieres probar? —preguntó Julia.

Sacudí la cabeza sentándome y dejando la silla de la ventana para ella, le encantaba beber su bebida y mirar por la ventana a la gente que pasaba. Podía hacerlo durante horas, a veces sonreía, a veces fruncía el ceño, pero nunca me contaba qué era lo que pasaba por su cabeza.

Era de los pocos momentos en los que Julia se quedaba callada y no creas que no se lo mencioné a la psicóloga, lo hice. Según ella era normal, era la adolescencia, pero para mí la salud física y mental de mis hijos se había convertido en una obsesión.

Cada cosa, por lo pequeña que fuera, tenía que saber qué y cómo. Quizás debería ir en el lugar de Daniel a una o varias citas y hablar de lo jodido que estaba. O no ya que el dinero no me sobraba, el sueldo de un profesor de matemática cubría los gastos habituales de una casa, la terapia de Daniel, los libros de Julia y no quedaba nada más para mí.

No me importaba, había gastado más de lo que necesitaba, más de lo que debía, durante mi matrimonio con Briseida. Ahora todo lo que tenía era para ellos. Era suficiente con vivir gratis en la casa de Sarah.

Ella me ofreció dinero, pero no lo acepté. A lo único que dije que sí fue al abogado, el mejor de la ciudad, ya que quería ver crecer a mis hijos y no pasar los siguientes diez años de mi vida detrás de las rejas de una celda.

¡Jesús!

¿Cómo mierda pude tomar tantas malas decisiones? Briseida, aunque si no hubiera sido por ella no tendría a los niños así que tal vez no fue tan malo. Luego busqué la manera más fácil de ganar dinero para mis hijos y la encontré, fácil e ilegal.

No más, ya se ha terminado esa temporada mala de mi vida, ahora era otro hombre. Era un buen padre, un buen profesor, un buen hermano.

—Papá. —Encontré la mirada de Julia y esperé hasta que ella reunió el valor de preguntarme lo que sea que le estaba pasando por la cabeza. Tenía esa expresión que ya conocía, la que ponía cuando no sabía cómo iba a reaccionar, así que me mantuve en silencio hasta que estuvo lista—. ¿Por qué no sales?

—¿Salir dónde?

—Con tus amigos —dijo Julia, aunque por la manera en la que evitó mis ojos supe que no era lo que de verdad quiso decir.

Llevaba tanto sin salir, tanto que ni podía recordarlo, tal vez fue antes de nacer Daniel. Después de la boda salíamos mucho, pero juntos, nunca solo y cuando nacieron los niños Briseida decía que necesitaba tiempo a solas para desconectar.

¡Jesús! Que idiota, fui tan idiota y no me di cuenta de que estaba pasando. Yo me quedaba con los niños en casa, yo o Sarah, Briseida volvía del trabajo y estaba demasiado cansada para preparar la cena o bañar a los niños.

Era ella la que necesitaba salir para relajarse, la que no movía ni un maldito dedo para sus hijos, excepto para empujarlos fuera de su camino. Daniel, el pequeño Daniel que solo quería el abrazo de su madre se quedaba llorando en el suelo mientras la persona que debía amarlo más en el mundo prefería estar en otro lugar excepto con su hijo.

Lo peor fue que yo la creí, fui tan ciego que no cuestioné su necesitad de divertirse, soy igual de culpable por el daño que le causó a Daniel.

Salir no era algo que deseaba o necesitaba. Los compañeros del colegio me invitaron a tomar algo o a alguna fiesta, pero después de las veces que los rechacé dejaron de invitarme.

—No necesito salir, Julia —dije.

—Pero ¿si no sales cómo vas a conocer a una mujer? —preguntó.

—¿Qué mujer?

—Yo qué sé, una, cualquier mujer que te haga olvidar a la bruja de mamá, una que te haga sonreír, que te haga feliz.

Julia odiaba a su madre y era algo que me preocupaba, siempre la llamaba la bruja de mamá, nunca solo mamá. Tenía razón al odiarla, Briseida fue una mala madre, pero cada vez que veía el odio en los ojos de Julia una parte de mí sufría.

Mi hija no tenía, nunca tuvo, una madre cariñosa.

—Julia.

—No, papá, escúchame. Nos gusta pasar tiempo contigo, ver películas juntos, el maratón de películas terror de viernes es una pasada y me encanta. Amamos ir de acampada a pesar de que me escuchas quejarme todo el tiempo y no cambiaría nada, pero no es normal pasar todo el tiempo con nosotros. Necesitas gente de tu edad, necesitas a una mujer con la que salir y divertirte.

—Quieres decir que me he convertido en un padre pesado, ¿verdad? —bromeé, intentando quitarle hierro al asunto.

Lo que Julia no sabía era que hice una promesa, que nunca más me dejaré engañar por una mujer, nunca más dejaré a una mujer entrar en mi vida y la de mis hijos. No era de fiar cuando se trataba de las mujeres y ya había cometido más errores de los que debía.

Las mujeres ya no existían para mí, las únicas mujeres de mi vida eran Julia y Sarah, mi hija y mi hermana. Ellas eran mi mundo, no necesitaba nada más.

—Papá, ¿has visto a la tía Sarah? ¿Has visto que feliz es con el tío Max? Eso es amor, lo tuyo con la bruja no fue amor del de verdad y eso significa que ahí fuera hay una mujer que te espera. Tienes derecho a ser feliz y Daniel necesita una mujer en su vida.

—¿Y tú?

—Si quieres la verdad entonces te diré que sí. La tía es genial, pero recuerdo como era cuando vivía con nosotros. La alegría, las risas, los desayunos que preparábamos juntos. Quiero eso, papá, para ti, para nosotros. Quiero tener una familia feliz.

Giré la cabeza, miré por la ventana porque no podía seguir viendo la esperanza en los ojos de Julia. Prometí hacer todo para ellos, para hacerlos felices, pero eso era algo que no podía cumplir.

Una mujer en mi vida.

¡Jesús! De ninguna maldita manera, no cometeré otra vez el mismo error, pero ¿cómo explicarle eso a una niña de trece años? Debía enseñarle que no hay que renunciar, que hay que seguir adelante hasta conseguir lo que te propones.

—No es tan fácil, Julia. Un amor como el de Sarah y Max no aparece de la nada —dije.

—Claro que no, por eso deberías salir. Ve a un bar, al cine. ¿Cómo vas a conocer a alguien si estás todo el tiempo en casa o trabajando?

Había algo que amaba de Julia, su insistencia. Si quería algo no paraba de insistir, de hablar de ello hasta el cansancio. Me preparé para días o semanas de escucharla hablar de que debería salir y sé que al final cederé.

Lo que no sabía era cómo, dónde o sí encontraría algún día a ese amor que ella deseaba para mí.

Capítulo 3

Alan

—Deberías salir.

Tomé un trago de mi cerveza e ignoré a Sarah. Max estaba al cargo de la barbacoa con Daniel y Julia les estaba contando Dios sabe qué, pero era algo bastante divertido por las risas que se escuchaban.

—Estoy bien aquí —dije acomodándome mejor en mi tumbona.

Era la verdad, me gustaba mirar a mis hijos pasándolo bien y no había mejor lugar que el porche de la casa de Sarah y Max.

—Salir a tomar algo, a divertirte —continuó Sarah.

—¿Tú también? —gruñí.

—¡Sí! Julia tiene razón, ¿sabes? Necesitas salir, pasar tiempo con otras personas y quién sabe, tal vez incluso conocerás a una mujer...

—¡Sarah, no! —Levanté la mano interrumpiéndola en medio de lo que sabía que era lo mismo que me había dicho Julia horas antes—. Lo he jodido la primera vez, me enamoré de la mujer equivocada y otros pagaron el precio por mi error. Tú, mis hijos. No permitiré que eso vuelva a pasar.

Sarah, que a veces cuando me miraba de esa manera, con sus ojos llenos de preocupación, me recordaba a mi madre y Dios sabe que no me gustaría saber qué pensaba mi madre de mí, de lo que había hecho con mi vida.

Se levantó de su tumbona, caminó hasta la mía y después de empujar mis piernas a un lado, se sentó.

—No pasará, Alan. Confío en ti, confío en que has aprendido tu lección y que no cometerás los mismos errores —dijo Sarah.

—Me alegro de que alguien lo hace porque, Sarah, yo no confío en mí mismo. Te pido que me ayudes con Julia, convéncela que es una idea loca, que no necesito a ninguna mujer, que soy feliz con ellos y no necesito nada más.

—¿Y sexo?

—No voy a hablar de sexo con mi hermana pequeña —gruñí.

Sarah sonrió mirando a Max. Puse los ojos en blanco y tomé otro trago de mi cerveza.

Sexo.

Había pasado tanto tiempo desde que lo había practicado que incluso pensaba que se me había olvidado cómo se hacía. La última vez que estuve con una mujer fue justo después de que Briseida me envió los papeles de divorcio.

Esa noche dejé los niños con una niñera y fui a emborracharme. Terminé en un bar, en la parte de atrás, con una mujer morena que me encontró guapo y suficientemente bueno para tocarla.

Para Briseida era soso, aburrido, feo cuando mi cabello rubio se convirtió en gris. No tenía ambiciones dijo. No tenía un propósito en la vida. No tenía millones en la cuenta. Era un perdedor.

Tenía razón, durante años fui nada. Fui una fantasma en la vida de mi familia, pero esa noche, esa mujer, por unos momentos me devolvió la confianza en mí mismo. Fui un hombre deseado, un hombre que le provocó placer a una mujer, que la hizo sonreír.

Eso fue hace años y desde entonces nada, solo yo y la compañía de mi mano, a veces ni eso. Debería preocuparme ya que ni siquiera he cumplido cuarenta y mi libido ha desaparecido, pero la verdad es que era una preocupación menos.

No necesitaba más problemas y las mujeres iban a traer problemas. Conocer a una mujer, salir a cenar, a pasar tiempo juntos, irnos a vivir juntos era demasiado trabajo para mí.

Luego estaban los niños, Daniel y Julia eran buenos chicos, hacían sus tareas, recogían sus habitaciones y ayudaban en la casa, pero a veces no había manera de entenderme con ellos.

Julia era una adolescente y las hormonas habían hecho su aparición en nuestras vidas con todo lo que significaba eso. Cambios de humor, llanto por nada, especialmente en esos días del mes.

¡Jesús! No quiero recordar el momento en el que tuve que hablar con ella sobre la menstruación, no sé quién se sintió más avergonzado, ella o yo.

Daniel era un niño normal, pero que necesitaba más atención y cariño de lo normal.

Ninguna mujer entendería eso, que mis hijos son lo primero en mi vida y yo no estaba para la labor de involucrarme con una mujer sabiendo que no iba a llevar a nada. ¿Para qué? No tenía ni un sentido.

—Hablaré con Julia, pero solo si prometes que lo pensarás —dijo Sarah.

—De acuerdo —asentí al mismo tiempo que Daniel nos llamaba a comer.

—Vale, hermano mayor, hablaremos dentro de una semana —dijo ella y se fue corriendo hacia los chicos antes de poder preguntarle que quiso decir con una semana.

Estaba muerto.

Con Julia iba a ser difícil librarme de salir a conocer al

amor de mi vida, ¿con Julia y Sarah en el mismo bando? No tenía ni una maldita oportunidad.

Las dos eran lo más importante en mi vida y tenían algo más en común. Julia era rubia, tenía el mismo tono miel de cabello que había tenido yo, los ojos verdes de mi madre y Sarah tenía la sonrisa de mi madre.

Cuando las miraba la recordaba a ella, a mi madre, la única persona que podía abrazarme, sonreírme y decirme que todo iba a salir bien. Y le creía. Sería un milagro si iba a aguantar una semana sin ceder, solo esperaba no arruinar nuestras vidas de nuevo eligiendo a la mujer que no debía.

Dos días más tarde me di cuenta de que había sido suficiente abrir el tema. Al día siguiente llegué al trabajo y noté que Heidi, la profesora de Daniel, me sonrió más de lo normal. Incluso noté su escote, aunque era imposible no hacerlo si ella llevaba la mano todo el tiempo ahí donde tenía los botones abiertos de su camisa.

Poco a poco empecé a darme cuenta de las sonrisas, de los coqueteos y lo peor es que prefería no haberlo hecho. No sabía cómo responder a esas invitaciones, algunas no tan sutiles, y me pregunté cómo lo había conseguido antes.

Incluso ahora que estaba comprando en el supermercado había recibido más de una mirada. Lo entendía, no era un hombre feo a pesar de lo que dijo Briseida la noche en la que me pidió el divorcio.

Era alto, los ojos verdes que era lo que más llamaba la intención. Alto y delgado gracias a las horas que pasaba en el gimnasio, bueno, en el gimnasio que había improvisado en el garaje. Así que entendía de donde venían todas esas miradas y que yo me sentía incomodo era mi problema.

—Pero, mamá, quiero las galletas de chocolate.

Levanté la mirada de mi lista de compras y busqué a la dueña de la voz, la encontré a unos metros de mí. La niña que no debía de tener más de tres años, con unos rizos rubios que me recordaban a Julia cuando era pequeña, miraba a su madre, suplicando por unas galletas.

—Hoy no, cariño —respondió la madre, cogiendo el paquete de galletas y colocándolo de nuevo en la estantería.

A la madre no la pude ver bien, solo vi que su hija había heredado de ella el color del cabello, que era alta y delgada, muy delgada. También vi que su ropa era limpia, pero muy usada y no era algo en lo que me hubiera fijado antes, pero teníamos un nuevo programa en el colegio.

Un programa en el que los profesores debíamos estar pendientes no solo de señales de abuso, maltrato, también de dificultades económicos. Había que estar atentos si comían el almuerzo, si lo traían de casa o lo compraban en la cafetería, si llevaban siempre la misma ropa, si estaba limpia.

Era un trabajo extra para los profesores, pero había sido de gran ayuda. A veces todo lo que necesitan esos niños es que alguien les presté un poco de atención.

Supe que la negación de la madre no tenía nada que ver con que las galletas no eran buenas para los niños o que contenían mucho azúcar sino con el hecho de que no podía permitírselo.

Madre e hija se alejaron, la niña mirando atrás hacia donde estaban las galletas y algo me pasó, no sé qué fue o por qué. Cogí todos los paquetes de galletas y los puse en mi carrito, luego cogí lo que me faltaba de comprar y me apresuré hacia las cajas.

Estuve más pendiente de las compras de la madre que de colocar las mías en la cinta. Pan, lonchas de queso y manzanas. Ella pagó y se fue mientras a mí me seguían cobrando. Maldije, a mí, a todas las comparas que hice porque mientras yo perdía el tiempo ahí la madre e hija se iban.

Salí lo más rápido que pude del supermercado, mirando a izquierda y derecha, buscándolas, pero no había ni rastro de ellas en el aparcamiento.

—¡Mierda! —maldije, empujando el carrito hacia mi coche.

Eran solo galletas, nada más que unos pocos dólares, pero para esa niña era mucho más y había fallado. Por qué me sentía de esa manera era un misterio. Era una niña, una madre, que estaban pasando por un mal momento. Había miles como ellas, pero nunca hice nada para ninguna.

De vez en cuando le daba dinero al sintecho que esperaba en las escaleras del restaurante donde iba a almorzar, pero nada más. Tal vez lo que pasó con Daniel me marcó, sabía lo que pasaba cuando nadie te veía, cuando nadie te tomaba en cuenta y no quería eso para esa niña pequeña.

Si solo pudiera regalarle unas galletas, si solo pudiera hacerla sonreír por un breve momento.

Llegué a mi coche y me detuve cuando al otro lado vi unos rizos rubios. Acerqué el carrito al maletero mirando hacia donde estaba la niña. La madre estaba buscando algo en el maletero y la niña estaba saltando, cantando algo sobre lluvia.

Sonreí feliz, por lo visto se le había pasado el enfado por las galletas.

—¡Maldita sea! —exclamó la mujer, con la cabeza todavía metida en el maletero.

—¡Mamá, no! —chilló la niña.

La mujer se enderezó solo para agacharse enfrente de la niña.

—Lo siento, cielo. Estoy un poco enfadada y por eso usé una mala palabra. No volverá a pasar, ¿de acuerdo?

La niña asintió o creo que lo hizo, estaba demasiado perdido mirando los ojos de la mujer. Eran de un azul indescriptible, no era el color del cielo del verano, no era el color del mar, eran todos esos tonos mezclados en el azul más precioso que había visto en mi vida.

Y cuando esos ojos se posaron sobre mí estuve perdido, tan hechizado que la vi ponerse de pie y hablarme, pero nada de lo que decía llegó a mi cerebro. El miedo llegó, el miedo que llenó sus ojos y la manera en la que agarró a la niña preparándose para echar a correr. Ese miedo me trajo de vuelta.

—Hola —dije, intentando sonar amable y normal, no como un pervertido.

—Hola —contestó la niña, mientras que la madre me miraba con precaución.

—Vamos, cielo, es el tiempo de irnos —dijo la madre.

—¡Espera!

Ella no esperó, cerró el maletero y caminó hasta la parte de atrás del coche y abrió la puerta. Vi el asiento infantil colocado ahí, pero también vi montones de cajas, bolsas, mantas y almohadas. La madre e hija vivían en el coche.

¿Cómo mierda era eso posible?

Sabía que pasaba, pero hasta ahora nunca me había dejado tan impactado.

—Tengo galletas —dije, en el mismo momento en que las palabras salieron de mi boca me di cuenta de lo mal que sonaba y la mujer me lo hizo saber con su mirada, con la negación de su cabeza—. Lo siento, sé que sueña extraño, pero he comprado todas esas galletas y mis hijos no se las van a comer. Daniel no come chocolate y Julia prefiere los Oreo.

—No, gracias —dijo ella al mismo tiempo que la niña tiraba de la manga de su jersey.

Un jersey rosa al que le faltaban dos botones, pero que de alguna manera se veía perfecto sobre el vestido blanco. ¿Qué mierda pasaba conmigo? ¿Desde cuándo me fijaba en lo que vestían las mujeres y en lo que bien se ajustaban a sus curvas?

¡Maldita Sarah con sus preguntas sobre sexo!

—Mamá, quiero galletas. Por favor —suplicó la niña.

Entonces vi en el rostro de la mujer lo que veía en el mío cada vez que me miraba en el espejo. Culpa, miedo, preocupación. Empujé el carrito cerca de la niña.

—Mira, toma todas las que quieras —le dije.

Ella no se movió hasta que no obtuvo la aprobación de la madre que fue una sonrisa, de hecho, una sonrisa preciosa.

¡Jesús! Tal vez la mujer tenía razón en pensar que era un pervertido.

La pequeña metió la mano entre las barras del carro y cogió una caja de galletas, tuvo que luchar un poco para sacarla, pero cuando lo consiguió sonrió. Sonrió y juro que fue como si me hubiera partido un rayo.

Esa felicidad por una simple caja de galletas no era normal, no era justo. Nada era justo, ni que esa madre no podía permitirse comprar galletas, ni que tenían que vivir en el coche.

Sin saber su nombre, sin conocerla de nada tomé una decisión.

—Alan Wilder —dije mirando a los ojos de la mujer—. Profesor de matemáticas, divorciado, padre de dos niños, tengo antecedentes penales por vender drogas, pero juro que estás a salvo conmigo. Tengo un apartamento encima del garaje, no es mucho, un dormitorio y un salón con cocina abierta, pero es tuyo si lo quieres. Es gratis, puedes quedarte el tiempo que quieras. Sin preguntas, sin contrato de alquiler. Puedo darte el número de mi hermana, ella puede decirte todo lo que necesitas sobre mí y si eso no te convence está la vecina, la señora Leonor que es una mujer adorable podrá asegurarte que estarás segura ahí. Estarás segura ahí.

La mujer parpadeó varias veces antes de sacudir la cabeza.

No.

Claro que dijo que no, mi propuesta era de locos. No me conocía, podría ser un pervertido o un asesino en serie. Tenía razón en no confiar en mí y más cuando era una madre soltera con una niña pequeña a cargo.

—Por lo menos llévate las galletas —dije.

—Gracias —murmuró ella, pero sin hacer un movimiento hacia el carrito.

Metí la mano en el bolsillo, saqué una tarjeta de visita que había sido algo que se le ocurrió a Julia hace unos meses y como no, le di el gusto.

Alan Wilder, profesor de matemáticas.

Amherst Avenue, 17

Puse la tarjeta sobre una caja de galletas y di un paso atrás.

—Olvidé comprar aceite, ¿me harían el favor de cuidar mis compras por dos minutos? —pregunté y me fui antes de esperar una respuesta.

Caminé hasta el supermercado sin mirar atrás y solo giré la cabeza cuando estuve dentro, pero no pude ver nada. Compré el aceite que no necesitaba y otro paquete de galletas que habían repuesto entre tiempo, se me antojaron después de ver a la niña tan feliz.

¡Jesús! Necesitaba un poco de esa felicidad y quizás esas galletas tendrán en mismo efecto sobre mí.

Al volver al coche la madre e hija estaban en el suyo y arrancaron en cuanto me vieron acercarse. Del carro habían desaparecido las galletas y la tarjeta, pero había aparecido una manzana roja.

Guardé las compras en el maletero y la manzana en el bolsillo de mi cazadora. Subí al coche rezando para esa mujer y su hija. Difícil de creer, pero en el momento en que averigüé que Sarah no estaba muerta empecé a rezar.

La secuestraron y mantuvieron prisionera durante un año, durante un año en el que pensé que mi hermana estaba muerta. Fui un cabrón con ella, pero una vez que Briseida se fue la venda que cubría mis ojos desapareció y me di cuenta de todo lo que había hecho.

Recibí la llamada de la policía y cuando escuché que ella estaba viva caí de rodillas, di gracias a Dios por esa nueva oportunidad. Nunca había rezado, ni siquiera cuando mis padres me llevaban a la iglesia los domingos. Me sentaba ahí pensando en cualquier cosa sin entender la necesidad de estar en un banco con la cabeza bajada recitando una oración.

Poco a poco empecé a rezar, cuando las cosas eran difíciles o cuando pasaba algo que me traía felicidad y ahora era un buen momento para rezar. Por esa niña, por su madre, por encontrar un buen lugar donde vivir, por encontrar lo que sea que necesitaban.

Pasaron unos días y no podía dejar de pensar en esa madre y esa niña. Esperé una llamada que nunca llegó. Cada vez que salía o entraba en el garaje buscaba en la calle por si había decidido aceptar mi oferta, pero no había ni rastro de ellas.

Incluso fui al supermercado esperando encontrarlas y cuando me detuve en el pasillo de los dulces mirando las cajas de galletas me di cuenta de que tenía que parar. Le ofrecí ayuda y ahora dependía de ella, si quería la ayuda ofrecida sabía dónde encontrarme.

Pasó cuando había dejado de preguntarme que habrá pasado con ellas. Pasó un día que dejé a Daniel a su cita con la psicóloga, Julia estaba con una amiga estudiando, aunque no estaba seguro de que era lo que iban a estudiar, si alguna materia del colegio o las redes sociales.

Salí a pasear durante una hora lo que duraba la cita y caminé sin pensar en nada, sin ver nada. Los momentos en los que podía vaciar mi mente de todos pensamientos eran muy escasos.

Paseaba sin ninguna preocupación hasta que escuché la voz.

—¡Mamá, quiero!

Fue muy extraño como pude reconocer esa voz solo después de escucharla una vez. Me detuve y las vi, la madre y la niña. Enfrente de una tienda de juguetes, la madre agachada delante de la niña, intentando evitar una rabieta.

No podía escuchar lo que le susurraba, pero podía ver que no funcionaba. La niña insistía e insistía.

—El lobo, quiero el lobo.

Después de echar un vistazo al escaparate de la tienda encontré al culpable. Un lobo de peluche de unos treinta centímetros, con boca grande y dientes blancos, vestido con una camisa naranja de cuadros.

Entré a la tienda y tuve suerte, no había muchos clientes y pude comprar el lobo en menos de dos minutos. Al salir las encontré en la misma posición, un poco peor ya que la niña se había puesto a llorar.

Me vio, mejor dicho, vio el peluche, con esos ojos llenos de lágrimas y sonrió.

—¡Lobo! —chilló.

La madre inclinó la cabeza para ver qué era lo que miraba su hija y nuestras miradas se encontraron. El miedo estaba ahí.

—Hola.

Eso fue todo lo que dije, acerqué el peluche a la niña y en cuanto lo cogió me di la vuelta. Me fui, pero por un segundo había podido ver la felicidad.

¡Mierda!

Galletas y peluches.

A veces la felicidad está en las cosas más pequeñas e insignificantes. Un dulce, un juguete. Ha pasado tanto tiempo desde que sentí ese tipo de felicidad, claro que soy feliz cuando veo a mis hijos crecer sanos, cuando los veo reír o cuando me abrazan y me dicen que me quieren.

Pero en el fondo no era feliz, no como lo fui cuando era niño o adolescente viviendo en casa de mis padres. Nada se podía comparar con esa felicidad, con el saber que hay otros que te cuidan, que no tienes ni una preocupación en el mundo.

Quizás por eso quería ayudar a esa mujer y a su hija, porque era fácil y podría por un breve momento traerle alegría, esa que yo añoraba.

Fui caminando, alejándome de la tienda de juguetes y cuando me detuve al semáforo sentí como alguien tiraba de mi cazadora. Me giré pensando que era un ladrón, pero solo era una niña.

La niña con sus rizos rubios que se habían escapado de una horquilla de color rojo y le caían sobre los ojos. Tenía al lobo agarrado fuerte con una mano y en la otra sostenía una manzana.

—Gracias —dijo, levantando la mano con la manzana.

La cogí y la pequeña se echó a correr, a pocos metros la esperaba su madre que hizo un gesto con la cabeza, tal vez un agradecimiento, estaba demasiado lejos para poder descifrar su expresión.

Guardé la manzana en el bolsillo, la otra se la había comido Daniel el día después cuando lo recogí del colegio. Ese niño siempre tenía hambre y estaba seguro de que esta tendrá la misma suerte.

Caminé de vuelta y en cuanto recogí a Daniel la mujer y la niña desaparecieron de mi mente. Pasó otra semana y el encuentro con esa mujer pasó a ser un recuerdo vago.

Y luego otra.

Capítulo 4

Alan

Mi día favorito de la semana, el viernes, hoy era de todo menos favorito.

Daniel quería clases de piano. Julia quería ir a una fiesta en casa de una amiga que yo no conocía y Sarah no paraba de llamarme, de preguntar si había decidido qué noche iba a salir.

Se ofreció a quedarse los niños toda la noche solo para que me vaya a un bar y a ligarme a alguna mujer. Era tan insistente que ese día a las siete en punto cuando escuché el timbre supe que era ella, lo que no entendía era por qué llamaba.

—Tienes llave, Sarah, además es tu casa, ¿recuerdas? —pregunté al abrir la puerta.

—Pero no tengo tres manos —dijo mostrándome las cinco bolsas que sostenía.

—¿Qué mierda, Sarah?

Cogí las bolsas, ella entró dejándome en la entrada y sin una respuesta. La seguí hasta la cocina donde los niños la abrazaban olvidando que estaban llenos de harina desde la coronilla hasta las puntas de los pies.

—¿Quiero saber qué cocináis aquí? —preguntó Sarah limpiando una mancha de harina de la mejilla de Daniel.

—Panecillos para hamburguesas, tenemos que hacerlo todo nosotros. El pan, mezclar la carne, todo —dijo Daniel.

—Es un proyecto para la escuela —explicó Julia.

—Y por lo que veo no está saliendo muy bien, ¿necesitan algo de ayuda de un experto?

—Sí, por favor. Papá es un desastre en la cocina —se quejó Julia.

Todos sabían que no se me daba muy bien la cocina, que era un milagro que no envenené a los niños con mi comida en los últimos años, que conseguía preparar algo casi comestible, pero sin importar cómo sabía los niños siempre se lo comían. No sé por qué, en la nevera siempre había algo para hacer un bocadillo, podían comer eso, pero preferían comer lo que yo cocinaba.

Eran mis hijos, me amaban, no había otra explicación.

—Sí, tu padre es un desastre y por eso esta noche me encargo yo de la cena. De todos modos, él tiene una cita —dijo Sarah.

—¿Una cita? —pregunté al mismo tiempo que Julia.

Coloqué las bolsas que sostenía sobre la encimera y me di la vuelta hasta quedar enfrente de Sarah.

—Una cita —murmuró ella sonriendo—. Lily, treinta y cuatro, morena, ojos verdes, alta. Abogada, divorciada sin hijos.

—Olvidaste guapa —añadió Julia.

Las miré a las dos con el ceño fruncido, esa era la razón de su silencio, Julia estaba maquinando a mis espaldas con Sarah.

—Olvídalo, no iré a una cita a ciegas —gruñí, girando hacia las bolsas y empezando a sacar las cosas.

—Es demasiado tarde para cancelar, sería muy feo dejar a la pobre mujer esperando en el restaurante. Piensa en todas las miradas de pena que va a recibir.

¡Jesús!

El problema con las hermanas es que te conocen bien, saben qué y cómo usarlo en tu contra para convencerte de hacer algo que no quieres hacer. Después de una ducha rápida me puse unos vaqueros, una camisa y la cazadora.

Era una cena y me daba igual que era en un restaurante caro, no iba a ponerme traje. Solo Sarah podía reservar en un restaurante donde un filete costaba lo que yo pagaba por la compra de comestibles de una semana para tres personas.

—Volveré pronto —dije entrando en la cocina, pensando en dar un beso de despedida a mis hijos, pero me detuve viendo el panorama.

Había más harina en la cocina que antes, no solo cubría a los niños, cubría la encimera, el suelo, al vestido negro de Sarah y a sus zapatos de quinientos dólares.

—¿Qué diablos pasó aquí? —pregunté.

Los tres se miraron y al final se echaron a reír.

—Lo vamos a limpiar, no te preocupes y no te atrevas volver pronto —dijo Sarah.

Me fui de ahí antes de ponerme a limpiar. Después de Briseida me había dado fuerte con la limpieza, necesitaba todo limpio y organizado. Sabía que si iría a un psicólogo me diría que no estoy bien, pero mientras no me subía por las paredes por algo de harina es que no estaba tan mal.

Conduje hasta el restaurante y justo cuando aparcaba empezó a llover, tuve suerte de haber encontrado sitio cerca de la entrada y pude llegar sin mojarme. El sitio era... caro. Todo muy bonito y exclusivo, justo como le gustaba a Briseida y mientras seguía al camarero hasta la mesa pensé en la mujer con la que iba a cenar.

Si le gustaba este sitio entonces empezábamos con mal pie. No me gustaba y no iba a volver a entrar en uno, al menos no por decisión propia y no sin hacer todo lo posible para impedirlo.

Mi cita me vio acercarme, se puso de pie y sonrió. Era guapa, eso no había manera de negarlo.

—Tú tienes que ser el hermano de Sarah, Alan —dijo acercándose y besándome en la mejilla—. Yo soy Lily.

—Un placer, Lily.

Nos sentamos, pedimos las bebidas, ella fue la que eligió un vino blanco y como no pensaba tomar más de media copa no me importó. Diez minutos después de sentarme no había conseguido abrir la boca, Lily hablaba sin parar, tanto que me pregunté cómo mierda conseguía respirar.

—Sarah me dijo que eres profesor de matemáticas, la verdad es que no entiendo cómo puedes enseñar eso, es tan difícil —dijo ella—. En cambio, ser abogado es lo mejor. Por ejemplo, tengo un caso ahora mismo que ganar será más fácil que quitarle una piruleta a un niño.

—Tu cliente es inocente, ¿verdad? —pregunté pensando que esa es la manera más rápida y fácil de ganar un proceso.

—¡Dios, no! El tío es culpable, es fotógrafo y usó su estudio para abusar de las niñas que venían a posar para él.

Por un momento la miré sorprendido, luego miré alrededor buscando una cámara escondida. Esto tenía que ser una maldita broma, pero Lily se veía bastante tranquila y excitada por contar sobre su cliente cuando debía estar horrorizada como cualquier persona normal.

—No entiendo, si es culpable y de algo tan horrible, ¿cómo es que vas a ganar?

—Simple, voy a demostrar que los padres sabían lo que iba a suceder. Es que, si un extraño te pide que dejes a tu hija de seis años sola en un vestuario, sola en un estudio con un hombre, posando en ropa interior, tienes que ser muy idiota para no darte cuenta de lo que iba a pasar, ¿verdad?

Ella continuó explicando su estrategia para la defensa de ese hombre horrible. Se me quitó el hambre, se me quitaron las ganas de vivir al ver el mundo en que vivíamos. Esas niñas, esas niñas inocentes pasaron por un infierno y esta mujer iba a dejar en libertad al culpable.

¡Jesús!

Se veía tan contenta que pensé que en dos segundos iba a vomitar sobre el mantel blanco que cubría la mesa. Me disculpé y caminé hasta el servicio.

—¿La compañía o la comida?

Me detuve al escuchar la pregunta, lo hice porque conocía esa voz. Reconocería ese rostro en cualquier lugar, de noche o de día.

—Ava —murmuré.

—Alan. —Sonrió la mujer morena.

Ava.

Era amiga de Sarah, una mujer hermosa con un sentido del humor un poco extraño. Casada, tenía una alianza y un anillo de compromiso con un diamante grande en su dedo que era fácil de notar incluso por un hombre al que no le importaban las joyas.

Ava también era un misterio, sabía cosas que no debería saber, hacía cosas que nadie más podría hacer y cuando le pregunté a Sarah sobre eso se encogió de hombros y dijo:

—*Ava fue la que me salvó.*

Era todo lo que necesitaba saber sobre ella y el hecho de que rescató a mi hermana de ese infierno la convirtió en una de mis personas favoritas del mundo. La conocí cuando Sarah volvió a mi vida y trajo con ella a Ava, a sus mejores amigas y a sus maridos. Era una larga historia y lo más importante era que tenía final feliz.

—La compañía —contesté a su pregunta y vi como fruncía el ceño mirando hacia las mesas, buscando a mi cita.

—Es guapa, parece lista, ¿qué tiene de malo?

—Es abogada —dije, Ava me miró, sus cejas subiendo en un gesto de sorpresa—. Su cliente es un pedófilo y su estrategia para defenderlo es echar la culpa a los padres. Sé que el mundo en que vivimos ha cambiado, que hay gente mala, pero me niego a creer que hay padres capaces de hacer algo así.

—Hay padres así, Alan, así y peor. Pero, tranquilo, mi yerno está en la ciudad —dijo Ava, como si esa información debía significar algo para mí.

—¿Tu yerno? No entiendo.

—No tienes que entenderlo, solo tienes que irte a dormir esta noche sabiendo que habrá un pedófilo menos en la ciudad. Ahora, te puedo mostrar donde está la salida de emergencias si quieres ponerle fin a tu cita.

Sonaba tentador, irme de ahí, olvidando a esa mujer horrible y el placer que sentía cuando hablaba de su cliente. Sin embargo, una de las primeras cosas que me enseñó mi padre fue de ser un caballero con las mujeres, algo que olvidé cuando le robé el dinero a mi hermana.

¡Jesús! Tenía que dejar eso atrás y no recordarlo cada día.

—No, gracias —le dije a Ava.

Ella me sonrió y desapareció detrás de la puerta de los servicios. Era joven, bueno, no parecía haber cumplido cuarenta años, ¿cómo diablos tenía un yerno? Quizás se lo preguntaría a Sarah o quizás no.

Volví a la mesa decidido a dar por finalizada la cita, pero Lily se me adelantó.

—Tengo que ir a la oficina —dijo, poniéndose de pie—. Han aparecido nuevas pruebas contra mi cliente y tengo que analizar la situación, la cuenta ya está pagada. Ha sido un placer, Alan, espero tu llamada.

La seguí con la mirada, dirigiéndose hacia la puerta, teléfono en mano. Por lo menos no había tendido que fingir una emergencia que era lo que tenía pensando en hacer. Decirle la verdad, que era una persona horrible, no me parecía buena idea.

Sin nada más que hacer ahí me fui. Fuera la lluvia se había

convertido en una tormenta, el agua caía con fuerza y el viento soplaba igual de fuerte. Subí al coche y conduje despacio a pesar de las ganas que tenía de estar en casa con mis hijos.

Daniel tenía miedo a las tormentas, pero era un miedo raro. No le asustaban los truenos o la lluvia si todos estábamos en casa, pero si Julia faltaba o yo, entonces lo pasaba muy mal.

Quería llegar a casa, por él y por mí. Detuve el coche a un semáforo en rojo y miré la calle, pocos coches y menos personas, mejor dicho, no había nadie, ni un alma. Poco más adelante un coche estaba detenido y vi a alguien bajando.

Una mujer, sin paraguas, sin abrigo, solo un vestido blanco y un jersey rosa. El coche de detrás pitó cuando el semáforo cambió a verde y puse el coche en marcha, señalicé que iba a parar y lo hice.

Paré detrás del coche de la mujer, salí del coche y después de coger el paraguas del maletero me acerqué a la parte de delante de su coche.

—¡Hola! ¿Necesitas ayuda? —pregunté mientras me acercaba.

Lo hice porqué había visto el miedo en los ojos de la mujer y sabía que si aparecía de repente a su lado iba a asustarse. De todos modos, lo hizo. Llegué a su lado justo a tiempo para verla enderezarse rápidamente, golpeando su cabeza contra el capo del coche.

Llevó su mano hasta la cabeza y me miró justo como no quería, con miedo.

—Alan, ¿recuerdas? Nos vimos ese día en el supermercado —dije y de nuevo me di cuenta de que en serio parecía un pervertido, un acosador pervertido. Le sonreí, pensando que eso iba a tranquilizarla—. Mi hermana me arregló una cita a ciegas, iba de camino a casa cuando te reconocí y paré para ver si necesitas ayuda.

—Estoy bien —dijo ella, casi no la escuché con el sonido de

la lluvia, la entendí porque le estaba mirando la boca.

¡Jesús, Alan! Si que eres un pervertido.

—Mira, solo dime cuál es el problema y veré si puedo ayudarte —dije.

—Se paró y no arranca.

La mujer dio un paso atrás y me incliné para mirar el motor, algo sabía yo de eso, pero no podía hacer mucho y menos sin herramientas. Podría ser cualquier cosa, un fallo en el suministro eléctrico, un problema con el inyector, cualquier cosa que era imposible arreglar de noche y bajo una lluvia como esta.

—Hay que llamar una grúa —dije.

Ella negó con la cabeza.

—Vale, entonces te llevaré a casa y mañana verás lo que puedas hacer con el coche.

Otra negación.

Claro, idiota, está viviendo en su coche.

—No puedo dejarte sola en la calle con esta lluvia y sin un medio de transporte así que no me pidas eso. Hay un hotel en la esquina, ¿quieres que te acompañe allí?

Antes de recibir otra negación y estaba segura de que la iba a recibir, lo vi en sus ojos, se escuchó la voz de una niña.

—Mamá, tengo frío.

—Enseguida estoy contigo, cielo —contestó ella sin dejar de mirarme.

Se quedó de esa manera durante un tiempo. Me di cuenta de que intentaba tomar una decisión y no era fácil, parecía que todo el peso del mundo estaba sobre sus hombros. Me acerqué a ella, cubriéndola con el paraguas.

—Estoy pidiendo mucho, lo sé, pero necesitas ayuda y confiar en un extraño parece la peor decisión que puedas tomar.

—Yo... —Su voz tembló y tragó antes de intentarlo de nuevo—. Quiero, pero no puedo.

—Es normal, no tienes por qué confiar en mí — dije, buscando una solución a esta situación—. Mi hermana está en casa con mis hijos y ella sabe lo que es no tener adónde ir, lo que es no tener un lugar donde sentirte a salvo. Te ayudará, te puedo asegurar que hará todo lo que está en su poder para ayudarte con lo que sea que necesitas. Te llevaré hasta mi casa y no tienes que entrar, esperarás en el coche hasta que ella salga. Lo más seguro es que te llevará a su casa o tal vez a alguna de las que su marido tiene por toda la ciudad.

—No puedo dejar mi coche aquí.

Sonreí sabiendo que lo había conseguido.

—Tengo un amigo mecánico, puedo llamarlo y vendrá para llevarlo a su taller.

—No tengo dinero —admitió ella.

—Vale, pues a mi casa y mañana por la mañana le echaré un vistazo. ¿Hay algo más que te preocupa? —pregunté y ella sacudió la cabeza—. Bien, vamos a llevar a la niña a mi coche antes de que se congelé de frío.

Nos pusimos a ello, pero tardamos un rato durante el que la niña siguió en el coche estropeado. Cambiamos el asiento infantil a mi coche, llevamos tres bolsas de un maletero a otro y al ver cómo miraba la mujer a lo que quedaba dentro de su coche decidí moverlo todo.

Toda su vida estaba en esas bolsas, eran once, algunas pesaban mucho y otras casi nada. Me pregunté qué le habría pasado para llegar a esta situación, pero no era mi asunto. Si podía echarle una mano estaba bien, no había necesitad de preguntas.

Subimos al coche, yo delante y ellas dos atrás. Encendí la calefacción al máximo y miré a la niña.

—¿Está bien así?

La pequeña asintió y después de echarle una mirada a la madre me di la vuelta y arranqué. Tardé bastante en llegar a casa y con cada minuto que pasaba podía sentir la tensión aumentar en el interior del coche.

Decidí que no había mejor manera de tranquilizar a la mujer que hablar con Sarah. La llamé, el teléfono en altavoz, pero no fue la voz de Sarah que me contestó.

—¡Papá! Tienes prohibido llamar para ver cómo estamos —dijo Julia.

—No es para eso, tranquila. ¿Puedes pasarme a Sarah?

—Si me dices cómo fue tu cita.

—Un desastre —reconocí.

—¡Un desastre! —repitió Julia—. Es que ha pasado tanto tiempo desde que has tenido una que ya no sabes cómo se hace.

Ahí no podía hacer nada más que estar de acuerdo con ella y reírme.

—Julia, dile a Sarah que se ponga.

—Vale, vale.

Otro semáforo, poco camino recorrido y muchos cuchicheos de mi hija y hermana.

—A ver, hermano mayor, ¿qué has hecho? Lily era perfecta —dijo Sarah cuando por fin se dignó a coger el teléfono.

—Perfecta para alguien que no tiene un problema con que su novia es una abogada que defiende a un hombre culpable de abuso.

—Aja, entendido —murmuró Sarah.

—Pero no estaba llamando para eso, tengo una amiga que necesita un lugar para dormir. ¿Tienes una habitación disponible?

—¿Una? Tengo ocho —dijo Sarah después de una breve pausa.

—Muy bien, dentro de diez minutos llegamos.

Colgué y conduje lo que quedaba del camino, los diez minutos se convirtieron en veinte por la poca visibilidad. De vez en cuando miraba al asiento de atrás donde la niña se había quedado dormida y la madre miraba la lluvia.

El silencio no auguraba nada bueno, nunca me había gustado y solo podía esperar que la noche no terminará con otro desastre.

Capítulo 5

Alan

Aparqué el coche enfrente de la casa y no en el garaje como siempre, aunque con lo que caía era mala idea. La tormenta se había intensificado, tanto que a veces tenía problemas en mantener el coche derecho.

Me giré en al asiento para hablar con la mujer cuando vi a Sarah en el porche, haciendo señas para entrar.

—¿Pasa algo? —preguntó la mujer.

—No lo sé.

Mi teléfono vibró y al cogerlo vi que había una notificación de emergencia. Seguramente era eso lo que Sarah intentaba decirme.

—La policía aconseja a todos los habitantes a quedarse en sus casas, hay riesgo de inundaciones y el viento es tan fuerte... ¿qué mierda? —gruñí cuando algo golpeó el coche.

Ese algo era una rama de un árbol que ahora estaba sobre mi capo.

—Vamos a entrar, esto no está seguro —dije.

Sin importarme las dudas que tenía esa mujer sobre mí, bajé del coche. Abrí su puerta y le entregué mi cazadora.

—¿Cuál de las bolsas del maletero necesitas? —pregunté.

—La rosa.

Estaba temblando, no sé si era por frío o por miedo, pero

seguí adelante. Cogí la cazadora ignorando la manera en la que se sobresaltó y la vestí con ella.

—Yo voy por la bolsa y tu coge a la niña.

Lo hicimos, ella obedeció la orden y conseguimos llegar al porche sin tener alguna rama o algo peor caerse sobre nuestras cabezas y sin despertar a la niña.

—¡Vamos, vamos dentro! Esto es horrible —espetó Sarah.

La mujer dudó, Sarah ya estaba dentro, pero ella no quería entrar. A mí se me había acabado la paciencia, pero de alguna manera conseguí hablar en voz baja.

—Mis hijos están dentro, no me conoces y lo entiendo, pero juro por mis hijos que nada malo te pasará en mi casa, ni a ti ni a tu hija.

Mis palabras fueron en vano, ella seguía en la entrada sin dar un paso hacia adelante. Fue Julia la que lo consiguió, llegó y se paró al otro lado de Sarah. Sonrió y su sonrisa fue decisiva.

La mujer entró y yo detrás de ella. Cerré la puerta dejando atrás la furia de la tormenta, todos estábamos dentro, sanos y salvos. Daniel se acercó y primero me estudió a mí, asegurándose de que estaba de una sola pieza. Luego miró a la mujer y a la niña que tal vez al no escuchar tanto ruido se estaba despertando.

Ella murmuró algo y luchó con su madre para dejarla en el suelo. Una vez ahí repitió una y otra vez la misma palabra. La madre se ruborizó.

—Palomitas, dice palomitas —explicó ella.

—Aja, es noche de película y no se puede sin palomitas —dijo Sarah—. ¿Quieres palomitas, preciosa? —le preguntó a la niña.

—No, gracias —contestó la madre al mismo tiempo que la niña decía que sí—. Quiere, pero no puede. Son peligrosas para niños pequeños.

Por un momento nos quedamos todos en silencio, mirándonos unos a otros, y luego Daniel se acercó a la niña.

—Yo soy Daniel, ¿cómo te llamas?

—Keira y mi mamá Casey —dijo ella.

—Katie y Patricia —dijo la madre al mismo tiempo lo que hizo a Daniel inclinar la cabeza y mirarla confundido.

La verdad es que no tenía idea de lo que pasaba por su cabeza, pero se veía que estaba pensando y parecía tan mayor, mayor que sus diez años.

—Kay, te llamaré Kay, ¿te gusta? —le preguntó a la pequeña y ella asintió sonriendo.

Niños, para ellos todo era sencillo, los adultos son los que complican las cosas.

Kay, que la verdad es que le sentaba bien el nombre, repitió la palabra que ahora todos sabíamos que significaba palomitas. Daniel la miró con cara de pena antes de girar la cabeza hacia Casey o ¿Patricia?

—Puedes darle una, pero solamente una y aquí donde la puedo ver.

Es que no había manera de resistirse a las dos miradas, la de la niña y la de Daniel. Casey, decidí llamarla Casey ya que me gustaba más, cedió y los dos niños compartieron una mirada cómplice.

Fue Julia la que trajo el cuenco con las palomitas y Casey la que eligió una para su hija. Luego vigiló con mucha atención todo el tiempo que la pequeña se la comió.

—Julia, ¿por qué no llevas a Kay al salón a ver una película? —propuso Sarah.

Casey asintió, pero estuvo igual de vigilante hasta que vio a los tres niños sentados en el sofá. A continuación, Sarah invitó a Casey a tomar un café en la cocina y los tres nos dirigimos hacia allí dejando a los niños en el salón algo que no fue fácil para Casey.

Esperaba encontrarme con una cocina llena de harina, pero en cambio encontré una impoluta. Ni rastro de harina, ni de platos sucios en el fregadero.

—¡Jesús, Sarah! ¿Cómo has conseguido limpiar todo esto?

—Es mi secreto. —Sonrió Sarah entrando en la cocina y empezando a preparar el café.

—Vale, guarda tu secreto, pero, por favor, dime que me has guardado algún panecillo.

—Sentaos —ordenó Sarah y en ese momento me di cuenta de que Casey se había quedado en la puerta.

Se veía tan pequeña y asustada. Tan fuera de su elemento que quise abrazarla y decirle que todo estará bien. En cambio, le sonreí y retiré una silla para ella. Esperé mientras Sarah iba de la nevera al horno y de vuelta. Esperé mientras sacaba un plato rosa que había sido de Julia y no tenía el corazón de tirarlo. Esperé.

Por fin, Casey se acercó y se sentó en la silla. Aceptó el café y el plato con hamburguesas, unas hamburguesas que se veían mejor que el filete de ese restaurante de lujo.

—Tenemos un problema —anunció Sarah, aparté la mirada del plato de Casey ahí donde ella estaba cortando la hamburguesa en trozos pequeños.

—¿Qué problema? —pregunté, pero ella también estaba mirando a Casey que parecía ajena a nosotros.

—¿Puedo traer a Kei... a Kay? No ha cenado —preguntó Casey sin levantar la mirada del plato.

—Si quieres se lo podemos llevar ahí —sugirió Sarah.

—O la puedes traer, lo que a ti te gusta —dije viendo como los hombros de Casey se tensaban más. No lo creía posible ya que estaba tan tensa que pensaba que iba a romperse en mil pedazos en cualquier momento.

—Voy a por ella —murmuró.

Antes de levantarse de la silla miró a Sarah, me miró a mí. Por la manera en la que lo hizo entendí que buscaba la aprobación y no fue hasta que ella se fue de la cocina dejé salir la maldición.

—Puedes decirlo otra vez —susurró Sarah—. Alan, ¿qué le ha pasado?

—No lo sé, hasta hace cinco minutos ni sabía su nombre, pero necesita ayuda, Sarah.

—Ni hace falta que lo digas, hermano mayor.

Casey volvió con Kay, la subió a la silla y le dio el plato. La pequeña empezó a comer enseguida y no se me pasó desapercibido que en el plato había dos hamburguesas, la de la pequeña y la de la madre.

Sarah también lo vio y se encogió de hombros, o sea que no había más. Entonces empujé mi plato hacia Casey y vi como su rostro se ponía rojo antes de sacudir la cabeza.

—Come —dije suavemente, pero ella empujó el plato—. Casey, come, por favor —susurré.

—Sí, Casey, come. A Alan le prepararé un bocadillo que le encanta, ¿verdad, hermano? —preguntó Sarah.

Pareció que pasó una hora hasta que por fin Casey empezó a comer, para ese momento Sarah ya había hecho mi bocadillo y me quedaban por comer un par de bocados.

La que no tuvo ningún problema fue Kay, ella comió y de vez en cuando paraba para contarnos algo, pero más de la mitad de lo que dijo no lo entendí. Sonreía y comía, era lo que contaba.

Cuando terminó se fue al salón dejándonos a los tres en la cocina. En silencio, uno que ni yo ni Sarah sabíamos cómo romper.

—Hablé con Max —dijo Sarah—. Tengo prohibido abandonar esta casa mientras sigue el estado de emergencia. Nos apañaremos todos aquí, ¿no te importa, Casey?

—Yo puedo irme —respondió ella.

—¿Qué? De ninguna manera, hay espacio suficiente para todos. Teniendo en cuenta que tú eres la invitada puedes elegir entre la habitación de huéspedes o el apartamento sobre el garaje. Si fuera tú elegiría el apartamento, tiene una lampara en el dormitorio que le gustará a Kay y la bañera del cuarto de baño es una maravilla. No puedo creer que me mudé de este sitio, ¿por qué lo hice? —se preguntó Sarah.

—Porque te fuiste a vivir con tu marido, el amor de tu vida, a una casa que tiene espacio suficiente para veinte familias, ¿recuerdas?

—Aja.

Sarah sonrió.

—Casey, ¿habitación o apartamento? —pregunté.

Casey susurró tan despacio y casi no la escuché, pero eligió el apartamento. Tenía sentido, estaba lejos de nosotros que era lo que necesitaba. Estaba sentada en el extremo de la silla, a punto de salir corriendo si la situación lo requería.

Sarah pidió ayuda a los niños para preparar el apartamento y los cinco, Kay también quiso ayudar, se fueron. No sabía que había que preparar, el apartamento tenía de todo. Sábanas y toallas limpias en el armario, mantas, incluso zapatillas de estar por casa y el armario del cuarto de baño lleno de todos esos pequeños frascos que usan las mujeres antes, durante y después de la ducha.

Me quedé en la cocina, recogiendo y fregando los platos en lugar de ponerlos en el lavaplatos. Necesitaba hacer algo, lo que sea menos encontrar al cabrón culpable del miedo que vi en los ojos de esa mujer.

El maltrato era un tema sensible en mi familia, tanto que la primera cosa que recuerdo de mi padre fueron las palabras: *Hijo, a una mujer nunca se le golpea.*

Nunca lo hice y no solo por lo que mi padre me enseñó, no pude encontrarle el sentido en pegar a alguien y menos cuando ese alguien es más pequeño y débil que tú, hombre o mujer.

Ni siquiera levanté la mano para golpear a Briseida con todo el daño que nos hizo, ni siquiera se me pasó por la cabeza. Aunque, lo que creía que le había pasado a Casey no era una bofetada en un ataque de furia.

Hacía falta mucho más que una bofetada para hacer a una mujer temblar de miedo, de mantener la cabeza bajada, de pedir permiso para darle de comer a su hija.

Sí, quería poner mis manos sobre ese cabrón, mis puños también. Mi padre me enseñó a no golpear al más débil, pero sí a defenderlo. Durante los años que estuve bajo el hechizo de Briseida lo olvidé.

No, no es justo culparla a ella de todo lo que ha pasado, yo fui el que se dejó hechizar, el que creyó a ciegas en una mujer, el que vivió en esa situación sin darse cuenta de que provocaba dolor a los implicados.

A mí, a mis hijos, a mi hermana.

Pero eso ya había pasado, conseguí salir de eso, sobrevivir y darles una buena vida a mis hijos. Ahora estaba decidido a ayudar a Casey a hacer lo mismo porque sabía que no tenía a nadie más dispuesto a echarle una mano. Ayudar era la parte fácil, ganarme su confianza la difícil y sin eso no podría ayudarla.

Terminé de recoger la cocina, apagué la luz y me senté en el salón esperando a los niños. Parecía que iban a quedarse a dormir todos ahí por todo el tiempo que tardaron en ayudarlas, pero volvieron y estaban demasiado excitados para dormir.

Había aprendido hace mucho que no había manera de convencerlos de ir a la cama cuando estaban así y propuse ver una película, pero primero tenían que ducharse y ponerse el pijama.

Quince minutos después del comienzo de la película los dos se quedaron dormidos en el sofá y los tuve que llevar en brazos hasta sus camas. Entré en mi dormitorio y antes de cerrar la puerta vi a Sarah salir del dormitorio de invitados.

—¿Todo bien, Sarah?

Ella pasó a mi lado y entró en el dormitorio, caminó hasta la ventana y se quedó de espaldas mirando fuera a la tormenta que no había aminorado ni un poco.

El dormitorio había sido de la abuela y Sarah lo había decorado hace poco pensando que iba a quedarse a vivir en esta casa, pero llegó Max, la enamoró y se fue a vivir con él.

Era elegante y sencillo, un color que parecía blanco, pero no lo era, cubría las paredes, cortinas y lamparás, cojines y marcos de fotos lo hacían verse muy hogareño. Mi pieza favorita era la cama, confortable y muy grande, suficiente para caber los tres ahí.

A veces Daniel tenía pesadillas y lo que le calmaba era dormir conmigo, no me importó que la psicóloga dijo que era mala idea, era lo que mi hijo necesitaba e iba a dárselo. Por la mañana solíamos quedarnos en la cama y hablar, luego Julia también se nos unía y esos eran mis momentos favoritos.

Los tres, a salvo en casa, riendo y hablando felices. Esa era mi obsesión, quería verlos felices.

—Es malo, Alan —dijo Sarah sin darse la vuelta.

—Lo sé.

—¿Qué sabes de lo que le ha ocurrido?

—Nada, no sé nada, excepto que está viviendo en su coche y que no tiene dinero. Me las encontré hace unas semanas en el supermercado y le compré unas galletas a la niña. La reconocí esta noche y no podía dejarlas ahí con lo que está cayendo.

—Hiciste bien, pero no será fácil —dijo Sarah algo que ya sabía—. Lo pasé mal, ¿sabes? Todos esos meses encerrada lo pasé tan mal que a veces deseé morir y al salir tampoco fue fácil, pero, Alan, lo que ha vivido esta mujer no se compara con lo que he vivido yo. Tuve miedo, sí, pero nunca como ella. Hasta tiene miedo a hablar, hablar, Alan y creo que si no tendría a la niña hace mucho que habría muerto.

—Sarah, no sabes cuanto lo siento.

—No, Alan. El secuestro no fue tu culpa y de lo que sí fue es mejor dejarlo atrás. Somos una familia de nuevo y eso es lo más importante, ahora debemos concentrarnos en ayudar a esa mujer, a devolverle la vida, porque respira, come y habla, pero no vive.

—Haremos todo lo posible, Sarah, no sé cómo, pero lo haremos, ¿vale? Ahora ve a dormir que luego Max nos echará la bronca por mantenerte despierta toda la noche.

—No soy una niña, lo sabes, ¿no? —espetó Sarah.

Pero se acercó al darme un beso y antes de cerrar la puerta me demostró que una parte de ella todavía era una niña, mi hermana pequeña. Me sacó la lengua. Sonreí, una de las pocas sonrisas sinceras que esbozaba estos días, aunque ella ya no lo pudo ver y era mejor así. Sí la hubiera visto se habría dado cuenta de que todo era un acto, de que era mejor actor de lo que pensaba.

Tomé una ducha, pero antes de acostarme fui a verificar a los niños y bajé cuando vi que la luz de la cocina estaba encendida. Estaba seguro de que la había apagado.

Supe antes de llegar que estaba pasando, podía escuchar el llanto de Kay.

—¿Qué pasa? —pregunté al entrar en la cocina.

Kay estaba en brazos de su madre, unos brazos que podía ver gracias al camisón de mangas cortas, brazos tan delgados que era un milagro que podían sostener a la niña. Ella balbuceó algo sobre un lobo.

—Ha perdido al Señor Lobo —explicó Casey.

Me atreví a mirarla a la cara y nada había cambiado en el poco tiempo que estuvo en mi casa. Nada, el miedo seguía ahí y era normal, pensar que podía confiar en nosotros y no tenernos miedo en unas horas era de locos.

—Vale, vamos a buscarlo —dije.

—Seguramente está en el coche —dijo Casey.

—Voy a buscarlo, ¿vale, Kay?

Me di la vuelta, pero Casey hizo un sonido, algo parecido a un gemido o era un grito, y tuve que pararme para mirarla.

—Está lloviendo —murmuró.

—Lo sé, ahora vuelvo.

Cogí el chubasquero y las botas del armario de la entrada, las llaves del llavero. ¡Jesús! Ese llavero era horrible, una mezcla de materiales sin sentido, pero Daniel lo hizo hace tres años para el Día del Padre y permanecerá allí hasta que se desmorone.

Afuera la lluvia me golpeó fuerte y aunque quería ir rápido el viento me lo impedía. Caminé despacio recordando los mensajes de mi amigo.

El coche pertenece en un desguace, no en un taller mecánico.

Eso ya lo sabía, el coche de Casey hace mucho que debería estar en la basura, pero insistí y Mike prometió intentarlo y yo prometí pagar las piezas de recambio. Tenía que decirle a Casey que su coche no estaba en mi garaje como se lo prometí, pero se lo diré por la mañana.

Primero abrí el maletero y busqué ahí el peluche. Tuve suerte y lo encontré, aunque la rapidez no importaba, a la lluvia le importó poco mi chubasquero, pasó por él como si nada y ahora sentía la camiseta mojada.

Me apresuré dentro y ni había entrado bien cuando las vi, Casey y Kay esperándome en la entrada.

—Lo encontré —dije.

Se lo entregué a Kay y lo hice sin saber qué hacía, estaba fascinado por la mirada de Casey. Había algo ahí, ¿sorpresa? ¿Incredulidad? No lo podía entender, pero era bueno. Tan bueno que di un paso adelante y eso lo arruinó todo.

Casey susurró *buenas noches* y echó a andar hacia la cocina, hacia la puerta que llevaba al apartamento.

—¡Idiota! —murmuré subiendo las escaleras.

Tomé otra ducha para entrar en calor, me puse un pijama seco y me fui a dormir. Había sido un día largo, lleno de eventos y algo me decía que mañana será igual.

Capítulo 6

Casey

Afuera hacía frío, pero dentro no.

Afuera estaba lloviendo, pero dentro estaba seco y caliente.

Tenía el estómago lleno.

Mi piel estaba limpia y olía a lirios.

Mi cabello brillaba igual que mis dientes.

Después de mucho tiempo volvía a sentirme como un ser humano. Comida, higiene, un techo. Me sentía tan bien en la cama, debajo de las mantas sintiendo el calor que emanaba el pequeño cuerpo de mi hija.

La miré, dormía tan tranquila con un brazo echado sobre tres de sus peluches y con el otro agarrando fuerte mi mano. Nunca me soltaba, ni cuando dormía profundamente. Tenía miedo de que mientras dormía de alguna manera desaparecería de su lado.

Había fallado, no había conseguido hacerle entender que nada ni nadie iba a llevarme lejos de ella. Keira era mi vida. Esta noche tenía algo más que a su madre.

Tenía un techo sobre su cabeza, un cuarto de baño donde podía ir por la noche en lugar de hacer sus necesitades en un orinal dentro del coche.

Tenía agua corriente, caliente para bañarse y fría para beber. ¡Dios mío! Se lo había pasado tan bien a la hora del baño que me prometí que movería montañas para conseguirnos una casa.

Una casa no, una habitación y un cuarto de baño, no necesitaba más. Un lugar caliente y seguro para las dos igual que este. El apartamento era pequeño, pero a mí me parecía un palacio.

Era un espacio que hacía de sala de estar y cocina, en el medio una isla que servía de mesa. Un sofá y una mesa de café, una televisión en la pared y una estantería con libros en un lado, otra con un montón de objetos de decoración en otro.

La cocina era un espacio reducido con una nevera, una estufa y un microondas, aunque Sarah me había dicho que las puertas de los armarios escondían otros electrodomésticos que necesitaba. Cafetera, lavaplatos, tostadora, crepera.

Sí, dijo crepera y me quedé mirándola como si me hubiera dicho que afuera estaba llovían cerdos. Como si tuviera tiempo para preparar crepes o dinero para comprar los ingredientes.

El espacio para dormir estaba separado de la cocina y el salón por una pared de vidrio. Había cortinas para privacidad, pero yo quería verlo todo, disfrutar de tener por una noche todo ese espacio para mí.

Había un armario empotrado que cubría casi una pared con una puerta en el centro que llevaba al cuarto de baño, ese cuarto que tenía una bañera que solo había visto en las películas.

Mi hija no fue la única que se le pasó bien a la hora del baño, estaba tan feliz que no tuve corazón para sacarla de ahí y decidí meterme con ella. Jugamos con las burbujas, nos reímos con el olor a lirios que llenaba el cuarto y bañamos a los lobos.

Sí, lo conseguí. Todos los nueve peluches nos acompañaron en nuestra aventura. Diez, no nueve, ahora teníamos diez gracias a Alan. No quería pensar en él como tampoco quería pensar en la cómoda que había movido hasta delante de la puerta o la silla que puse debajo del manillar de la puerta de cristal que daba a la pequeña terraza.

Me moría de ganas de leer un libro, una sola página, pero no quería levantarme. Debería hacerlo, levantarme digo, debería levantarme y sacar la ropa de la secadora, poner otra lavadora.

Debería, pero en cambio me quedé ahí bajo de las mantas escuchando la lluvia y el viento, pensando, analizando.

Alan.

El hombre que le compró galletas a mi hija, un peluche, el que me ofreció un lugar donde dormir. Por qué hizo todas esas cosas es un misterio, eso de que era buena persona no me lo creía.

Las buenas personas no existen, tal vez mujeres, pero hombres nunca. Keith era el mejor hombre del mundo y mira que me hizo, por su culpa estoy en la calle con mi hija, viviendo en un coche.

El coche, ese que seguía funcionando por milagro. Parecía que en las últimas semanas he tenido la suerte de presenciar más de uno.

Primero fue ese día en el supermercado, mi cabeza dolía tanto, Keira había tenido fiebre la noche anterior y no se comportaba como siempre. Normalmente, podría entrar en una tienda y ella no pedía nada, sabía que no teníamos dinero.

Ese día estaba cansada y pidió galletas. ¿Te lo imaginas? Se me rompió el corazón al ver su carita, sus ojos implorándome, pero si compraba esa caja de galletas al día siguiente no tendría dinero para comer.

Luego apareció él, Alan, con su carro lleno de galletas y aunque cada fibra de mi cuerpo me decía que debería echarme a correr, no lo hice. No sé por qué, tal vez sus ojos me inspiraron confianza o quizás fue su cabello que me recordaba al de mi abuelo.

Alan no era un abuelo, era un hombre alto y fuerte, se veía delgado, pero pude ver que tenía fuerza, lo vi cuando cogió a su hijo en brazos. Eso significaba que era peligroso, cualquier hombre era peligroso para mí.

No todos, Daniel no, pero él todavía era un niño. Keira no paró de hablar de él y de Julia durante el baño, después también. No pasaba suficiente tiempo con los niños de su edad, aunque vamos cada día al parque no le gusta jugar con otros niños.

Sarah también es una mujer interesante y amable. Habla mucho, eso sí, no hay manera de pronunciar una palabra, aunque tampoco tengo mucho que contarle. No preguntó, ni Alan, ni ella. Ni uno preguntó por qué vivo en mi coche, solamente me ofrecieron ayuda.

La aceptaré. ¡Dios! Diré que sí, aceptaré su ayuda y no me importa cómo de mal o de avergonzada me sentiré después. Era el momento de construir una nueva vida si no para mí, por lo menos para Keira.

Ella era inocente, no se merecía esto. Lo que ella merecía era un techo, agua caliente y comida. Una madre viva también, pero estábamos lejos de Keith, tan lejos que no nos puede encontrar.

Necesitaba un trabajo, una casa y nuevos documentos de identidad. Fui tan estúpida, confié en que iba a escapar con mi nueva identidad, que iba a vivir feliz en una ciudad lejos de Keith.

Lo subestimé, a él, a sus conexiones y a su deseo de llevarme de vuelta, aunque después de nuestro último encuentro diría que lo que más desea es verme muerta.

La secadora hizo un pitido justo antes de dejarme llevar por los recuerdos de la última vez que vi a mi marido. Me levanté de la cama despacio para no despertar a Keira y me dirigí hacia la cocina.

Sin querer, mientras doblaba la ropa, mi mente volvió a Alan. Después del baño Keira se había dado cuenta de que el Señor Lobo faltaba y no hay desgracia más grande que la perdida de uno de sus queridos peluches.

Aguanté una hora de llanto, intenté convencerla de que por la mañana podríamos ir a buscarlo, pero no funcionó. Al final, pensé que tal vez se había quedado en el coche y fuimos a la cocina esperando encontrar las llaves del coche.

Quería cogerlas e ir a buscar dentro, aunque no sabía cómo iba a hacerlo cuando ni la niña ni la lluvia tenían previsto darme una tregua. Entonces, apareció Alan y cuando lo vi me quedé helada.

Estaba en su cocina cuando debería dormir, ¿qué podría pensar el hombre? Que estaba robando o algo peor. No, él no pensó eso, en cambio se ofreció a buscar al peluche.

De noche, con lluvia, con viento, con frío, cuando iba ya vestido con pijama. No gritó. No me amenazó. No me insultó. No llamó a la niña estúpida por olvidar el peluche. No me golpeó.

Fue a buscarlo y lo encontró. ¿Qué hombre haría eso para una niña que no era suya, para una mujer que no conocía? No tenía sentido y aunque quería creer con todo mi corazón que Alan era un buen hombre, no podía.

Los buenos hombres no existen.

Lo que me lleva a la siguiente cuestión, ¿qué quiere de mí? No puede ser un criminal, uno de esos a los que le gusta matar. No, eso no, sus hijos lo aman y he visto como los mira, no es un asesino. Nadie que ama tanto a sus hijos puede ser un asesino o sí, ¿qué sé yo de la gente?

Nada, no sé nada y prueba de eso es que me casé con un maltratador. No solo eso, es que me quedé a su lado durante años creyendo que algún día cambiaría. No digo que no cambió, lo hizo, pero a peor.

Guardé la ropa sabiendo que mañana iba a irme con Sarah. ¿A dónde? Ni idea, pero Alan dijo que era rica y eso bajaba bastante las posibilidades de Keith de encontrarme.

Él no sabía dónde estaba, no había manera de averiguarlo. Esta vez tuve cuidado, escondí mi rastro mucho mejor. El coche me lo regaló la mujer que me encontró medio muerta en el bosque.

Esa mujer, Elena, vivía sola en una finca alejada del resto de la población. No le dije mi nombre y no preguntó. Me curó las heridas, nos dio de comer, nos dejó dormir en su casa y cuando estuve bien para irme me regaló su coche.

Aún recuerdo sus palabras cuando intenté rechazar el regalo.

—*No, el coche perteneció a mi hija. Ella no tuvo ni tu suerte, ni tu fuerza para coger a sus hijos e irse. Ahora los tres están enterrados y nunca más los veré, nunca veré crecer a mis nietos. Corre, escóndete, pide ayuda cuando lo necesites y por Dios, no le dejes ganar. No le dejes matarte.*

Estaba segura, Nueva York era una ciudad tan grande y a más de cuatro mil kilómetros de San Francisco. Cuando planeé mi fuga elegí Texas, pero no fue suficientemente lejos, bueno, hay que admitir que Keith sabía dónde encontrarme.

Escondí muy bien mis planes o eso creía, pero nunca pensé que Keith le pediría ayuda a su amigo del FBI, Harold, y que recuperaron la información borrada de mi portátil. Encontraron los correos del hombre que me falsificó los documentos de identidad, la cuenta bancaria y la dirección de la casa que había alquilado en Bronwood, Texas.

Bloqueó la cuenta, me denunció por secuestro y me encontró. Ni siquiera llevaba dos días en Bronwood cuando apareció en mi puerta con dos policías a su lado que se fueron en cuanto él les dijo que iba a encargarse de todo. Por eso quiso decir que iba a darme una paliza de la que no me recuperaría.

—¡Basta, Casey! —me regañé.

No tenía sentido recordar y menos cuando estaba en un lugar seguro. Claro que estaba en la casa de uno desconocidos que a pesar de su amabilidad podrían ser justo lo contrario, pero por esta noche estaba a salvo.

La silla y la cómoda que bloqueaban las entradas al apartamento me daban seguridad. Llené la lavadora con el resto de nuestra ropa y me fui a la cama. El miedo, el cansancio y el hecho de estar en una cama por primera vez en meses me noquearon. Me quedé dormida en el instante que me acurruqué al lado de mi hija.

∞ ∞ ∞

—Mami, mami, despierta.

¡Dios! Amaba a mi hija con toda mi alma, daría mi vida por ella, pero tenía algo que odiaba. Se despertaba al mismo momento con el sol, verano o invierno, ella tenía un sexto sentido que en cuanto el sol empezaba a salir despertaba. No importaba si yo había dormido cinco minutos o cinco horas y en este momento me sentía descansada y tan relajada, sin preocupaciones que solo quería seguir con los ojos cerrados fingiendo que todo estaba bien en mi mundo.

—Pajaritos, mami —insistió Keira, poniendo sus manos sobre mi cara y girándola.

—Buenos días, cielo.

Abrí los ojos, la atrapé en mis brazos y empecé a llenarla de besos. Era nuestro ritual, como siempre ella se echó a reír y se acurrucó a mi lado.

—Mami, mira.

Miré, por la puerta de cristal que daba a la terraza vi el sol brillar con fuerza y a los dos pájaros que cantaban sobre la barandilla.

Cuando era niña, a veces, tenía esos momentos en los que no quería nada, ni comer, ni beber, ni jugar, ni hablar. Solo quería quedarme en la cama y mi padre sin importar que día era me dejaba hacerlo.

Me quedaba en la cama mirando el techo durante minutos

o horas, mi padre decía que en esos momentos mi cerebro se reiniciaba y que debía hacerle caso, si me pedía quedarme quieta pues eso debía hacer.

Eso era lo que quería hacer en ese momento, quedarme ahí con mi hija mirando los pájaros, pero las niñas de tres años no se quedan quietas más de unos minutos y los de Keira se acabaron enseguida.

—Leche.

—Leche, Keira.

Era su desayuno, leche y nada más. No quería pensar en el daño que le hacía a mi hija al no alimentarla adecuadamente. Me levanté y Keira me imitó. Entramos las dos en el cuarto de baño donde pensaba que me esperaba otra lucha para el cepillado de dientes.

—No, mami. Yo puedo —dijo Keira, tomó el cepillo rosa de mi mano y empezó a cepillarse los dientes.

Sola y sin llorar. Sin amenazar. Sin sobornar con paseos en el parque. La miré mientras se llenaba la cara de pasta de dientes, pero lo que más miré fue su felicidad. Era una niña pequeña, no entendía mucho y a veces entendía demasiado.

Estaba más tranquila desde que nos fuimos y más asustadiza, pero ¿feliz? ¿Feliz cómo deben ser los niños sin una preocupación en el mundo excepto con qué juguete jugar? No, Keira no era así de feliz y era una de las cosas que más odiaba.

De las que también me culpaba. ¿Por qué no me fui antes o después de su nacimiento? ¿Por qué? Nada de esto hubiera ocurrido o tal vez sí. Tal vez hace mucho que estaría muerta como la hija de Elena.

Después del fiasco del baño le puse su mejor vestido, rosa con mangas largas que terminaba con un pequeño volante a la altura de las rodillas. Las zapatillas estaban a un paso de acabar en la basura, pero eran blancas y limpias. La peiné y con un lazo rosa en el pelo se veía como una muñeca.

Prometió jugar tranquila con sus lobos mientras tomaba otra ducha, ¿qué puedo decir? En los últimos meses usé más toallitas húmedas de las que quiero reconocer, pero, aunque estaba limpia no me sentía de esa manera.

Keira mantuvo su promesa y al salir de la ducha la encontré en el mismo lugar. Me vestí, quité las barricadas de las puertas y recogí todas nuestras pertenecías. Tenía ropa limpia, incluso los lobos brillaban limpios, y estaba preparada para lo que iba a pasar desde ahora en adelante.

Lo que pasó fue un golpe en la puerta.

—¡Buenos días! —saludó Daniel cuando abrí la puerta.

—Buenos días, Daniel —le respondí, mientras miraba su ropa e intentaba no reír. Llevaba puesta una camiseta con un lobo. Keira se iba a volver loca, que fue lo que paso cuando se acercó a ver quién estaba en la puerta.

—¡Dani, lobo! —chilló extasiada.

—Lobo, ¿te gusta, Kay? —le preguntó. Ella se acercó y tocó el dibujo con cuidado.

—Sois las invitadas así que tenéis que elegir el desayuno, ¿tostadas o tortitas? —dijo Daniel.

Iba a decir tostadas, eran más sanas que las tortitas, pero Keira se me adelantó gritando tortitas. Por la mirada de Daniel entendí que él quería tostadas.

—Kay —dije, decidiendo usar el apodo que le había puesto Daniel—. ¿No prefieres una tostada con mermelada?

—No, no, no.

No hubo manera y mientras seguíamos a Daniel hacia la cocina Kay no paró de cantar.

—¡Tortitas, tortitas, tortitas!

—¿Tortitas? —preguntó Julia que estaba sentada a la mesa cuando entramos en la cocina.

Alan estaba mirando en la nevera y sacando cosas, por un breve momento nuestras miradas se encontraron y algo extraño pasó. No sé qué fue, pero quería sonreír. ¿Sonreírle a un hombre?

Sacudí la cabeza.

—Buenos días —dije.

Alan y Julia contestaron, aunque Julia lo hizo sin muchas ganas.

—Kay puede comer tostadas —continué. No quería ser desagradecida después de lo que habían hecho por mí.

—¿Julia? —preguntó Alan.

—Papá, no te ofendas, pero ya sabes que cocinar no se te da nada bien y entre lo que peor te sale están las tortitas —se quejó Julia.

Kay estaba a dos pasos de mí y antes de darme cuenta de lo que estaba haciendo me acerqué a ella, cogí su mano y nos moví hacia la puerta. Me paré en cuanto vi a Alan mirarme con pena.

Me quedé ahí, callada, esperando una reacción, esperando el grito o el insulto.

—Vale, pues nada de tortitas, pero creo que ha llegado el momento de hacer algo con este tema de la cocina. Uno de vosotros tiene que aprender a hacerlo si yo no soy capaz —dijo Alan.

Parpadeé sin poder creer sus palabras.

—¡Sí! —chilló Julia, poniéndose de pie—. He visto un tutorial en YouTube, preparar tortitas no puede ser tan difícil.

—No lo es —murmuré y no supe que lo había hecho hasta que Julia se detuvo enfrente.

—¿Sabes hacerlas? —preguntó y asentí—. ¿Puedes enseñarme?

Asentí de nuevo y Julia cogió mi mano llevándome hacia la estufa, justo ahí donde estaba Alan.

—Papá, vete de aquí que nosotros nos encargamos del

desayuno —ordenó Julia.

—Muy bien, vamos a ver cómo ha quedado el jardín después de la tormenta. ¿Quién viene conmigo, Daniel, Kay? —preguntó Alan y la palabra *no* estaba en la punta de mi lengua, pero él habló antes de que tuviera la oportunidad de pronunciarla—. El jardín es por ahí —dijo Alan, haciendo un gesto con la cabeza hacia la ventana.

Me sentí como una estúpida. El hombre solo quería ser amable, pero yo tenía que sacar conclusiones sin pensar.

—Le gusta saltar en los charcos —dije en voz baja.

—Vale —murmuró Alan igual de bajo—. Cambio de planes, chicos, primero vamos al ático a rescatar las botas de agua de Julia.

Kay tomó la mano de Daniel y juntos siguieron a Alan, por un momento quise correr detrás de ella y traerla de vuelta a mis brazos. Tres años y cuatro meses desde que me la pusieron en brazos, tres años y cuatro meses en las que no me separé de ella ni un minuto.

Siempre estuvo a mi lado, debajo del mismo techo y ahora también lo estaba, pero se sentía diferente. No era yo la que la cuidaba, la que se aseguraba de que no saltaba en los charcos más grandes.

Mi bebé.

Se fue sin darme un beso, sin echar una mirada atrás. Se fue.

¡Dios! Solo había subido al ático... ¿y sí se caía?

—¿Casey?

Miré a Julia y esbocé una sonrisa o por lo menos lo intenté.

—Tortitas —dije, y luego enumeré los ingredientes necesarios.

Era una receta sencilla y lo qué más tardaba era cocerlas,

pero Julia me sorprendió al sacar una plancha especial para tortitas. Podías cocinar siete a la vez ahorrando mucho tiempo.

—Papá compra un montón de cosas pensando que mejorará su forma de cocinar, pero hasta ahora no hemos tenido suerte —explicó Julia.

—Lo intenta, ¿no? Eso también cuenta —dije porque ella me miraba esperando que dijera algo.

Eché un poco de composición en la plancha y como estaba caliente eché un poco más. Tenía que cocinar y por eso me concentré en las tortitas, por eso las miré constantemente por si se quemaban.

Claro, no tenía nada que ver con que no sabía de qué hablar con una chica de trece años o con una de treinta. ¿Cuándo fue la última vez que mantuve una conversación con una persona? Kay no cuenta y las conversaciones con los peluches tampoco.

Julia se parecía mucho a su tía, cuando vio que no iba a hablar lo hizo ella. Me contó sobre el colegio, la casa, sus actividades extraescolares, sobre Max, el marido de su tía. Habló y puso la mesa al mismo tiempo.

La escuché, su voz tenía algo tranquilizador, pero algo rompió esa calma. Una mancha de color llamó mi atención y miré por la ventana. En el jardín estaba Alan, Daniel y una niña vestida con un chubasquero amarillo y botas de agua con rayas del mismo amarillo vibrante.

Kay estaba saltando de charco en charco salpicando todo a su alrededor, a Daniel que se reía divertido, a Alan que sonreía tranquilo a unos pasos de los dos niños. Mi Kay se reía y aunque no me llegaba su risa me la podía imaginar.

Hay tantas cosas que no puede hacer, saltar en los charcos solo es la punta del iceberg. ¿Por qué no puede? La respuesta es muy sencilla, no tenía botas de agua, no tenía donde lavar su ropa sucia y no teníamos dinero ni de médico ni de medicinas si pillaba un resfriado.

No se queja, claro que no lo hace, es una niña, pero yo soy su madre y sé que algo hay que cambiar. Tendré que encontrar valor de donde sea para pedirle ayuda a Sarah y Alan, parecen dispuestos a hacerlo y no pido mucho.

Un trabajo, era todo lo que necesitaba, uno donde ganar suficiente para poder alquilar un apartamento y alimentar a mi hija. Comprar ropa nueva tampoco nos vendría mal y otras cosas que llevaba meses sin poder hacer.

Ir al dentista o al médico. Ir al cine. Ir a comer un helado.

Podría hacerlo. Sobreviví años de palizas, pedir y aceptar ayuda debería ser mucho más fácil, ¿verdad?

Capítulo 8

Alan

—¡Mierda de coche! —maldije bajando el capo del coche con más fuerza de la que debía.

El coche de Casey no era un desastre, era peor si existía algo peor que eso. Mike tenía mucho trabajo y muy poco espacio en el taller así que cuando preguntó si podía traer el coche aquí dije que sí.

Total, pensé que podría arreglarlo, si no todo por lo menos alguna cosa para hacerle el trabajo más fácil a Mike.

Aunque si era honesto conmigo mismo el coche no era lo que me tenía de tan malhumor. Casey se había ido. Se fue al lado, a la casa de la que me separa una valla de medio metro, pero se fue y no podré verla.

¿Verla?

¿Cuándo mierda pasó eso?

El plan era ayudarla y lo he conseguido, tiene un trabajo, una casa. Ella y Kay estarán bien con Leonor, tan bien que me daba envidia no haber pensado en ello. Fue Sarah la que vino con la idea, se despertó esa mañana y al salir a correr me vio limpiando el patio delantero de Leonor.

Ya sabíamos que para Leonor era cada vez más difícil vivir sola y la idea de la residencia era el primer paso, el segundo era la invitación de Sarah para que Leonor se fuera a vivir con ella. Sin embargo, la idea tenía muchas probabilidades de fallar.

De ahí el plan de resolver dos problemas de una vez y la única incógnita era si Casey aceptará el puesto. Leonor no lo dudó ni un segundo, en cuanto Sarah le contó que Casey estaba en problemas, estuvo de acuerdo.

Juntas, Casey y Leonor, fueron a ver la casa y una hora después Casey llegó para recoger sus cosas. Se llevó las pocas bolsas que había traído la noche anterior, se llevó a la pequeña que era una preciosidad de niña.

Kay se ganó mi corazón y no solo el mío, en menos de un día tenía a Daniel y a Julia enamorados. Los tres jugaron juntos, vieron dibujos y compartieron una caja de galletas que Daniel cogió de la despensa, esas que él odiaba, pero que Kay amaba.

Pasamos la mañana en el jardín, saltando en los charcos, manchándonos todos de barro y no tuve que fingir. Me reí con mis hijos, fui de verdad feliz, sin nada de preocupaciones, sin ningún pensamiento malo nublando mi mente.

Eso fue ayer y hoy los niños pidieron permiso para ir a desayunar a casa de Leonor. Estaba seguro de que esto era la primera vez, pero no la última y si no tenía cuidado mis hijos estarán viviendo ahí en menos de una semana.

Me salté el desayuno, tomé una taza de café y vine al garaje justo cuando Mike llegaba con la grúa. Trajo también algunas piezas de repuesto sabiendo que no iba a poder aguantar y que intentaría reparar el coche.

Lo mío eran las matemáticas, pero mi padre amaba pasar horas y horas reparando coches y de niño pasaba tiempo con él en el garaje. Era nuestro tiempo de chicos el domingo por la mañana o por la tarde si mi madre se salía con la suya y nos llevaba a la iglesia.

La mecánica no era una pasión, era solo una manera de revivir los momentos más felices de mi vida, los más tranquilos. A Daniel también le gustaba sentarse en el suelo a mi lado o en una silla y leer mientras yo trabajaba.

Hace poco empezó a hablarme, a contarme el libro que estaba leyendo o alguna anécdota de la escuela, y era lo que más feliz me hacía, pasar tiempo con mi hijo justo como lo pasaba con mi padre. Por un lado, estaba contento de que Daniel ya tenía la confianza necesaria para salir solo con su hermana, pero por otro lo sentía por mí.

Y tal vez era el momento de dejar de quejarme como una niña e ir dentro, corregir unos exámenes y preparar las tareas para la semana siguiente. Eso planeaba hacer, entré y después de lavarme las manos caminaba hacia mi oficina cuando llamaron a la puerta.

Fui a abrir y antes de hacerlo si me hubieras preguntado sí le tenía miedo a algo habría contestado que, a la muerte, a cualquier cosa que le pueda ocurrir a mis hijos. No le tenía miedo a ningún hombre, si veía en la calle a alguien golpeando a otra persona actuaba, no me quedaba quieto, mirando a lo que sucedía.

He trabajado con unos de los peores hombres de la ciudad durante un tiempo y no me asustaron ni sus malas miradas, ni sus cuchillos o armas. Pero luego de abrir la puerta y ver a ese hombre enfrente, lo tuve y no sentía ni un poco de vergüenza al reconocerlo.

Era alto, rubio con una mirada azul tan fría que parecía capaz de congelarte en el instante, eso si no te morías de miedo antes.

—¿Adam Wilder? —preguntó.

—Sí, ¿con qué puedo ayudarle? —dije y mi voz pareció normal, no me sonó extraña para nada.

—Ava dijo que necesitas ayuda con algo.

Ava, sí.

Sarah la llamó porque según ella Ava podía ayudar a Casey con los documentos, aunque esperaba una llamada o un mensaje de Ava. Lo que no esperaba era a encontrarme a un hombre que parecía un asesino en mi porche un domingo por la mañana.

—Es correcto, pero la esperaba a ella —dije.

—Está ocupada —gruñó, dando un paso adelante y tuve que retroceder para dejarlo pasar.

—Iba a la cocina a por un café, ¿quiere uno? —pregunté y no porque era un anfitrión amable. ¡Mierda, no! En la cocina estaban los cuchillos y a pesar de la confianza ciega de Sarah en Ava yo no sabía quién era este hombre.

Quería estar cerca de algún tipo de arma sin importar que tenía muy claro que cualquier intento de defenderme iba a terminar muy mal para mí.

—Café, sí gracias.

Esos segundos que caminé hasta la cocina con él detrás de mí fueron eternos, intenté recordar qué había puesto en mi testamento y me di cuenta de que no lo había actualizado después del divorcio y los otros eventos que acabaron con Briseida firmando el documento en que renunciaba a nuestros hijos.

¡Mierda!

Según mi testamento si me moría en ese momento ella se quedaba con los niños y con todo lo que tenía. Todo el esfuerzo, el duro trabajo, la lucha para recuperar a Daniel serían en vano.

Entré en la cocina olvidando al hombre amenazante, cogí el teléfono y marqué el número de mi abogado.

—Solo será un momento —le dije al hombre que se había quedado en la puerta y me miraba con una ceja levantada. El abogado contestó en un momento a pesar de que era domingo—. Tim, disculpa que te llamo en tu día libre, pero necesito actualizar mi testamento lo antes posible. No, es sobre la custodia de los niños. Sí, Sarah y Max. ¿Mañana? Genial, ahí estaré.

Para que constase Tim era uno de los mejores abogados de la ciudad y el noventa por ciento de su factura la pagaba mi hermana. Estaba ahorrando para poder pagarle todo lo que había gastado para liberarme de la cárcel y según mis cálculos en unos trece años lo conseguiría. Si los niños decidían ir al colegio entonces moriré debiéndole un montón de dinero a mi hermana.

—Extraño momento para recordar que tienes que actualizar tu testamento —dijo mi invitado.

—Como si no supieras que efecto tienes sobre las personas —murmuré.

—Vladimir —dijo, se acercó y alargó la mano.

Acepté su saludo y lo invité a sentarse, invitación que rechazó. Llené dos tazas de café y me quedé de pie igual que él, yo de un lado de la encimera y él al otro.

—Ava dijo que eres un buen tipo, pero me gusta formar mi propia opinión sobre las personas y después de investigarte tengo que confesar que no me gustabas mucho.

No podría decir que estaba sorprendido, a mí también me costaba a veces gustarme. Mi hermana me perdonó porque es una buena persona y tiene un corazón de oro, mis hijos lo hicieron porque soy su padre, está en su ADN perdonarme. Una persona que no me conocía de nada y teniendo en cuenta mis acciones tenía toda la razón en odiarme o por lo menos no gustarle.

—Pero —continuó Vladimir—. Tengo que reconocer que no muchas personas admitirían que sienten miedo y mucho menos delante de mí.

—Bueno, ya he jodido bastante la vida a mis hijos y lo que menos puedo hacer para ellos es asegurarme de que tengan un futuro si yo no estoy.

Algo cambió en la expresión del hombre, aunque no era una de esas personas que analiza cualquier reacción está fue bastante visible. Puedo decir que se relajó, que ya no se veía preparado para saltar y matar en un segundo.

—¿Para qué necesitas a Ava? —preguntó.

—Tengo... —dudé porque no sabía cuánto contarle—. Una amiga que necesita una nueva identidad, ¿es algo que se puede hacer?

—Dependiendo de la razón.

—No tengo todos los detalles —dije.

—Vale, dame lo que tienes —insistió Vladimir.

—Madre e hija de tres años. Vivían en el coche, signos visibles de maltrato.

—¿La niña?

—No, la madre. Tiene miedo a todos los que se le acercan, a hablar, a comer. Hice el error de tocarla y por un minuto dejó de respirar. Le conseguimos un trabajo, pero tiene miedo a que el marido averigüe donde está, por eso la nueva identidad.

Vladimir asintió, sacó un tarjetero de su bolsillo y puso una tarjeta sobre la mesa.

—Envíame fotos de las dos y los nuevos nombres. Si me lo envías esta tarde mañana por la mañana las recibirás. ¿Entendido?

—Los tendrás lo más pronto posible, pero antes tienes que decirme cuánto cuesta.

—Adiós, Alan. Fue un placer conocerte —dijo Vladimir.

Me quedé en el mismo sitio mirando a su espalda mientras salía de mi cocina y poco después como salía de casa y subía a una moto. Todo en lo que podía pensar era que acababa de hacer algo ilegal, algo justo y lo que era la única opción para una mujer que tenía un marido abusivo, pero ilegal y eso significaba que si la policía averiguaba sobre ello ni el mejor abogado del mundo iba a poder hacer nada por mí.

Era demasiado tarde para dar vuelta atrás.

Cogí la cámara de fotos antes de dirigirme hacia la casa de Leonor. Entré sin llamar que era algo que hacía siempre, pero que me di cuenta demasiado tarde de que ya no podía hacer.

—Hola, ¿dónde estáis? —pregunté, aunque por el silencio

me di cuenta de que dentro no estaban.

Los vi afuera en el jardín, Leonor sentada en una tumbona y los niños estaban sobre una manta en el césped. Casey, de pie, les estaba explicando algo que no podía escuchar.

Un picnic, un maldito picnic después de lo que había caído anoche. Hacía frío, aunque los niños iban vestidos con sus cazadoras. El césped estaba mojado, el viento soplaba con bastante fuerza, pero a ni uno le interesaba.

Me había convertido en un viejo amargado y no sabía cuándo mierda había pasado. Seguí mirándolos hasta que Casey se encaminó hacia la casa y entró en la cocina. Me vio demasiado tarde y eso significa que en un instante se fue todo el color de su rostro.

—Soy yo —dije.

—Los niños quieren más chocolate caliente —murmuró, alejándose de mí.

Se quedó de espaldas y le di un momento para calmarse antes de decirle la razón de mi visita.

—¿Qué? —preguntó dándose la vuelta rápidamente.

—Mañana mismo tendrás los documentos si enviamos las fotos hoy —expliqué de nuevo.

—¿Tan rápido?

—Es lo que dijo Vladimir.

—Vladimir, y... —Casey hizo una pausa no sabía si era porque no sabía qué preguntar o si no sabía cómo—. ¿Es una persona en la que confías?

Esa era una pregunta difícil, podía decir que si estuviera en un callejón en medio de la noche a punto de ser golpeado o asesinado por una banda de criminales Vladimir sería la persona que llamaría para ayudarme. Tenía ese aire mortal que cualquiera echaría a correr al verlo, pero ¿confiar?

—Conozco a Ava, bueno, Sarah la conoce. Ava la rescató cuando fue secuestrada, luego me ayudó con un problema y cuando Sarah la llamó para pedirle ayuda con tu problema, envió a Vladimir. Confío en Sarah, en Ava y por muy extraño que parezca confío en Vladimir. Sé que no me gustaría tenerlo como enemigo y no puedo darte una razón por la que confío en él.

Casey pareció considerar mis palabras y al final asintió. No había nada más para mí ahí, había transmitido mi mensaje y ahora era el momento de irme.

—¿Casey y Kay está bien? —pregunté y de nuevo ella asintió—. Se lo diré a Vladimir, haz unas fotos y envíamelas con los niños, ¿vale?

—Leonor nos enseñará a preparar lasaña —dijo ella.

Suspiré sabiendo que después de desayunar solo iba a pasar lo mismo a la hora de la comida. Daniel y Julia eran capaces de pasar el día entero en casa de Leonor si se les permitía.

—Vale, entonces después de comer. Leonor necesita descansar y creo que Julia tiene algunas tareas pendientes.

Maldije para mí mismo cuando vi a Casey en el mismo lugar, sin casi respirar, si no hubiera sido por la manera en la que sus dedos apretaban la taza no sabría que era una mujer de carne y hueso. Podrías decir que era un maniquí.

Dije adiós y me fui de ahí antes de pedirle que me diga dónde puedo encontrar al cabrón que le hizo daño. De vuelta a mi casa me puse a corregir y estuve ahí hasta que los niños volvieron.

—¡Papá! ¿Sabes qué fácil es cocinar? —gritó Daniel desde la entrada.

—¿Lo es? —pregunté sonriendo y es que Daniel también sonreía y era imposible no hacerlo cuando lo hacía de esa manera, con sus labios, con sus ojos, con todo su ser.

—Facilísimo, ven que te hemos traído un poco para que lo

pruebas.

Pasamos el resto del domingo buscando recetas para probar, bueno, para probarlas en casa de Leonor. Al parecer, Casey había prometido enseñarlos a cocinar y no me parecía mala idea.

Para nada, como tampoco sentía celos porque mis hijos van a pasar más tiempo ahí. Así tendría más tiempo para... ¿para qué?

∞ ∞ ∞

—¡Kevin! No me hagas venir ahí —amenacé, y el chico se dio la vuelta después de asentir.

Pensaba que no había visto sus labios moverse mientras murmuraba Dios sabe qué insulto estaba de moda ahora. Amaba las matemáticas, amaba enseñar, amaba los niños y sus cerebros que acumulaban los conocimientos como nadie.

Hoy no.

Era lunes y los lunes siempre eran uno de los peores días de la semana, parecía que durante el fin de semana había tenido lugar una posesión demoniaca que afectó a todos mis estudiantes.

Solo era el primer recreo y ya llevaba unos siete niños castigados después de clase. Por cómo iba la situación la sala de detención estará llena al final del día.

Durante la clase los niños se comportaban bien, pero fuera era un infierno. Una parte, una pequeña parte de ellos, jugaban al baloncesto, charlaban o bailaban delante de sus teléfonos móviles. Estaba bien con eso a pesar de que algunos de esos movimientos de baile no eran adecuados para niñas de trece años, pero yo solo era un profesor, no el padre o la madre que debía estar al tanto de lo que hacían.

Luego estaban los otros niños, los que iban buscando pelea

justo como hacía Kevin ahora mismo. Su primera víctima fue el chico nuevo, Greg, se burló de su camiseta. Después pasó a la pobre Miranda, una niña tranquila que siempre tropezaba cuando caminaba y hoy tuvo la mala suerte de hacerlo cerca de Kevin.

Su próximo objetivo era, si no me equivocaba, la misma señorita Reese, la nueva profesora de francés. Era joven, demasiado joven para saber cómo lidiar con chicos como Kevin que no tenía ni un tipo de limite o control. Miedo tampoco.

—Alguien debería enseñarle una lección a ese chico —dijo alguien a mi derecha.

En el primer momento no reconocí la voz, pensé que era algún padre que a veces venía echarnos una mano en los recreos. Teníamos un buen programa en los que los padres se involucraban en la vida escolar de sus hijos, aunque no todos estaban contentos con hacerlo.

Pero no, el hombre a mi lado no era el padre de ninguno de mis alumnos.

—Vladimir, ¿cómo has conseguido entrar en el colegio? —pregunté.

Era imposible hacerlo, las puertas se cerraban por la mañana y solo se podía acceder al interior con cita previa y la aprobación de la secretaria.

—Esto es para tu amiga. —Ignoró mi pregunta y me entregó un sobre. Lo cogí sin poder creer que estaba recibiendo documentación ilegal en el patio del colegio, a vista de docenas de niños.

—¡Jesús Cristo, hombre! Tengo antecedentes y dos hijos en casa cuya madre es una bruja, ¿qué mierda quieres conseguir? Meterme en la cárcel, ¿o qué?

—Tranquilo, para los próximos veinte minutos soy el empleado de la Fundación Taylor y estoy aquí para comprobar si la escuela necesita fondos para mejorar el aprendizaje de los niños.

Ahogué una maldición mientras miraba el traje de Vladimir, sus ojos ocultos detrás de unas gafas de aviador. Podría pasar por un hombre normal si fingías no ver los músculos debajo del traje y si no se quitaba las gafas.

—Vale, pues gracias y adiós —dije, pero Vladimir no se movió.

Maldije en voz baja y seguí la dirección de la mirada de Vladimir ahí donde Kevin y sus amigos tenían rodeada a la señorita Reese. Vladimir se encaminó hacia ellos, pero lo agarré del brazo.

—¿Qué mierda crees que estás haciendo? Es un niño —gruñí.

Vladimir miró mi mano que rodeaba su brazo, lo solté, pero no me alejé. Era un hombre peligroso, no sabía qué mierda pretendía hacer, pero no iba a dejarlo asustar a los niños.

—Ese es un maldito acosador —dijo Vladimir, su voz baja y calma, pero fría.

—Es un niño y sí, tiene un problema, pero detrás de todas esas cosas que hace hay un niño que pide ayuda, que necesita cariño. No puedes responder a la violencia con más violencia.

—¿Cariño? Wilder, ¿en qué mundo vives? Ese niño crecerá y será peor, será el universitario que violará a tu hija en un callejón oscuro y dirá que fue ella la que lo pidió al ponerse una falda corta. Será el hombre que provocará peleas, que meterá a más de uno en el hospital. Acabará pasando más tiempo en la cárcel que fuera y cada vez que saldrá hará lo mismo una y otra vez. ¿Quieres eso para él? No, seguro que no.

Maldita sea, tenía razón. Ya lo había dicho la psicóloga del colegio, después de meses de terapia no había signos de mejoría en el comportamiento de Kevin y estaba a poco de ser expulsado.

La familia de él llegaba a las reuniones y prometía que haría lo necesario para el niño, pero nunca lo llevaban a cabo. Entendía que era difícil ponerle límites a un niño de catorce años después de años en los que había sido ignorado, dejado delante de una pantalla para entretenerse y no molestar.

Pero me negaba a renunciar, el colegio, los profesores, éramos los únicos que estaban en su bando, que luchaban por ese niño y no iba a dejar a otro matón a venir y asustar a un pobre niño sin importar como de malo era su comportamiento.

—Estamos trabajando en ello, Vladimir. Kevin estará bien, no te metas donde no te incumbe.

Podía sentir la mirada de Vladimir y tal vez si no hubiera sido por las gafas hubiera temblado de miedo, pero maldita sea, estos eran mis niños.

—¡Señor Wilder! Carly se ha caído y está sangrando —gritó un niño.

Eché a correr hacia el fondo del patio donde muchos niños estaban reunidos alrededor de una niña con una rodilla que sangraba.

—Niños, a jugar que os quedan cinco minutos —dije ayudando a Carly a ponerse de pie.

La acompañé a la enfermería y al volver al patio encontré a Vladimir casi en el mismo sitio, apoyado contra la valla del colegio. Algo se sentía extraño y cuando miré alrededor lo único fuera de lo normal era que Kevin estaba sentado en un banco, su cabeza bajada y podría jurar que estaba temblando.

¡Maldito hombre!

Me encaminé hacia Kevin calculando cuantos minutos quedaban del recreo y preguntándome si tendré tiempo a arreglar lo que sea que hizo Vladimir.

—Kevin, ¿estás bien?

—No soy malo —dijo el niño, levantando el rostro hacia mí dejándome ver sus ojos, esos en los que se reflejaba un miedo atroz.

—Claro que no, Kevin.

—Él dijo que soy malo, que los niños como yo terminan en la cárcel, que ahí pasan cosas... señor Wilder, no quiero ir a la cárcel, no quiero que me... —La voz de Kevin se rompió y se echó a llorar.

Me senté a su lado y me hubiera gustado abrazarlo, pero las reglas del colegio lo prohibían así que solo me quedaban las palabras para tranquilizarlo.

—Kevin, mírame y escúchame bien. Eres un niño que a veces tiene un comportamiento inadecuado, pero eso no te convierte en un niño malo. No voy a mentirte, lo que dijo ese hombre pasa. Hay hombres que van a la cárcel por hacer cosas malas, pero tú no serás uno de esos hombres. No hay maldad en tus actos, solo es una manera de llamar la atención y si dejas a la señora Harrison ayudarte, estarás mejor. Te lo prometo, déjanos ayudarte y olvida lo que dijo ese hombre.

—Estás mintiendo —dijo Kevin.

—No...

—Sí, sé lo que hago, sé que los otros niños lloran cuando me ven venir, que me temen. Eso es malo.

—Vale, en ese tienes razón, pero eso puede cambiar. Para eso estoy aquí, para ayudarte.

El timbre sonó avisando del fin del recreo y Kevin limpió sus lágrimas con las manos. Se puso de pie y me miró.

—¿Me ayudarás? No quiero ir a la cárcel.

—Te prometo, Kevin. Lo que sea que necesitas estaré aquí, ¿vale?

El patio se vació hasta que quedaron solo dos personas, Vladimir y yo. Tenía libre la siguiente clase y pensaba aprovechar para ponerme al día con las tares, pero antes había algo que tenía que hacer.

Me puse de pie y caminé hasta Vladimir.

—¿No tienes nada mejor que hacer que venir y meter el

miedo en un niño de catorce años?

—No, le prometí a mi esposa que me mantendría lejos de problemas —explicó Vladimir.

Claro, tenía una esposa y eso era algo que me costaba creer.

—¿Le tienes miedo a tu esposa?

—No, amo a mi esposa. Ella prometió quedarse en casa descansando que fue lo que le recetó el médico y yo que no me meteré en problemas. Un colegio parecía el lugar menos probable para problemas, pero por lo visto me equivoqué.

—Hombre, ese niño tendrá pesadillas, no podrá dormir pensando que terminará en la cárcel. ¿Sabes lo que el miedo le puede hacer a un niño?

—Wilder, el miedo es bueno, a veces es lo que uno necesita para encontrar el buen camino. Ya verás.

—Te digo yo lo que no veré, a ti en este colegio. La próxima vez avisaré a la policía —amenacé.

Me di la vuelta y me dirigí hacia la puerta del colegio. Antes de ir a la sala de los profesores pasé por la oficina de la señora Harrison y le expliqué lo que había pasado con Kevin. Prometió hablar con él antes del final de día.

Solo podía esperar que el daño causado por Vladimir no tuviera consecuencias graves, lo único que me faltaba era tener sobre mi conciencia a un niño inocente.

Capítulo 7

Casey

—Mami, más, quiero más.

Alan y los niños se echaron a reír, pero yo quería desaparecer de la faz de la tierra de tanta vergüenza que pasaba al ver a mi hija comer y pedir más y más. Las tortitas me habían salido muy ricas, pero Kay ya había comido cinco.

Con fresas, con chocolate, con sirope de arce, con nata. Su estómago parecía un pozo sin fondo, aunque la verdad era otra. Kay era una niña que por una vez tenía delante de ella un plato de su comida favorita.

—Una más, señorita, no quieres un dolor de tripa, ¿verdad? —dijo Alan.

Kay asintió rápidamente, sus rizos moviéndose alrededor de su rostro. El lazo, si tenía que adivinar, diría que se había quedado en alguno de esos charcos en los que saltó durante una buena media hora.

Se divirtió tanto que cuando entró tuve que llevarla al cuarto de baño y bañarla. De alguna manera había conseguido bañarse en barro, pero su sonrisa era tan grande que no tuve corazón para regañarla.

El vestido estaba en la lavadora con sus medias blancas y con el chubasquero, ahora llevaba puesta una camiseta de lobos igual que la de Daniel. Por eso tardamos tanto en desayunar, entre una cosa y otra eran casi las diez y los niños seguían comiendo.

Yo había tomado una taza de café que me preparó Alan. Sí, Julia había puesto la mesa y cuando regresé con Kay después del baño todos nos esperaban para desayunar. Nos sentamos y Alan me preguntó si tomaba café. Le dije que sí y se levantó para prepárármelo, con una gota de leche y una cucharadita de azúcar.

Era el mejor café que había tomado en mi vida o tal vez era el hecho de que llevaba tanto tiempo sin tomarlo. El desayuno fue una experiencia interesante y buena. Daniel y Julia tenían una relación increíble con Alan, había amor, confianza, seguridad.

Todo estaba bien excepto que no sabía dónde estaba Sarah, nadie la mencionó y me daba miedo preguntar. No quería parecer desesperada, aunque lo era.

—¡Estoy en casa y tengo una sorpresa! —Se escuchó de repente la voz de Sarah y tardó bastante en aparecer en la puerta de la cocina.

No estaba sola, una mujer mayor la acompañaba. Parecía tener cien años, el cabello blanco cortado a la altura de los hombros le quitaba unos años, el lápiz labial rojo unos cuantos más y el vestido de punto unos diez.

El aire en la cocina cambió, no me preguntes qué y cómo, pero esa mujer entró y fue como si hubiera entrado un hada con una varilla mágica preparada para cumplir tres de mis deseos.

—¡Leonor! —chillaron Daniel y Julia, los dos saltando de sus sillas para ir a abrazar a la anciana.

—Válgame, Dios, ¡chicos! Os he visto hace tres días —protestó ella, aunque noté que aceptó con mucho cariño los abrazos —. Necesito un café —dijo Leonor y por cómo me miró supe que me lo estaba pidiendo a mí.

Antes de poder ponerme de pie sentí una mano sobre mi hombro.

—Alan, tú no sabes preparar ni siquiera un café, deja a la joven hacerla —dijo la mujer sin apartar la mirada de la mía.

—La última vez dijiste que estaba mejorando —le respondió Alan.

—La última vez mentí para no herir tus sentimientos, era tu cumpleaños y no quise ofenderte —le devolvió Leonor.

El cambio de palabras duró poco y solo una parte de mi cerebro estuvo pendiente de la conversación, la otra estaba ocupada con mantenerme quieta y respirando.

La mano sobre mi hombro pesaba y no solo impedía que me moviera también me impedía respirar. Era como una fuerza, un ser vivo y maligno que me estaba manteniendo prisionera, que me estaba matando segundo a segundo.

—¡Joven! El café lo quiero negro con una cucharadita de crema, no media, una cucharadita, ¿entendido?

Tardé unos momentos en darme cuenta de que Leonor hablaba conmigo y otros tantos en notar que la mano de mi hombro había desaparecido. Asentí y con las piernas temblando me puse de pie.

—Una cucharadita de crema —murmuré para mí misma.

Me acerqué a la cafetera para preparar el café y me perdí las miradas desaprobadoras de Leonor y Sarah que recibió Alan. Volví a la mesa donde todos estaban sentados, Sarah al lado de mi silla y Leonor al otro lado de la mesa.

Los cuatro estaban un poco apretujados en ese lado a pesar de que a mi lado había suficiente espacio, aunque no dije nada. No era mi casa y tampoco parecía importarle a nadie.

Escuché la conversación mientras terminaba mi café. Leonor había ido a visitar una residencia de mayores y su opinión era que ese sitio era tan horrible como los otros dos que había visto.

—No me importa, Leonor, no puedes seguir viviendo sola —dijo Sarah.

—¿Quién lo dijo? —espetó Leonor.

—Tu médico después de la última vez que te has mareado y pasaste una hora en el suelo del cuarto de baño, ¿lo recuerdas? Si no hubiera sido por Alan quién sabe qué habrá pasado.

Así durante mucho tiempo, hasta que los niños se aburrieron y pidieron ir a jugar. Kay también quiso ir, ¿cómo no? Julia prometió cuidarla y no tuve más remedio que decir que sí.

—Estas tortitas son muy ricas, Casey —dijo Leonor.

—Gracias —murmuré, preguntándome cuándo le dije mi verdadero nombre.

—¿Sabes cocinar algo más? No, no respondas a la pregunta, no me importa si no lo haces. Puedo desayunar, comer y cenar tortitas —continuó Leonor.

No entendía de qué estaba hablando, pero no dijo nada más. Simplemente continuó comiendo y me pregunté si me había perdido alguna parte de la conversación, pero entonces Alan me miró y se encogió de hombros.

O sea, él tampoco sabía de qué se trataba.

—Dime, Casey, ¿te interesaría un trabajo con buen sueldo y mucha flexibilidad horaria? —preguntó finalmente Leonor.

—¡Leonor, no! —protestó Sarah.

—¡Que sí! No me iré a vivir a esos sitios y me da igual lo que digas. Quiero vivir lo que me queda en mi casa, quiero morir aquí, aunque déjame decirte que no será tan pronto como piensa ese médico. ¿Qué sabe él? Mi madre vivió cien años, mi abuela ciento y cinco, la bisabuela más que eso, pero no estoy muy segura de cuanto ya que la pobre ni sabía en qué año nació.

¿Cien? Leonor tendría unos ochenta o eso me parecía a mí y aunque caminaba con la ayuda de un andador no se veía tan mal. Será por los ojos, esos que brillaban con más vida de la que veía en los míos cuando me miraba en el espejo.

—Vale, ni sé por qué me meto. Haz lo que quieras —dijo Sarah.

—Eso pensaba hacer. —Leonor sonrió mirándome—. ¿Te interesa el puesto?

—No sé de qué se trata —respondí.

—Es muy sencillo, necesito a alguien que me ayudé en la casa. Cocinar, limpiar no, ya tengo a una empresa que viene dos veces a la semana y estoy muy contenta con ellos.

—Cocinar —repetí.

Leonor asintió y Sarah puso los ojos en blanco.

—Leonor, necesitas algo más que una cocinera. Necesitas a alguien que esté contigo todo el tiempo o que por lo menos viva en tu casa.

—¡Dios, Sarah! Lo sé, pero primero quería enseñarle la parte buena de la oferta antes de preguntar si quiere venirse a vivir con una vieja que se va a dormir a las ocho de la noche y despierta en cuanto sale el sol.

—Como Kay, aunque ella se acuesta a las siete, pero parece que tiene una conexión con el sol y se despiertan a la misma hora —dije.

—¡Muy bien, vamos! —exclamó Leonor, se puso de pie y cogió su andador.

Caminó hacia la puerta y se giró cuando vio que no la seguía.

—Ven, joven, Sarah puede cuidar a la pequeña mientras te enseño la casa.

—Ve, Casey, no te preocupes por Kay —dijo Sarah.

Me puse de pie, pero mientras seguía a Leonor no pude parar el miedo y los pensamientos.

¿Y sí Sarah y Alan eran traficantes de niños y se llevaban a Kay?

¿Y sí eran traficantes de órganos?

¿Y sí?

Tantas preguntas, todas malas y ni una buena.

Afuera el cielo era claro, sin una nube. En el aire se sentía ese olor que me encantaba, a lluvia y a tierra mojada, aunque una vez que pisamos la calle vi que el aire era lo único bonito.

Todo estaba lleno de ramas rotas, de hojas caídas. Un poco más adelante un árbol había caído sobre un coche. Al otro lado de la calle una casa tenía las ventanas rotas, a la otra le faltaba una buena parte del techo.

El trozo de acera que iba de la casa de Alan hacia la de al lado estaba limpio de ramas mientras que el resto todavía tenía ramas y mucho barro.

—Alan lo ha limpiado esta mañana —explicó Leonor, aunque estaba segura de que yo no había abierto la boca.

Llegamos a la casa que era igual de bonita que la de Alan. Dos plantas de altura, un porche rodeando por lo que podía ver la parte delantera y poco de la trasera. Tenía ventanas pequeñas con tiestos de plantas en cada repisa, plantas verdes, con flores multicolores.

Me imaginé que Alan fue el que las colocó esta mañana ya que no había posibilidad de que esas plantas hubieran sobrevivido afuera en la tormenta. Al parecer, Alan estaba en el negocio de rescatar.

Las plantas de Leonor, a mí y a Kay.

¡Dios! Empezaba a amar ese apodo, ya ni pensaba en mi hija como Keira, ella era Kay y algo me decía que iba a quedarse así mucho tiempo.

Seguí a Leonor dentro de la casa, hasta el salón donde se sentó en el sofá. Estaba respirando con dificultad y aun así me hizo un gesto hacia el sillón. Me senté y esperé, ni siquiera miré la habitación, aunque no fue difícil de ignorar la pila de libros que tenía sobre la mesa de café.

Romance, misterio, terror, policiaca, fantasía.

Amaba leer y a pesar de que Kay todavía no sabía hacerlo le encantaba mirar mi libro mientras lo hacía yo y fingir que leía. Pasaba sus dedos sobre las palabras y me preguntaba cuál era.

Hace poco encontré una caja de libros al lado de un contenedor y me la llevé. Había un montón de novelas románticas, unas de terror algo que todavía no había tenido el valor de leer y tres libros de cuentos infantiles.

A Kay le encantó ver los dibujos, su cuento favorito era el de Cenicienta y en cuanto vio que uno de los libros era justo eso, se puso a bailar. ¡Dios! Casi hice lo mismo, los dibujos de la Cenicienta con su vestido, el príncipe tan guapo, la calesa, todo era tan bonito que mientras le leía el cuento fingí que ese era mi mundo.

—La cocina está a la izquierda, ¿me puedes traer un vaso de agua? —preguntó Leonor y me puse de pie enseguida.

—Claro que sí —dije ya caminando hacia la cocina.

No fue muy difícil encontrarla, llené un vaso con agua del grifo y volví al salón.

—He mentido —dijo Leonor después de beber un poco de agua, cogí el vaso y lo puse sobre la mesa.

—¿Sobre el trabajo? —pregunté sin atreverme a sentarme.

—No, pero siéntate que si te quedas de pie me mareo.

Me senté.

—No, la oferta sigue de pie, pero mi salud es peor de lo que quiero admitir. Sarah acaba de casarse, es feliz con Max y no quiero preocuparla, pero tampoco quiero irme a vivir a ese sitio lejos de ella, lejos de Alan y de los niños. Ellos son mi familia.

Fruncí el ceño pensando que ella también estaba sola, sin familiares, sin ninguna persona sangre de su sangre que la cuidé en sus últimos días.

—No, tengo hijos. Dos, cuatro nietos y dos nueras. Ni uno viene a verme. Ni uno llama para charlar. Bueno, el mayor llama cada seis meses para ver si sigo viva, aunque siempre le digo que sería más fácil esperar la llamada del abogado. Espera heredar y lo único que odio es no poder ver sus caras cuando el abogado les diga que no hay nada para ellos. Nada, no van a heredar nada.

Leonor hizo una pausa, bebió un poco más de agua y me di cuenta de que, aunque lo escondía bien sí que le dolía. Dolía no tener a su lado a sus hijos, a sus nietos. Me pregunté qué pudo haber pasado para que esos dos hijos se alejaran de su madre.

—Te lo contaré otro día, aunque es lo que pasa siempre. En cuanto crecen ya no les haces falta, ya no te necesitan. Pero volviendo a lo nuestro te diré lo que necesito y tú puedes decidir si es algo que te gustaría, ¿vale?

—Ya me lo has dicho, cocinar —le recordé.

—Sí, pero no solo eso. Puedo comer sola, caminar con dificultad, pero lo consigo. Lo que no puedo hacer es ducharme sola, vestirme se ha vuelto una tarea extremadamente difícil y que me deja tan cansada que ya no me apetece salir de casa. Todavía no estoy en ese momento en que salir a la calle en camisón me parezca normal. Voy a necesitar ayuda, aunque no tendrás que estar pendiente de mí veinticuatro horas sí que te necesito aquí, viviendo en mi casa.

—¿Qué?

—Sí, lo siento, pero es lo que hay. Mi dormitorio y cuarto de baño están abajo, tendrás toda la planta de arriba para ti y tu hija, aunque no podrás tirar ni una de mis cosas podremos hablar y guardar algunas en cajas para que puedas sentirte como en casa.

—Leonor, yo...

—No, déjame terminar y luego podrás preguntar lo que sea que necesitas saber —dijo Leonor y tuve que esperar un poco más mientras tomaba otro sorbo del vaso de agua—. Te ofrezco un buen sueldo, casa y comida a cambio de algo de ayuda y compañía, es lo que más me hace falta. Sarah viene a verme, pero no tanto como me gustaría, Alan y los niños pasan cuando pueden, pero ellos también tienen sus vidas y a veces siento que estas cuatro paredes me ahogan. ¿Crees que podrás hacerlo, vivir con una anciana, crees que es algo que te gustaría hacer?

Cerré los ojos cuando sentí las lágrimas brotar, era más de lo que soñaba, más de lo que me había atrevido pedir, pero no podía aceptar. Leonor era una mujer frágil y no quería ponerla en peligro. Si Keith, por algún milagro me encontraba no dudaría en hacerle daño para llegar hasta mí.

Miré a Leonor que sacudió la cabeza y se reclinó en el sofá.

—Vamos a ver, ¿cuál es el problema? —preguntó.

No podía contarle que tenía un marido abusivo que me buscaba para matarme o enviarme a la cárcel dependiendo de qué humor estuviese. Como tampoco podía decirle mi número de seguridad social, eso le haría el trabajo más fácil a Keith.

—He visto esa misma expresión en Sarah, ella también pensó que era una mujer vieja que iba a tragarse sus mentiras así que te ahorraré el trabajo —dijo Leonor—. Te estás escondiendo de un marido o exmarido maltratador, no tienes dinero ni familia o amigos que pueden echarte una mano. ¿Estoy equivocada, Casey?

—No.

—Nosotros podemos ayudar, Alan, Sarah y yo, pero por ahora empezaremos con lo más importante, un trabajo. El puesto es tuyo si lo quieres.

—Lo quiero, pero, Leonor, hay riesgos. Él es violento.

—Todos lo son, cariño, todos lo son hasta que encuentran a alguien que les dé un poco de lo mismo. Esta casa es segura, tiene un sistema de alarma con botón de pánico en cada habitación, con sensores de movimiento en cada ventana. Max me lo ha explicado tantas veces que se me ha quedado grabado en la memoria.

—Y Kay, no olvides a Kay —insistí.

—¿Cómo iba a olvidarla? —protestó Leonor—. Me encantan los niños así que si has terminado con las excusas ve arriba y mira a ver si hay algo que necesitas cambiar en las habitaciones.

Tentador, Dios, era tan tentador y demasiado bueno para ser verdad. ¿Dónde estaba la trampa? Seguro que había una, mi vida no podría mejorar así de un día para otro.

—Ve arriba, Casey, anota lo que hace falta y luego nos podemos encargar de los trámites para la contratación.

Ahí estaba la trampa.

Suspiré y eché un vistazo a la escalera que llevaba a la planta de arriba. Fue bonito mientras duró, unos pocos minutos en los que tuve lo que deseaba al alcance de mis dedos.

—No tengo carne de identidad, bueno podía pedirlo, pero entonces mi marido podía encontrarme —expliqué.

—Aja, hablaremos con Max, él sabrá que hay que hacer. Mientras tanto, no te preocupes por nada. El trabajo es tuyo y no haremos nada que te pueda poner en peligro, ¿vale? Ahora sube y echa un vistazo a esas habitaciones, creo que los dos dormitorios conectados por el cuarto de baño sería perfecto para ti y Kay.

Quizás mi suerte había cambiado, quizás tenía una nueva oportunidad, quizás podía ofrecerle a Kay la vida que se merecía.

Asentí y Leonor me respondió con una sonrisa. Salí de la habitación justo en el momento en que las primeras lágrimas se deslizaron por mis mejillas. Leonor tenía razón, los dormitorios eran perfectos.

Cada uno tenía una cama doble, armario grande y ventanas que daban al jardín. Una era pintada de color azul cielo y la otra de beige, las dos compartían un cuarto de baño con bañera y ducha, aunque no sabía si íbamos a usar las dos habitaciones.

Me había acostumbrado a dormir con Kay, abría mis ojos y la veía a mi lado sana y salva. Tenerla en otra habitación será algo a lo que me costará acostumbrarme.

No apunté nada para cambiar a pesar de que más de una vez mi lado profesional estuvo a punto de tirar algunas cosas, como por ejemplo un jarrón de vidrio con una mezcla de colores que sabría que me daría dolor de cabeza.

No era mi casa y estaba demasiado agradecida por tener un techo sobre mi cabeza como para ponerme a cambiar algo.

Era lo que más necesitaba en ese momento, una casa, pero eso no arreglaba mis problemas. No podía cobrar, no tenía seguro de salud, no podía apuntar a Kay a un colegio infantil. Podía ahorrar el dinero, que era más de lo que pensaba que cobraba una cuidadora, y en unos meses buscaría un abogado para ver qué opciones tenía.

No eran muchas, de eso estaba segura. Sí, sufrí maltrato, mi marido me golpeó tantas veces que perdí la cuenta después de un año, pero no hay pruebas de eso. Ni una vez fui al hospital, ni una maldita vez.

Al principio porque no quería aceptar lo que estaba pasando, luego por la vergüenza y al final porque ya no podía salir de casa sin su permiso. Una vez ignoré todo, vergüenza y miedo, y fui a una clínica gratuita. Keith me había roto el brazo y a pesar de seguir a pie y letra un tutorial de YouTube mi brazo no se curó.

Lo necesitaba, era mi brazo derecho y a pesar de que me trataron en la clínica todavía dolía. Coger a Kay en brazos era lo que más me causaba dolor, a veces ni siquiera podía prestarle atención y la dejaba hablar mientras yo contaba, intentando manejar el dolor.

Ese no era el único problema de salud que tenía, pero llevaba tanto tiempo ignorado los síntomas, aguantando el dolor que ya me parecía algo normal. Sin embargo, no lo era y ahora que me lo podía permitir era el momento de hacer algo.

Quería vivir mucho, suficiente para ver crecer a mi hija. Solo Dios sabe qué daño me habrán causado todos esos años de palizas.

Por ahora tenía otras cosas más importantes, por ejemplo, preguntar a Leonor cuando podía empezar y dos minutos después cuando bajé su respuesta no me sorprendió nada.

—Ahora mismo, Casey, ¡ahora mismo!

Capítulo 9

Casey

Estaba lloviendo de nuevo, era lo único que hacía desde hace diez días. Llover y llover. Tenía una casa caliente, una taza de café en la mano y estaba sentada en un sillón cómodo mirando por la ventana.

La novela romántica que había cogido antes de sentarme estaba sobre mis piernas, ahí donde la dejé después de leer dos páginas. He leído tanto que desde las primeras páginas sabía lo que iba a suceder y no estaba de humor para ver cómo sufría la protagonista. Si quería sufrimiento tenía más que suficiente con mi vida.

Dejé de leer para mirar la lluvia golpear el cristal de las ventanas.

Llevaba dos meses trabajando para Leonor y podía decir que era el trabajo más fácil del mundo. Cocinaba no solo para ella, si no para las tres. Hacía las compras y salíamos a pasear. La ayudaba a la hora de bañarse, aunque me costó un poco, no sabía si era vergüenza o qué, pero al principio Leonor no me permitió ayudar.

Teníamos una rutina que me encantaba. Kay era la que nos despertaba por la mañana y pedía ir a saludar a Leonor, se quedaban las dos en el dormitorio hasta que preparaba el desayuno.

Después íbamos a comprar o a pasear, almuerzo y luego siesta. Por la tarde venían los chicos de visita, Daniel y Julia. Kay los amaba, saltaba de alegría cuando los veía y era normal, jugaban y reían todo el tiempo cuando estaban juntos sin importar que ella tenía tres años y ellos diez más.

Cenábamos a las siete, una hora y media más tarde Leonor y Kay ya estaban en sus camas durmiendo, dejándome a mi sola. La primera noche no dormí ni un minuto por miedo a despertarme y darme cuenta de que todo era un sueño.

La siguiente noche fue algo mejor y a la tercera ya dormía mejor de lo que había dormido en meses. Mi vida era buena, no tenía nada de que quejarme. Sin embargo, había algo que no podía exactamente nombrar, algo que me impedía disfrutar de todo.

No era miedo, había usado dinero del adelanto que me dio Leonor y compré un teléfono móvil, uno de esos que no podía ser rastreado. Keith tenía la cuenta de Instagram publica y pude ver que estaba en casa, trabajando y pasándolo bien con sus amigos.

O eso era lo que publicaba ahí, Dios sabe lo que hacía en realidad, pero estaba segura de que no sabía dónde estaba así que no era eso. Tal vez, era un presentimiento o simplemente ya no sabía cómo vivir sin miedo, como no preocuparme por lo que iba a comer mañana.

Eran las nueve de una noche lluviosa de viernes y la calle que llevaba más de veinte minutos estaba desierta. Ni un coche, ni un vecino se había arriesgado a salir. La casa de al lado estaba oscura, ni una luz encendida y era raro verla así.

Normalmente, estaban encendidas por lo menos la mitad, y Julia me contó que eso se debía a que Daniel le tenía miedo a la oscuridad. Esta noche los dos estaban en casa de su tía para una fiesta de pijamas, aunque el plan principal y lo más importante era ver una película que todavía no se había estrenado, pero que su tío Max había conseguido para ellos.

Parecía una tontería, pero los echaba de menos. Sus risas, sus conversaciones sin parar. Leonor me pidió preparar lasaña, su receta, y parte de la razón por la que estaba mirando la calle era que le había guardado un plato a Alan.

—¿No has visto que delgado está? Un poco más si se desvanece —había comentado Leonor durante la cena.

De ahí que le guardamos un plato y ella lo llamó para decírselo. Alan prometió pasar por aquí, pero no dijo a qué hora. Quizás su cita se había alargado, Julia dijo que esta noche tenía una cita.

Con una mujer.

No me importaba, ¿para qué importarme? Yo era una mujer casada, ¿lo era? Oficialmente sí, pero no le debía nada a Keith, todo lo que le prometí el día que nos casamos no sirve para nada, solo fueron palabras y a pesar de que quise mantener mis promesas no podía hacerlo.

No después de lo que me hizo.

Keith era el enemigo, una amenaza, pero ya no era mi marido y si pudiera encontrar una manera dejaría de ser el padre de Kay. De todos modos, nunca le importó la niña, ni siquiera la ha cogido en brazos.

Las luces de un coche iluminaron la calle y reconocí el todoterreno de Alan. Podría decir que me había convertido un poco en una acosadora, pero era solo porque no tenía mucho que hacer.

Pasaba mucho tiempo con los niños, escuchando hablar de él. Los niños hablan mucho, muchísimo, y conocía a Alan mejor de lo que creía posible.

Era buena persona, amable, tenía una paciencia infinita y tuve la posibilidad de verlo por mí misma en los últimos meses. Sus niños pasaban cada momento libre en casa de Leonor y Alan venía a recogerlos a pesar de que vivían al lado.

A veces nos pedía cuidarlos mientras iba a hacer la compra o a quedarnos con Julia cuando llevaba a Daniel a terapia. Una vez se ofreció a llevarme al supermercado cuando escuchó que

Leonor quería una estantería que estaba en oferta.

Me llevó en su coche y fue el viaje más extraño de mi vida, el de él también. Durante el corto trayecto hasta el supermercado me quedé pegada a la puerta y ni siquiera tendría el cinturón abrochado, pero Alan se negó a arrancar si no me lo ponía.

No hablamos, él no preguntó nada y yo no tenía nada que decirle. Le había agradecido por conseguirme los documentos de identidad, agradecimiento que él había desestimado con un simple gesto de cabeza.

Era mi oportunidad de vivir libre y la tenía gracias a él, pero él lo trató como si fuese nada. Me quedé callada durante el viaje y dentro del supermercado donde no entendía por qué me acompañó, aunque tampoco me atreví a preguntar.

Compré lo que necesitaba y al llegar a caja vi que Alan tenía en su coche tres ramos de flores.

—Vamos a cenar a casa de Sarah y a Daniel le encanta regalarle flores —explicó Alan.

Sin embargo, eran tres ramos y averigüé cuando llegamos a casa que uno era para Leonor. Daniel se lo regaló y ella le dio un abrazo. El tercero era para mí. Daniel con sus ojos brillando felices, con su sonrisa traviesa me estaba entregando el ramo y todo lo que yo pude hacer fue llorar.

—Es alegría, hijo, ya sabes que las mujeres lloran cuando están enfadadas y también cuando están alegres —explicó Alan, recibiendo el ramo en mi lugar—. Ayúdame a buscar un jarrón.

Era mentira.

No eran lágrimas de felicidad, eran de rabia. Vi ese ramo y recordé la última vez que había recibido flores. No fue un buen momento, tenía el lado izquierdo de mi cuerpo todo hinchado y amoratado gracias a mi torpeza.

Sí, caerme por las escaleras fue una torpeza, no tuvo nada que ver con que estaba discutiendo con Keith y cuando me di la vuelta volé hacia abajo. No, nada que ver con la mano que sentí empujarme.

Fueron imaginaciones mías, eso fue lo que me dijo Keith al día siguiente cuando volvió del trabajo y me trajo un ramo de flores para alegrarme. Hubiera preferido una visita a urgencias, pero ¿para qué si un ramo de flores lo curaba todo?

Sentí rabia porque me arruinó las flores para siempre, nunca volveré a mirarlas sin recordar ese momento y eso no era lo peor. Había enfadado a Daniel porque Alan había dicho que eran lágrimas de alegría, pero el niño no lo había creído.

Sequé mis lágrimas y fui a buscar a Daniel, pero encontré a Alan en la cocina arreglando las flores en un jarrón. Esa imagen de él cortando los tallos de las flores y colocándolas con cuidado en el jarrón, a veces moviéndolas de sitio hasta encontrar el lugar perfecto, me hizo olvidar lo que quería decirle al niño.

—No te preocupes por Daniel —dijo Alan sin levantar la mirada.

—Pero... ¿no está enfadado?

—No, tenía preguntas, pero le dije que has pasado por algunos malos momentos en tu vida y que debería tener un poco de cuidado.

Esa explicación no me convenció, más que eso me pareció muy mal que ese niño sabía que no estaba bien y que debía tener cuidado a mí alrededor. Fue en ese momento en que me pregunté si Kay se comportaba de manera diferente conmigo.

Sí, la respuesta era sí.

Era una niña tranquila y muy pocas veces tenía rabietas, tan pocas que podía contarlas en los dedos de una mano. Nunca decía que no, nunca pedía nada. El pensamiento de que mi hija con solo tres años sabía cómo comportarse para no enfadarme me revolvió el estómago.

Desde ese momento cada vez que me sentía triste o cuando

algo me recordaba algún momento malo lo que hacía era algo que había visto en un video en internet. Sabía que era una tontería y que tal vez no iba a conseguir nada, pero era lo único que tenía.

Lo apuntaba, lo que sea que estaba sintiendo o recordando en ese momento, lo apuntaba en un papel y por la noche cuando Kay dormía bajaba a la cocina, leía de nuevo el papel y lo quemaba en el fregadero.

Era estúpido, pero no tenía otra cosa.

Poco a poco mi vida cambió tanto que incluso podía pensar en hombres, bueno, solo en uno. Alan que ya había notado como de amable era, como cuidaba a sus hijos y a Leonor, como jugaba con Kay.

Era bueno, sí, señor.

Era divertido.

Era guapo.

Vale, ya lo he reconocido. Alan era un hombre guapo y no tenía nada de malo reconocerlo, ¿verdad? Era normal para una mujer encontrar guapo a un hombre y mucho más si ese hombre le ayudó salir de una situación horrible, si columpiaba a su niña media hora sin aburrirse o si jugaba a las muñecas solo porque se lo pidió una niña de tres años.

Vale, le estaba agradecida por muchas cosas, pero no por eso pensaba que era guapo. Lo que yo sentía cuando lo veía no tenía nada que ver con el hecho de que me había ayudado.

—¡Jesús, Casey! Admítelo de una vez, te gusta —me dije a mi misma y al escuchar las palabras, al pronunciarlas, me sentí mejor.

Me sentí libre.

Era una mujer, eso no había cambiado, no había sido borrado por los puños de Keith. Podía sentirme atraída por un hombre, podía sentir deseo.

Justo en ese momento el hombre en cuestión apareció delante de la ventana, me miró, simplemente se quedó ahí mirándome a los ojos hasta que me ruboricé y tuve que apartar la mirada.

Le hice un gesto hacia la puerta y fui a abrirle.

—Siento llegar tan tarde —dijo entrando.

—No te preocupes, no es tan tarde. Ven, he guardado la comida en el horno para que esté caliente.

Me encaminé hacia la cocina pensando que iba a seguirme, pero al llegar a la cocina me di cuenta de que no había escuchado sus pasos detrás de mí. Me giré y lo encontré en el mismo sitio.

—¿Pasa algo? —pregunté.

—Hablas —dijo.

—¿Perdona?

—Y sonríes.

¿Sonreí? ¿Cuándo?

—Yo...

—¡No, por Dios, no lo hagas! —exclamó acercándose—. Has cambiado, hay algo diferente, y me has tomado por sorpresa, eso es todo.

Quise preguntar cómo había cambiado, pero no quería escuchar la respuesta. Había pasado de vivir en un coche a tener una casa con luz y agua corriente, no necesitaba escucharlo. Lo que necesitaba era olvidar que había pasado alguna vez.

Me di la vuelta, entré en la cocina y caminé hasta el horno.

—Dame un minuto para taparlo y te lo puedes llevar —dije.

—Casey, no quise... ¡Jesús! Lo que quería decir era que...

—¡Lo sé! He cambiado ya que puedo ducharme cada día o las veces que quiero en el mismo día, estoy limpia y descansada.

Ya no siento mi estomago rugir con hambre cada momento de día y noche. Duermo, ¿sabes? Duermo sin preocuparme de que alguien nos verá dormir en el coche y querrá hacernos daño o que la policía vendrá y me multará o peor, que me arrestará. ¡Sé que he cambiado! —grité.

Grité y no tuve tiempo de analizar como de bien me sentí al hacerlo porque Alan estaba sonriendo. ¡Dios! Esa era la sonrisa más bonita que había visto en mucho tiempo. Pero ¿por qué sonreía?

Continuó sonriendo, esa sonrisa iluminando su rostro y quería acercarme para acariciarlo. ¡Vaya, Casey! ¿De dónde ha salido eso? Bajé la mirada de sus ojos, pero no conseguí escapar de su hechizo.

En algún momento se había apoyado contra la encimera y tenía los brazos cruzados sobre el pecho, el jersey ajustado bajo su cazadora de piel llamando mi atención. Era rosa, pálido, pero rosa y se amoldaba a sus músculos, esos que deberían provocarme miedo y no deseo.

¡Sí!

Quería acercarme y tocarlo, tal vez besarlo.

—El miedo, eso es lo que ha cambiado —dijo Alan y lo miré a los ojos—. Ya no hay miedo en tus ojos. No quiero decir que no me importa que no has tenido donde bañarte o que has pasado hambre, importa y mucho, pero ese miedo que te impedía mirarme a los ojos, a respirar en mi presencia, a hablarme, ese miedo se ha ido. Y déjame decirte, Casey, sé mucho sobre miedos y traumas, sé que no desaparecen en dos semanas. Sin embargo, tú lo has conseguido, prueba de eso es que me estás gritando. ¡Estás gritando, Casey! ¿Sabes cómo de importante es eso?

Sacudí la cabeza porque no tenía sentido. ¿Gritar era bueno? Alan estaba equivocado, el miedo seguía ahí, muy bien anclado en mi alma. No creo que desaparecerá alguna vez, lo que Alan había visto desaparecer era el miedo al día de mañana. Ese sí que se fue.

Mientras lo miraba su teléfono móvil vibró, lo sacó de su bolsillo sin apartar la mirada de la mía y le echó un vistazo.

—¿En serio? —exclamó.

—¿Pasa algo? —pregunté, mi curiosidad surgiendo de la nada.

¡Muy bien, Casey! Sigue mintiendo.

—Vamos a imaginarnos que eres una mujer —dijo Alan.

—¡Soy una mujer!

Alan hizo una mueca, una media sonrisa exasperada, y se sentó en la encimera después de coger un tenedor del cajón. Alargó la mano, acercó el plato e hizo todo eso sin dejar de mirarme.

—¿Podrías dejar de mirarme de esa manera? —pregunté.

—Creo que no, me gusta esta nueva Casey. No sé de dónde ha salido, ni cómo ha pasado, pero voy a seguir mirando por si desaparece.

Nueva Casey.

¿De dónde había salido? Era una buena pregunta. La primera vez que vi a Alan no sabía muy bien como alejarme de él lo más rápido y la noche que dormí en su casa atrincheré las puertas.

Era un hombre, uno alto y fuerte justo como era Keith. Podría hacerme daño, golpearme, hacerme lo que quería y yo no iba a poder impedírselo. Al principio le tenía miedo, pero ya no y no sabía cómo había pasado.

¿Por qué no le tenía miedo?

—Pero, volviendo a lo nuestro. Eres una mujer que acababa de tener una cita a ciegas con un hombre y durante la cena ese hombre no ha demostrado ni un poco de interés en ti. No hay atracción, no hay química especial, no hay intereses comunes y aun así esa misma noche le envías una foto tuya. ¿Por qué harías algo así?

—¿Esa es tu pregunta?

—Olvídalo, ¿cómo le digo que no estoy interesado para que lo entienda y sin herir sus sentimientos?

Si quería otra prueba de que Alan era un buen hombre ahí estaba. Sin embargo, no podía ayudarle.

—¿Qué tipo de foto es? —pregunté.

—Del tipo que voy a borrar enseguida porque mi hijo juega con mi móvil y no quiero causarle más traumas —dijo Alan.

—Dile que te has dado cuenta de que amas a tu ex y que harás todo lo posible para volver con ella, eso debería convencerla —improvisé.

Alan soltó el tenedor y cogió el teléfono, tecleó durante unos momentos. Mis ojos se abrieron, no como platos, pero bastante cuando vi la foto. Fue un error, estaba mirando la rapidez con la que Alan tecleaba y mis ojos, sin mi permiso, volaron hacia la pantalla donde la foto de las partes íntimas de una mujer estaba expuesta sin ningún filtro.

Cubrí mi boca ahogando una exclamación de shock y eso llamó la atención de Alan.

—No quería mirar —balbuceé—. Simplemente pasó.

—Es mi culpa, debería haberlo dejado para más tarde, pero preferí acabar de una vez con esto. Listo, mensaje enviado, foto borrada y número bloqueado. Ahora puedo comer —dijo Alan.

Cogió el tenedor y comió, durante minutos el silencio reinó en la cocina. Alan comía y me miraba. Yo le miraba, no siempre, de vez en cuando me costaba aguantar su mirada y apartaba la mía.

Tenía miedo de que Alan vería algo que no debería en mis ojos, que de alguna manera se daría cuenta de que le encontraba atractivo.

—Leonor me dijo que no has usado tu nueva identidad para abrir una cuenta —dijo él antes de ponerse de pie y llevar el plato al fregadero.

Lo había visto más de una vez recoger, limpiar, sabía que era algo que normalmente hacía, pero justo ahora hubiera preferido que no lo hiciera. Yo estaba al lado del fregadero, mi espalda apoyada contra la encimera a pocos centímetros de ese fregadero y cuando él se acercó quedó tan poco espacio entre nosotros que era imposible no tocarnos.

Pasó, abrió el grifo de agua para enjuagar el plato y su brazo se frotó del mío. Fue un segundo, ni eso, fue un milisegundo en que sentí la piel de su cazadora sobre la piel desnuda de mi brazo.

Parecía nada, un toque accidental, pero de todos modos lo que sentí fue mucho más. Mi corazón se aceleró. La respiración se volvió más difícil. Mi piel hormigueaba. Todos mis sentidos estaban en alerta.

—¿Casey?

Alan me estaba mirando con atención y lo estaba haciendo desde el otro lado de la encimera. Ni me había dado cuenta de que se había alejado.

—¿La cuenta? —preguntó y tardé unos minutos en recordar de qué estábamos hablando.

—No estoy segura si esa es la mejor opción para mí y Kay —admití.

—¿Qué quieres decir?

Era algo que había estado pensado desde que había visto mi foto en un nuevo permiso de conducir, pero debajo de esa foto era otro nombre. Casey Ryland dejará de existir para siempre y no estaba preparada para dejarla ir.

Era mi nombre y aunque lo único que cambiaba era el apellido no estaba dispuesta a olvidarlo, todavía no. Casey y Keira

Ryland desaparecían para siempre y aparecían Casey y Kay Donaldson.

Nuevo apellido, nueva fecha de nacimiento y ciudad natal. Era lo que había soñado, pero parecía tan definitivo que no podía hacerlo.

—Casey, ¿cuál es el problema? —insistió Alan—. ¿Es el nombre? Lo podemos cambiar.

—No, no es eso. Es... no sé cómo explicarlo, es definitivo, ¿sabes? Una vez que empiezo a vivir como Casey Donaldson no habrá vuelta atrás. Tendré que mentir el resto de mi vida y no sé si podré hacerlo. Tendré que mentir a Kay, algún día querrá saber la verdad sobre su padre y en su nuevo certificado de nacimiento pone desconocido. ¿Qué le diré? ¿Y si no me cree y quiere conocer a Keith? Porque tiene tres años y he leído que los niños casi no recuerdan lo que ha pasado en los primeros tres años de sus vidas. Olvidará lo que hemos vivido, lo que ha visto y por eso le agradezco a Dios, pero ¿y sí no me cree?

—No sé qué pasará, Casey, pero puedo asegurarte de que sabrás lo que hay que hacer. De alguna manera saldrás adelante, lo sé.

—Es bueno saber que tienes tanta confianza en mí, pero eso no resuelve mis dudas —dije, ocultando la emoción que sentí al escuchar sus palabras.

—Vamos a ver qué otras opciones tenemos, ¿cuál es la situación con la custodia de Kay?

—Hay una orden judicial a mi nombre por secuestro y abandono del hogar —confesé.

Desde el momento en que decidí contarle la verdad hasta que solté las palabras no aparté la mirada de Alan. Pude ver la sorpresa que enseguida fue reemplazada por preocupación y al final su expresión se tornó pensativa.

Era una mujer buscada por la policía y aunque tenía un documento con otro nombre si me atrapaban todo saldría a la luz.

Entre ADN y huellas dactilares no había manera de escapar de la justicia.

Quizás si me mudaba a Alaska o algún otro lugar apartado de la civilización tal vez podría vivir tranquila.

—Voy a hablar con mi abogado, ¿vale? No hay porque apresurarte a tomar una decisión de la que podrás arrepentirte más tarde. Voy a necesitar toda la información que puedas darme, todos los detalles, pero sin nombres, fechas y nada que pueda delatarte, ¿vale? —dijo Alan.

—No lo sé —dudé.

—No tienes que contármelo a mí, Casey. Apuntalo todo aquí y yo se lo doy a mi abogado. Si prefieres hablar con él...

—¡No! —grité—. No quiero hablar con él, hazlo tú, por favor.

Estaba preocupada por si cambiaba de opinión así que cogí un cuaderno y un bolígrafo de un cajón. Me senté y empecé a escribir mi historia, aunque no todos los detalles como me pidió Alan.

Solo puse los hechos, los años que vivimos juntos en la misma casa, cuando empezó el maltrato, los daños que me provocó y que fue lo que me llevó a abandonarlo.

No hacía falta más, no había necesitad de contar cuantas veces quise hacerlo antes.

Capítulo 10

Casey

—¡Mami!

La voz de Kay consiguió apartar mi mirada de la ventana y al girarme vi cuatro pares de ojos mirándome.

—¿Sí, Kay? Necesitas ayuda con tu merienda, ¿verdad? —dije acercándome a la mesa de café donde los niños estaban sentados merendando.

Le corté a Kay el bizcocho en trozos pequeños como a ella le gustaba tratando de no girar y mirar de nuevo hacia la ventana. Alan tardaba mucho, demasiado.

Anoche se llevó el papel con mi confesión, eso era lo que era, la confesión de mis pecados. Lo cogió y lo dobló sin siquiera echarle un vistazo. Tal vez lo leyó en casa, pero hace tres horas cuando trajo a los niños nada había cambiado.

Era el mismo hombre de antes, de anoche.

Dijo que el abogado tenía un hueco esta tarde y que no iba a tardar mucho. Preparé un bizcocho para la merienda de los niños y con la ayuda de ellos tardé el doble del tiempo. La horneamos, la dejamos enfriar y aquí estábamos disfrutando de un bizcocho de chocolate, pero Alan no había vuelto.

Quizás la oficina del abogado estaba muy lejos.

Quizás había tenido una avería en el coche y estaba esperando a la grúa.

Quizás me estaba preocupando por nada.

Respiré profundamente y le robé un trozo de bizcocho a Kay.

—¡Qué bizcocho más rico, niños! Deberían empezar un negocio o algo parecido —dije.

Julia puso los ojos en blanco, Kay se echó a reír, pero la reacción de Daniel fue extraña. Bajó la mirada a su plato y en lugar de comer estaba jugando con lo que quedaba de su bizcocho.

—Daniel, ¿qué pasa? —pregunté.

—Nada —respondió.

Se levantó con el plato en la mano y se dirigió hacia la cocina, miré a Julia, pero ella se encogió de hombros.

—Termina tu merienda, ¿vale, Kay? —le dije a mi hija antes de seguir a Daniel a la cocina.

Había colocado el plato en el lavavajillas y estaba en el centro de la cocina mirándome como un cervatillo. Por lo que pude escuchar desde que vivía con Leonor sabía que Daniel iba a terapia y había visto que era un niño más sensible, pero la mayoría del tiempo era un niño alegre.

No hace falta decir que no sabía qué problema tenía o como debía comportarme. Sin embargo, me había encariñado con él y con su hermana y no quería verlos sufrir. No podía dejarlos sufrir.

—Daniel, ¿hay algo que puedo hacer por ti? —pregunté y no obtuve ni una respuesta, lo intenté de nuevo pasados unos segundos—. ¿Sabes lo que hago yo cuando hay algo que me preocupa? Lo escribo sobre un papel y aunque suena raro ayuda, es como si al escribirlo deja de tener poder. ¿Quieres probarlo?

Daniel sacudió la cabeza.

—¿Quieres otro trozo de bizcocho? —Era mi último recurso y ese también falló.

Daniel sacudió la cabeza y no tuve más remedio que renunciar. Con Kay era muy fácil, sabía que le pasaba antes que ella y cambiar su humor de enfadada a alegre me tomaba medio segundo. Daniel no tenía tres años y no era mi hijo, no lo conocía.

—Tengo que hacer un proyecto para el colegio —dijo Daniel rápidamente.

—¿Un proyecto? Y necesitas ayuda.

Daniel asintió y no entendía por qué evitaba mi mirada. Me acerqué a la encimera, me incliné hacia él y lo miré.

—Daniel, puedes decírmelo, puedes pedirme lo que sea. Si puedo ayudarte lo haré con mucho placer —dije suavemente.

—Es extraño —susurró.

—No puede ser tan extraño que una casa de pasta, recuerdo que nos lo pidieron en el colegio y mi padre me ayudó. La profesora se quedó mirándola durante tres minutos enteros hasta que me puso la nota. Un uno por imaginación. —Sonreí al recordar la cara de mi padre al ver la nota.

—Es un negocio —dijo finalmente Daniel—. Un negocio para madre e hijo. Tenemos que hacer un plan, ponerlo en práctica y...

Daniel dudó y no pude aguantar las lágrimas cuando entendí cuál era el problema. Su madre no estaba ahí.

—¿Has preguntado a tu tía Sarah? Estoy segura de que querrá ayudarte —dije.

—No quiero a la tía, quiero que me ayudes tú —declaró Daniel y esta vez no apartó la mirada, aguantó la mía, aunque se notaba que le costaba.

Me sentí tan orgullosa de él que no pude y no quise esconder una sonrisa.

—¿Te he dicho que solía llevar mi propio negocio? —Daniel negó, me acerqué y cogiendo su mano empezamos a caminar hacia el salón—. Sé todo lo que hay que saber sobre cómo empezar un negocio, créeme que al ver tu proyecto la profesora te pondrá un diez.

Un cuarto de hora después teníamos el bosquejo del proyecto con la ayuda de Julia y Leonor, Kay no estuvo interesada hasta que Daniel le pidió dibujar el logo de la empresa y había que darle un diez por esfuerzo.

—Ya está de vuelta —susurró Leonor cuando los niños estaban ocupados.

Giré la cabeza y al mirar hacia la calle vi el coche de Alan aparcado. Quise correr y preguntar qué le dijo el abogado, pero no podía así que me quedé ahí. Esperé mientras los segundos pasaban, los minutos pasaban y con cada uno mi corazón latía con más fuerza.

—¡Vete! —ordenó Leonor.

Me puse de pie y aunque quería correr me esforcé para caminar despacio, pero una vez fuera de la vista de los niños corrí. Salí por la puerta de la cocina y en dos pasos estaba llamando a la puerta de Alan.

Podía verlo a través del cristal de la puerta, estaba en la cocina sus manos apoyadas contra la encimera, los hombros caídos. Podía haber entrado, sabía que no cerraba la puerta trasera cuando estaba en casa. Podía, pero no lo hice, quería esperar unos segundos más, ignorar lo que su comportamiento me decía.

No tenía buenas noticias.

Levantó la cabeza y en cuanto me vio se acercó. Abrió la puerta y me dejó pasar.

—Iba a venir yo dentro de un rato —dijo.

—Solo dímelo, Alan. ¿Qué tan malo es?

—Vamos al salón —propuso y como se dirigió hacia allí no me quedó otra opción que seguirlo.

Lo miré mientras se acercaba al bar y llenaba dos vasos con un líquido ámbar. No era mal, era mal de que tenía que emborracharme antes de decírmelo.

—Tengo que trabajar en un nuevo negocio con tu hijo, una venta online de bizcochos y no puedo estar borracha cuando le explico las mil maneras en la que puede fallar dicho negocio. Así que guárdate el alcohol y dímelo.

En lugar de hacerme caso Alan caminó hasta detenerse enfrente y me entregó uno de los vasos. Llevó el otro hasta su boca y bebió.

—Bebe —ordenó.

—Dímelo. —Le pedí ignorando la orden.

Alan aguantó mi mirada hasta que estuve lista para tirarle el contenido de la copa en la cara o de sacudirlo. Cogió mi vaso, puso los dos sobre la mesa y se sentó en el sofá.

—Me imagino que tampoco quieres sentarte —dijo.

—¡Maldita sea, Alan! —exclamé y sin saber que me estaba pasando cogí el vaso, me tragué todo de una vez y luego me senté a su lado en el sofá.

Mi garganta estaba quemando, lágrimas llenaron mis ojos, pero cuando Alan intentó ponerse de pie agarré su brazo y lo detuve.

—Estoy bien —dije, mi voz ronca demostrando justo lo contrario.

—Está jodido, Casey —anunció Alan, pero eso ya lo sabía —. El abogado dijo que solo tienes dos opciones. La primera es convencer a tu marido a retirar la denuncia de secuestro y a firmar el divorcio. Sin embargo, teniendo en cuenta los antecedentes no cree que eso será posible.

—Tiene razón, ¿y la segunda opción?

—Demostrar el maltrato y el intento de homicidio, pero eso significa que primero tendrás que entregarte a la policía. Estarás en la cárcel un tiempo y mientras tanto Kay irá a vivir con su padre.

—¡No! Eso nunca, es capaz de hacerle daño solo para verme sufrir.

Lo haría, Keith se llevaría a mi hija y nunca volvería a verla. No me importaba ir a la cárcel, pero no podía dejar a mi pequeña en manos de ese monstruo.

—La tercera opción es vivir con esta nueva identidad —dijo Alan.

—Vivir con miedo. Vivir mirando por encima del hombro el resto de mi vida.

—Hay una posibilidad de llevar a cabo la primera opción, pero no estoy seguro si podrás vivir con eso.

—¿Cómo? —pregunté sabiendo que necesitaba un milagro o por lo menos al karma que vaya a darle lo merecido a Keith.

—Tengo que hablar con alguien y no estoy seguro de que funcionará. Por ahora piensa en las opciones, el abogado aconseja tener mucho cuidado para no meterte en líos y si es posible no uses la nueva documentación, lo último que necesitas es que la policía agregue más cargos.

—No meterme en líos, lo intentaré —murmuré.

Mi mente era un torbellino, sabía que mi situación estaba mal, pero en el fondo seguía esperando que de alguna manera se resolviera. Estaba esperando un milagro que probablemente nunca llegará.

Ya tuve uno, Alan.

Me ayudó. Tengo un trabajo, una casa y amigos. Leonor es mi amiga, Daniel y Julia, Sarah también sin importar que nos vimos tres veces.

Y Alan.

Él era mi amigo.

En ese momento me di cuenta de que mi mano seguía agarrando la suya. Sentía el calor y los músculos de su antebrazo en mis dedos, en la palma de mi mano. Mi vida era un desastre, yo era un desastre, por eso le hice caso al primer impulso.

Ese impulso que me hizo inclinarme y besar a Alan.

No lo besé, simplemente toqué sus labios y lo miré fijamente, mis labios moviéndose sobre los suyos.

—Solo un beso —susurré.

Los dedos de Alan rodearon mi muñeca.

—Es una mala idea, Casey.

—He tenido solo mal durante tanto tiempo, Alan, necesito algo bueno y no me importa si es solo un momento. Lo necesito.

No le di tiempo a responderme, solté su brazo y deslicé los dedos en su cabello manteniendo su cabeza y presionado mi boca contra la suya. Alan tardó un segundo en abrir la boca y yo otro en bloquearme.

Olvidé cómo besar, cómo reaccionar. Mi mente se vació de todo pensamiento, pero mi cuerpo todavía guardaba algunos recuerdos y no tuvo ningún problema en reaccionar a la manera en la que la lengua de Alan se deslizó en mi boca.

Sus brazos me rodearon pegando mi pecho al suyo y se sintió tan bien, tan perfecto. Lo besé, me besó. Acaricié la piel desnuda de su cuello, él acarició mi espalda.

El mejor beso de mi vida, eso fue lo que pasó por mi mente cuando Alan separó nuestras bocas. Dos segundos después separó nuestros cuerpos poniéndose de pie. Lo eché de menos a pesar de que fue la primera vez que estuve en sus brazos.

¡Dios!

Ha pasado tanto tiempo desde que alguien me sostuvo, de que me trató con cuidado, de que me besó con suavidad, que casi había olvidado como de bueno puede ser. ¿Bueno? Era poco decir bueno, Alan era un genio besando y podría asegurar de que era verdad, antes de Keith había tenido un montón de novios y besar era mi parte favorita.

¿Y qué si existía la posibilidad de terminar en la cárcel?

¿Y qué si podía morir?

¿Y qué si tenía que vivir el resto de mi vida con un apellido que no era mío?

¿A quién diablos le importa?

—Casey, deberías irte —gruñó Alan.

Estaba de pie mirando por la ventana. De espaldas. Ignorándome.

Bueno, quizás el beso fue bueno solo para mí. Me puse de pie y arreglé mi ropa por nervios no porque había algo por arreglar. Era mi amigo y le había pedido algo que no quería darme. No debería haberlo hecho.

—Lo siento, Alan. No pensé. Olvidaremos que ha pasado, ¿vale? Gracias por todo —murmuré antes de abrir la puerta principal y salir de su casa.

Antes de reunirme con Leonor y los niños en el salón entré al pequeño aseo de abajo. Me miré en el espejo y vi los labios enrojecidos e hinchados. Sin embargo, no es eso lo que me impactó de lo que vi en el espejo.

Los labios eran la única mancha de color exceptuando los ojos. Mi rostro era tan pálido que casi se podría decir que era un vampiro y por lo delgado que se veía era un vampiro que se estaba muriendo de hambre.

La reacción de Alan tenía más sentido ahora. Me ha rescatado de una vida en la calle y lo que yo hago es acosarlo cuando era obvio que no me deseaba.

¡Jesús!

Alan debía de pensar que estaba loca, una mujer casada que ha sufrido abusos se le echa encima suplicando un beso. Esa no era yo, no, la Casey que sobrevivió a años de abusos prometió no volver a involucrarse con un hombre.

¿Y qué hago? Pues justo lo que prometí que no haría y eso no es lo peor. La peor parte es que lo hice con la única persona que me dio una oportunidad. Tenía que arreglarlo de alguna manera, pediré disculpas de nuevo, algo tenía que hacer para mantener su amistad.

Pero no pasó.

No volví a ver a Alan, bueno, lo vi desde la ventana cuando salía del garaje con el coche.

Antes aparcaba en la calle y ahora lo hacía siempre en el garaje.

Antes venía a traer y recoger a los niños, después del beso no volvió a visitar la casa de Leonor.

Había arruinado nuestra amistad y ahora no había manera de repararla. ¿Cómo podía hacerlo si él me evitaba? No podía ir a su casa, me negaba a molestarlo ahí sabiendo que era un hombre demasiado bueno como para dejarme plantada enfrente de su puerta.

Sabía que abriría, escucharía mis disculpas, tal vez incluso las aceptaría, pero en el fondo sabría que no era lo que verdad sentía.

Así que no hice nada. Lo olvidé.

Que no, no olvidé nada. Ni al hombre, ni al amigo. Y mucho menos el beso, no había manera de olvidar como de bien me había sentido en sus brazos. Caliente y protegida.

Pasó un día y luego otro.

Pasó una semana y luego otra.

Pasó un mes y luego otro.

La vida continuaba de la misma manera.

Kay crecía y cada día me preguntaba cómo había conseguido criar a una hija tan perfecta, tan buena e inteligente.

Leonor disfrutaba de nuestra compañía. Hablamos

mucho, de su vida no de la mía. Leíamos juntas y después pasábamos horas discutiendo sobre libros, Leonor no decía nunca nada malo sobre ningún libro.

Una vez tardó dos semanas en terminar un libro, cada vez que lo cogía le entraba sueño de aburrido que era, pero no lo dejó y tampoco quiso reconocer que el libro no le gustaba.

Los días pasaban despacio, pero disfrutaba de cada momento, incluso de la lluvia que había traído el otoño. Las noches no, esas pasaban despacio y mal. Por un lado, estaba el miedo y la preocupación por mi situación, por otro estaba Alan.

Sentía mucho haber estropeado la relación entre nosotros, había llegado a sentirme bien en su compañía, no le tenía miedo y lo que era más sorprendente era que confiaba en él.

Y lo perdí, solo con él me había atrevido a hablar de lo que me había pasado, aunque tampoco le dije todo. Leonor tenía más o menos una idea, pero me costaba hablar con ella y era extraño. Sería normal hablar con una mujer y no con un hombre.

Un día cuando había perdido toda esperanza llamaron al timbre y cuando fui a abrir allí estaba él. Alan. No estaba solo, los niños y Sarah estaban con él.

—¡Nos vamos de compras! —exclamó Sarah.

—¡Sí, Casey! Nos vamos de compras, las tres o cuatro si quieres llevar a Kay también, pero si no papá se queda con ella y Daniel —dijo Julia.

—Y Leonor —añadió Daniel.

—¿Y qué os parece si entramos? —gruñó Alan.

Sarah me miró inquisitiva y no estoy segura si creyó en mi encogimiento de hombros. ¿Qué sabía yo del malhumor de Alan? Llevaba meses sin verlo.

Les dejé pasar y cuando Alan pasó sin mirarme volví a sentirme cómo en el colegio y mientras los seguía hacia el salón me regañé a mí misma. ¡Por Dios! Tenía problemas más importantes y mucho más graves que Alan.

—¿Qué te parece, Kay, vienes con nosotros a comprar? —le preguntó Sarah a Kay.

—Di que no, Kay —intervino Daniel—. Te llevarán de una tienda a otra, tendrás que probar un montón de ropa y al final no sabrás que duele más, si los pies de tanto caminar o el resto de tu cuerpo. Quédate, jugaremos al escondite.

—¡Al escondite! —gritó Kay y no fue una sorpresa para nadie.

Yo también hubiera elegido lo mismo, irme de compras no me apetecía nada y mucho menos después de que pillé a Sarah mirándome a mí y luego a Alan. Estaba segura de que me esperaban muchas preguntas.

Capítulo 11

Casey

¡Lo amaba!

Amaba ir de compras, ¿por qué había pensado que no iba a pasármelo bien? Al principio tuve dudas y más cuando vi la limusina que nos esperaba enfrente de la casa. No era la primera vez que viajaba en una, pero miré mi vestido rojo que de tanto lavado era rosa, luego miré a Sarah que iba vestida como una modelo y Julia, pues ella también iba muy bien, mejor que yo.

Una vez dentro, gracias a una caja de bombones y a Sarah que no paró de hablar sobre su marido, me relajé. Además, ni a ella ni a Julia parecía importarle un bledo mi ropa.

Fuimos a un centro comercial y no a la Quinta Avenida como quería Sarah. Entramos y la primera tienda que vi era una de ropa infantil. No quería comprar mucho, solo algunas prendas que necesitaba Kay ahora que llegaba el invierno, pero se me fue de las manos cuando vi todo lo que tenían ahí.

Llevaba tanto tiempo sin comprar ropa para ella que al final olvidé las preocupaciones y decidí que nos lo merecíamos, yo disfrutar de una tarde de compras y mi hija de vestir ropa nueva.

El único problema fue cuando llegué a la caja y la cajera empezó a doblar la ropa que supuestamente era mía. Un abrigo rojo que había elegido yo, otro amarillo con mariposas, pantalones y jerséis que era lo que necesitaba, pero los vestidos, las botas y otro montón más de ropa que no podía permitirme, no.

—Señorita, hay un error.

—Casey. —Miré a Sarah y no necesité más que una mirada para darme cuenta de que eso era obra suya—. No lo digas, ni siquiera lo pienses —ordenó ella.

—No, Sarah, no.

Ella se acercó después de echar un vistazo y ver que Julia estaba a unos pasos de nosotros mirando accesorios para el pelo.

—No es limosna o caridad o cómo quieres llamarlo —susurró Sarah—. Hubo un momento en mi vida en el que no tuve donde vivir y si no hubiera sido por la amabilidad de un hombre no habría tenido una casa. Luego hubo otro momento en que pensé que nunca vería la luz del sol de nuevo, pero ahora tengo más de lo que necesito. Tengo el amor del hombre ideal, tengo una casa, bueno, tengo varias, tengo más dinero del que podré gastar en diez vidas. Quiero eso para ti, quiero verte feliz, quiero ver a tu pequeña riendo feliz con la ropa nueva que cuesta lo que yo me gasto en un par de zapatos. El dinero no importa, la felicidad sí. Permíteme hacer eso por ti, no seas tan cabezota como mi hermano que se empeña en devolverme cada centavo.

—Kay, puedes pagar la ropa de Kay, ¿vale? —acepté y no digo que fue fácil, pero algo en su tono, en sus ojos, me convenció más que sus palabras.

Sarah sonrió, pero yo no, yo puse los ojos en blanco cuando ella cogió las cosas que trajo Julia. Lazos de todos los colores, horquillas, cintas y diademas, tantas que nunca más tendré que comprar otras.

Después ayudé a Julia. Quería un vestido para la fiesta de Navidad que iba a celebrar Sarah y tenía que ser especial. No fue fácil, pero fue divertido. Sarah, y aunque ella pensaba que no me había dado cuenta de ello, no compró nada para ella.

Pagó la ropa de Kay y la de Julia y cuando por fin encontré unos vaqueros que me gustaban ni siquiera intentó pagarlos. Empecé con unos vaqueros y seguí con camisas, jerséis, vestidos, cazadora y unas botas de piel hasta las rodillas que eran geniales.

Hicimos una sola pausa para tomar café y cuando Julia fue a mirar el mostrador de postres Sarah aprovechó el momento para preguntar.

—¿Qué pasó con mi hermano?

—¿Por qué crees que sé qué pasa con él? —le devolví, un poco sorprendida por su manera tan directa.

—Es mi hermano y lo conozco. Leonor también lo conoce y dijo que lleva dos meses sin ir a visitarla, dos meses justo desde cuando fuiste a hablar con él.

—Vale, ¿quieres saberlo? Te lo diré. Lo besé —dije en voz baja.

El rostro de Sarah se iluminó con la más bonitas de las sonrisas, la misma que me recordaba a él. ¿Qué diablos?

—No, no hay nada por lo que ser tan feliz —protesté—. A Alan no le gustó, él me ve como una amiga o peor, como a esa mujer que sacó de las calles. Intenté disculparme, pero no me dio la oportunidad. ¿Puedes decírselo tú? Dile que lo siento, que fue un error y que quiero, que necesito, su amistad.

Sarah se inclinó sobre la mesa.

—¿Alan dijo que no le gustó el beso? —preguntó en voz baja.

—Eh, no con palabras, pero me pidió que me fuera.

—¿Alguien quiere tarta de chocolate? —preguntó Julia.

—Yo —dijo Sarah, me guiñó el ojo y ese fue el final de la conversación.

De camino a casa reviví ese beso y todo el momento, pero no había duda sobre lo que había pasado. Si no estuviera en esta situación, casada y con un marido maltratador, tal vez hubiera insistido.

Alan era un buen hombre, el tipo de hombre que me gustaría tener a mi lado. Cocinaba, cuidaba a los niños, a sus vecinos. Era guapo. Besaba bien.

Era imposible, necesitaba un milagro para poder estar con él, bueno, necesitaba dos. Uno que haría desaparecer a Keith y otro para Alan, para que me vea como una mujer de verdad.

Tal vez en Navidad, aunque había aprendido hace mucho que ni siquiera Papá Noel podría hacer milagros.

Llegamos a casa justo a la hora de cenar y fue cuando recordé que era mi trabajo, que debía preparar la cena para Leonor y no pasar la tarde comprando. Solté las bolsas que llevaba, una pequeña parte de las compras ya que la otra iba a traerla el chofer de Sarah, y eché a correr.

Entré en la cocina y me detuve en cuanto noté el olor.

—Lasaña, Daniel y Leonor cocinaron, yo solo ayudé con las tareas que ellos consideraron que no podían estropear la comida —dijo Alan.

Me di la vuelta y quedé enfrente de él, tan cerca que podía inclinarme y besarlo. No un beso de pareja, un beso de agradecimiento, uno casto en la mejilla. Sin embargo, retrocedí hasta que la isla quedó entre nosotros.

—Gracias, no sabes cuánto te lo agradezco. Lo olvidé completamente.

—La tía se queda a cenar —nos informó Daniel entrando en la cocina —. Voy a poner otro plato.

La cena fue divertida para los demás, no para mí. Al otro lado de la mesa estaba sentado Alan y pude sentir su mirada durante todo el tiempo. Lo ignoré todo lo que pude hablando con Julia, ayudando a Kay con su comida, contándole a Leonor sobre las tiendas.

Llegó un momento en el que ya no pude aguantar y le devolví la mirada. Nos miramos fijamente durante bastante tiempo y mientras que mi mirada era curiosa la de Alan era extraña. Intentaba transmitirme algo, pero ese algo se me escapaba.

Respiré aliviada cuando se fueron y después de ayudar a Leonor con su rutina de noche hice lo mismo con Kay.

—Pero, quiero el pijama rosa —se quejó tirando al suelo su pijama favorito, el blanco con osos.

—Cielo, está en la lavadora. Mañana por la noche dormirás con tu nuevo pijama, ¿vale?

—¡No! —chilló.

De vez en cuando pasaba esto y me consideraba una madre con suerte, Kay tenía rabietas de vez en cuando. O sea, una cada dos meses o tres. La mayoría de las veces conseguía calmarla, pero no esta noche.

Me sentía cansada, sin paciencia, sin fuerzas para lidiar con una niña de tres años que estaba igual de cansada. Bajé al cuarto de la lavadora, pero la ropa que había metido no estaba ahí.

Por un momento pensé que me había imaginado que Kay había llegado corriendo a la cocina pidiendo lavar toda su nueva ropa. Ella tenía alergia a algo, no sabía qué era, pero todo su cuerpo se llenaba de manchas si vestía una prenda que no había sido lavada.

Pero no, Sarah estuvo con ella ayudándola a cortar las etiquetas, eso había pasado de verdad. Lo que no entendía era qué había pasado con ropa. Estaba a punto de volver arriba cuando algo llamó mi atención, algo rosa que se veía a través de la puerta de la secadora.

El pijama.

Lo saqué de ahí sin importar cómo había llegado o quién sacó la ropa de la lavadora para meterla en la secadora. Agradecida y feliz volví al dormitorio, vestí a Kay y después de leer medio cuento se quedó dormida.

Eran las nueve cuando me metí en la cama y las nueve y

cuarto cuando los pensamientos llenaron mi mente. Era como si de alguna manera supieran que estaba sola, que nadie me necesitaba y todos los miedos y preocupaciones venían a atormentarme.

Esta noche era el turno de los recuerdos de una vida feliz, de cuando salía a comprar con mis amigas, de cuando íbamos a cenar, de cuando sonreía y bailaba.

Emma. Linda. Tina. Wendy.

Mis amigas desde el instituto, aguantamos los años de universidad cuando cada una fue a seguir su carrera soñada en otras ciudades, aguantamos con videollamadas y viajes de fines de semana.

Mis amigas, a las que renuncié porque Keith las encontraba demasiado ruidosas, pero su queja favorita era que eran mala influencia para mí. Según él si me emborrachaba era culpa de ellas, que ellas eran las que me forzaban a beber.

Para él emborracharse significaba beber una cerveza o una copa de vino, pero eso era solo para mí. Él podía beber todo lo que le daba a gana y nunca se emborrachaba, hecho que no era verdad y demostró más de una vez cuando no podía subir las escaleras y se quedaba a dormir en el sofá.

Recordé todos y cada uno de mis errores hasta que no pude aguantar más y me levanté. Necesitaba aire, caminar, despejarme, y de alguna manera terminé saliendo al jardín.

No noté ni el césped mojado y frío, ni el aire fresco de la noche, simplemente respiré. Incliné la cabeza y miré el cielo, las estrellas y la luna que de vez en cuando se escondía detrás de alguna nube perdida.

Me senté en una de las tumbonas que Leonor se negaba a guardar y dejé la noche llevarse mi angustia.

—¡Casey!

La voz de Alan no me sorprendió, había escuchado la

puerta de su casa y luego sus pasos rápidos al acercarse.

—Alan.

—Hace mucho frío, Casey. Ve dentro o por lo menos ponte algo más, ese camisón no vale para nada —gruñó.

Mi cerebro sabía que tenía razón, que hacía frío, pero yo no lo sentía. Miré a Alan que iba vestido igual que antes, vaqueros y camisa que resaltaba sus bonitos ojos.

—Soy estúpida —confesé.

—¿Qué? ¡Jesús Cristo, Casey! No eres estúpida.

—Nunca lo entendí, ¿sabes? Crecí en una casa donde no cabía ni una forma de violencia, los únicos castigos aceptados eran horas sin televisión o días sin poder salir con mis amigas. Ni bofetadas, ni empujones, nada. Cuando tenía dieciséis vi a nuestra vecina con el ojo morado y ella dijo que se había golpeado con la puerta. La creí, ¿qué sabía yo? Luego escuché sin querer una conversación de mi madre y averigüé que el marido de la vecina era el culpable del ojo morado. También del brazo roto del año anterior o de esa vez que estuvo caminando con un bastón durante meses. Sabía lo que era el maltrato, en el colegio nos habían hablado del tema, pero no había tenido ni un contacto directo con algo parecido. Lo primero que me vino a la mente fue: ¿por qué no se va? Luego llegaron más preguntas. ¿Cómo es que no ve que clase de hombre es su marido? ¿Cómo no se dio cuenta antes?

—Casey, no es el mejor momento. —Alan me interrumpió, pero había mucho más de sacar, de confesar.

—La llamé estúpida, cada vez que la veía por la calle pensaba en ella como en la estúpida que se había casado con un maltratador y que seguía a su lado. No sabía que un día sería como ella, que sería la estúpida que se dejó engañar por un maltratador, que se enamoró de él, que dijo que sí a todo lo que le pedía porque lo amaba. Eso era como justificaba cada acto que hacía, porque él me lo había pedido. Dejé de salir, de tomar una copa de vino, de ponerme faldas cortas o blusas con escote, de maquillarme como una puta, de hablar con mis amigos. Renuncié a mi trabajo por él y lo peor es que no lo sabía. ¿Cómo pude no saber, Alan, cómo?

—El amor es ciego, Casey —murmuró Alan, que sin darme cuenta se había sentado en mi tumbona.

De lo que sí me di cuenta es del calor de sus manos cuando cogió las mías y las llevó a su boca donde sopló para calentarlas.

—Me golpeaba, al principio una bofetada de la que se arrepentía y pedía miles de disculpas. Luego más y más hasta que decidí que era el momento de dejarlo, pero me quedé embarazada y él cambió. Fue de nuevo el hombre que me enamoró y olvidé las palizas hasta que nació Kay. Él quería un niño y su enfado fue tan grande que me dejó sola en el hospital, esa fue mi oportunidad de escapar y no la tomé. Tenía demasiado miedo, la niña era tan pequeña. Aguanté tres años más antes de abandonarlo.

—Hiciste bien, Casey, hiciste muy bien.

—Hay más, Alan. Fui una estúpida al pedirte ese beso. Arruinó nuestra amistad, no valió la pena.

—¡No! Escúchame bien, no arruinaste nada y no vuelvas a decir que eres estúpida. Hiciste lo que sentías en ese momento y eso es lo que importa. Y, Dios, valió la pena, Casey, valió la pena.

—Pero tú... —No llegué a terminar lo que pretendía decir ya que Alan me levantó en sus brazos y se encaminó hacia la casa. Una vez dentro me sentó en el sofá y puso una manta sobre mis hombros.

Me quejé cuando lo vi acercarse a la chimenea, no tenía frío, lo que tenía eran ganas de seguir hablando.

—Vas a pillar una neumonía —dijo él.

—Estoy bien, ¿valió la pena, Alan? —pregunté.

Se sentó en el sofá y colocó un poco mejor la manta sobre mis hombros.

—Tenía unos seis años cuando pregunté a mi padre cómo

sabías que estabas enamorado y él me dijo que era muy sencillo. *Bésala y si sientes que estás volando, qué estás flotando, que estás en el cielo, entonces es amor.* Durante años pensé que lo que sentía por mi ex era amor, pero cuando me besaste supe que no era verdad. Nada de lo que he sentido hasta ahora se compara con lo que sentí cuando te tuve en mis brazos. Me tomó por sorpresa, pero esa no es la única razón de mi comportamiento.

—¿Amor, Alan? —susurré.

Mi cabeza estaba dando vueltas, sentía atracción y esperaba lo mismo de él, pero ¿amor? No estaba preparada para el amor ¿o sí?

—Escúchame, Casey, es imposible. Lo que yo siento, lo que tú sientes, lo tenemos que olvidar, enterrar. No existe, ¿entiendes?

—¿Por qué?

—Porque tú vida esta jodida y la mía también. Porque los dos cometimos errores. Porque tenemos hijos que pagarán si volvemos a cometer los mismos errores.

Por un momento, un breve momento pensé, esperé, que había ocurrido otro milagro, que tendría otra oportunidad a la felicidad. No podía negarlo, los niños eran más importantes y aunque no sabía mucho sobre la razón por la que su vida estaba jodida sabía muy bien por qué la mía sí lo era.

Era una mujer casada en otra ciudad, madre soltera viviendo con una nueva identidad en esta. ¿Qué hombre querrá una relación conmigo? Y eso que no habíamos llegado a la parte física de la relación.

Un beso era un beso, algo suave y sencillo, pero después de lo que he vivido con Keith estaba segura de que habrá consecuencias y no de las buenas.

—Lo entiendo —dije, apartando la mirada de la de Alan.

—¡Jesús, Casey, no! No eres tú, soy yo. Intento protegerte,

¿no lo entiendes? Has pasado por un infierno y lo último que necesitas es a mí en tu vida. No soy un buen hombre.

Sacudí la cabeza, yo sabía que era un buen hombre.

—Mi hijo va a terapia y es mi culpa. Mi hermana vivió en un sótano y es mi culpa. Perdí la herencia de Sarah, la casa que mi abuela le dejó, gasté el dinero de mis padres, el que habían ahorrado durante años para Sarah. Hago daño a las personas que amo, Casey, y no te lo puedo hacer a ti también. No quiero, ¿entiendes? Te mereces algo mejor que yo.

Era muy noble de su parte, lo entendía y quería saber más sobre sus errores, pero en ese momento lo único en lo que podía pensar era que él quería protegerme. Que sentía algo por mí.

—Lo que estás diciendo es que me amas y te has mantenido alejado de mi en los últimos dos meses para protegerme —dije.

—Es lo mejor para todos, créeme —insistió Alan.

—Ya.

—¡Casey! No me mires así —gruñó.

—¿Cómo te estoy mirando? —pregunté, pero lo sabía.

Estaba cerca, mi muslo tocando el suyo, nuestras manos entrelazadas y mis ojos no podían dejar de mirar su boca. Alan no era el único que tenía problemas de confianza, de autoestima, yo las tenía más que él y eso sin entrar en detalles sobre el abuso, pero el hecho de que él quería protegerme llegó a una parte de mí que se calentó, floreció y brilló con esperanza.

¡Lo merecía!

A él.

Un poco o más de felicidad.

Risas.

Besos.

Alegría.

Tranquilidad.

Familia.

¡Me lo merecía!

Era mi derecho y no iba a dejar a Keith o a mis miedos arruinar el resto de mi vida. Tampoco iba a dejar a Alan echar a perder lo que podría pasar entre nosotros. Mi mente se volvió loca con la promesa de un futuro feliz.

Leonor, Alan, los niños. La casa de él, el jardín con los niños correteando, riendo. Una boda, un vestido blanco y un ramo de novias con flores de verdad. Una familia.

Liberé mis manos de su agarre y las puse sobre sus mejillas.

—Lo quiero, Alan, quiero un futuro, una vida contigo y con nuestros hijos. Y no, no he perdido la cabeza, pero he vivido un infierno y si tengo alguna posibilidad por pequeña que sea me voy a agarrar con toda mi fuerza. Haré todo por ser feliz. Sé que no nos conocemos, que nuestras vidas son complicadas, pero no hay prisa. Solo necesito saber que estás aquí, que lo nuestro puede ser verdad, quiero esperar.

—Casey, hay tantas cosas que no sabes sobre mí.

—¿Y crees que no lo sé? Tú tampoco sabes mucho sobre mí, no me conoces. ¡Por Dios! Estoy casada, pero lo que sé es que te eché de menos en las últimas semanas, sé que te quiero en mi vida y no me importa si vamos despacio. Ni siquiera me importa si tenemos que esperar a que los niños vayan a la universidad. Siempre que sepa que sientes algo por mí y que vamos a intentarlo, es suficiente para mí y...

Quería continuar, pero Alan me silencio con un beso. No lo vi venir, estaba tan concentrada en convencerle de darnos una oportunidad y me lo perdí, pero una vez que sentí sus labios olvidé lo que quería decir.

Le devolví el beso y las cosas se calentaron rápido, demasiado rápido. La manta se cayó de mis hombros o fui yo la que se deshizo de ella en mi prisa por acercarme a Alan. Pasé de estar a su lado a estar a horcajadas sobre él, sus manos tocándome.

¡Dios! Me estaba tocando. La cintura, el lateral de mis pechos para luego bajar hacia mis muslos y volvía a subir al mismo tiempo acariciando y levantando mi camisón. Sus manos sobre mi piel me hacían sentir tan bien que me senté mejor en su regazo, presioné y me mecí contra su dura entrepierna.

Un poco de cordura se hizo camino entre tanta lujuria y me separé un poco, suficiente para mirarlo.

—¿Alan?

—Podemos parar, mierda, debemos parar —gruñó.

Lo deseaba y por la manera en la que pronunció las palabras sabía que él también me deseaba.

—Deberíamos disfrutar, mañana podremos preocuparnos —susurré en su cuello.

—Casey —gruñó, pero estaba decidida y dejé mi mano deslizarse entre nosotros y tocarlo.

—¡Que Dios nos ayudé! —gruñó antes de deslizar su mano en mi cabello y golpear su boca contra la mía.

Mientras me hacía perder la mente con su beso sentía su mano entre mis piernas, pero no de la manera en la que quería. Desabrochó el botón de sus vaqueros, bajó la cremallera lo que me hizo gemir en su boca.

Perdí sus manos por un segundo, pero luego gané más de lo que podía permitirme. Sentí sus dedos acariciando suavemente, los sentí dentro y tuve que separar mi boca para poder respirar.

—¡Jesús, Casey! Te sientes tan bien —gruñó Alan y todo lo que pude hacer fue sostener su mirada.

Me besó de nuevo, su mano yendo hacia mi pecho, cubriéndolo con la mano. Era demasiado para mí, pero supe que era su manera de distraerme porque retiró sus dedos y lo sentí posicionarse.

Lo sentí, cálido, suave y duro, esperé sentirlo dentro y como no pasó tomé el control. Me llené de él.

Alan gimió y llevó las manos a mi trasero para detenerme mientras susurraba algo de paciencia. Despacio, ¿quién tenía tiempo para despacio o paciencia? Lo monté a veces lento y dulce, otras veces rápido y fuerte.

Me dejó hacerlo. Me dejó tomarme mi tiempo. Disfrutando, controlando. Me besó de una manera que me hizo pensar en un hombre hambriento. Me tocó lentamente. Me tocó en todas partes y lo hizo de una manera que yo sabía antes lo que iba a hacer.

—Eso es, nena, déjate llevar —murmuró y sus palabras fueron las que me hicieron explotar. Mi cabeza se disparó hacia atrás y un gemido se deslizó por mi garganta mientras me atravesaba el orgasmo.

Sus manos se deslizaron por mi espalda hasta mi cabeza donde recogió mi cabello y le di lo que sabía que quería. Le di mi boca mientras empujaba con fuerza por primera y última vez.

Capítulo 12

Casey

—Odio dejarte, pero tengo que volver a casa con los niños —dijo Alan.

Estábamos abrazados en el sofá, la manta cubriéndonos, aunque no sabía por qué. No tenía frío, de hecho, tenía tanto calor que hasta podría decir que tenía fiebre. La ropa había vuelto a su lugar cuando Alan nos movió hasta quedar tumbados, sin embargo, si alguien entraba no tendría problemas en darse cuenta de lo que había ocurrido entre nosotros.

No había pasado mucho desde que sucedió, todavía podía sentirlo dentro, y tenía que irse. Me hubiera gustado quedarme ahí, en sus brazos, hablando hasta la madrugada.

—Vale —murmuré, pero él no se movió. Continuó acariciando con su índice mi cuello, provocando un hormigueo que sentía hasta la punta de mis pies.

—Deberíamos hablar —dijo Alan.

—Tenemos tiempo, tenemos todo el tiempo del mundo.

Y mientras bajaba la cabeza para darle un último beso entendí que mi mente ya había tomado una decisión. Me puse de pie y lo acompañé a la puerta trasera donde Alan una vez más se detuvo y me abrazó.

—No olvides poner la alarma —dijo.

—Vale.

Bajó la cabeza y besó mi mejilla izquierda.

—No vuelvas a salir al jardín descalza y en camisón —ordenó.

—Sí, señor. —Sonreí y me reí tontamente cuando besó mi otra mejilla.

—Desayuna algo más que un café.

Recibí un beso en la comisura de la boca.

—Sal a tomar el sol.

Otro beso.

—Ven a verme —dije antes de besarlo por un segundo, luego puse las manos en su pecho y empujé suavemente—. Ahora vete, los niños están solos.

—Necesito decirte esto y debes recordarlo cuando la cague, porque lo haré, esta noche fue especial. La forma en que te sientes en mis brazos, la forma en que me besas, nunca lo sentí antes. Confiaste en mí, Casey, y no tienes idea de lo mucho que eso significa para mí. Incluso si las cosas no salen como queremos, siempre recordaré esto. Eres una mujer muy especial, Casey.

Dijo eso y se fue, abrió la puerta y la cerró, pero miró atrás. Cinco veces en lo que tardó en caminar los pocos metros hasta su puerta y antes de entrar miró una vez más y me dijo adiós con la mano.

Volví a sentirme como cuando era una adolescente, esa ilusión que sentí al llegar a casa después de la primera cita con el chico que me gustaba. Sentía algo bueno por primera vez en mucho tiempo. Había dejado de sentir miedo y dolor, ahora sentía esperanza y alegría.

Eché el cerrojo, activé la alarma y antes de subir a mi habitación pasé por el salón donde doblé la manta y sacudí los cojines del sofá. Una parte de mi todavía no podía creer que había pasado, que había hecho el amor con Alan en el sofá de Leonor.

Mi última vez con un hombre fue poco después del nacimiento de Kay y cuando digo poco después quiero decir días después. Keith estaba tan furioso que no le importó que estaba sangrando, que tenía puntos, solo le importó el placer. No el placer de verdad, el placer de verme sufrir, de hacerme daño.

Recuerdo llorar en la bañera y pensar que nunca más volveré a sentir placer, que nunca dejaré a un hombre tocarme, pero una vez que Alan me besó no recordé nada de eso.

Era el momento de enterrar el pasado, a Keith y todo el daño que me hizo. La esposa de Keith ya no existía. Viviré el resto de mi vida con la nueva identidad que me había conseguido Alan.

Tendré cuidado, no me meteré en problemas, viviré tranquila, miraré por encima de mi hombro, pero viviré y lo haré feliz. Kay olvidará a su padre y cuando crecerá si pregunta, solo si pregunta, le contaré la verdad.

Era ilegal, lo sabía. Vivir bajo una identidad falsa podría llevarme a la cárcel de noventa días a diez años. Secuestrar a mi hija eran catorce años. Era extraño como hacer algo tan necesario como correr por mi vida tenía tantas malas consecuencias para mí y ni una para el culpable.

Si solo hubiera sido un poco más lista, si solo hubiera guardado alguna prueba del maltrato. Pero no, yo viví en mi mundo de fantasía, fingí que no pasaba nada.

Quería ser honesta y hacer lo correcto, entregarme a la policía y contar la verdad, incluso aceptaría el castigo por llevarme a la niña sin el consentimiento de Keith si supiera que Kay estaría a salvo, lejos de él.

Pero ser honesta no era lo ideal en este mundo, a nadie le importaría las palizas o las veces que pensé que iba a morirme, solo verán a una mujer que abandonó a su marido y se llevó a la hija.

Keith dirá que me escapé con el amante, se inventará tantas cosas que no habrá manera de demostrar que no era verdad.

No obstante, hoy tenía algo que ayer no tenía.

Esperanza.

La mantuve durante la noche, la primera desde hace mucho en que dormí desde que mi cabeza tocó la almohada. Continué en mi pequeña burbuja durante la rutina mañanera hasta que estuvimos las tres sentadas a la mesa desayunando.

Kay estaba demasiado ocupada, además de que era una niña, y no notó nada diferente, pero Leonor sí. Bueno, ella me estudió atentamente desde el momento en que le di los buenos días.

—¿Y? —me preguntó y cuando la miré sin entender chasqueó la lengua—. Soy mayor, jovencita, pero no estoy ni ciega ni sorda.

Me atraganté con el café que con la mala suerte justo acababa de beber.

—¡Mamá, despacio! —me regañó Kay, que era lo que le decía yo cuando se atragantaba, pero en su caso era por comer rápido.

—Vale. Despacio. —Tosí, limpié las lágrimas que me habían dado por tanto toser y una vez que Kay volvió a su plato y a darle de desayunar al Señor Lobo me atreví a mirar a Leonor.

No estaba segura si la vergüenza se podía notar en mi rostro, aunque podría jurar que sí. Estuve casi desnuda en su sofá, ¡por Dios! Si eso no es para morirse de vergüenza no sé qué es.

—Como estaba diciendo tú estás sonriendo, hasta podría decir que estás flotando y Alan, pues nuestro guapo vecino ha salido a recoger el periódico y lo hizo silbando —dijo Leonor, mezclando con la cuchara su café sin apartar la mirada de mí.

Mordí mis labios cuando una sonrisa quiso aparecer en mi rostro, pero Leonor empezó a reír suavemente y tuve que hacer lo mismo.

—Silbando —dijo ella, entre risa y risa.

Limpié de nuevo mis lágrimas y mientras lo hacían surgieron las dudas, así de repente llegaron y borraron de un plumazo toda mi felicidad.

—¿Qué estoy haciendo? —murmuré.

—No, no, Casey, no vayas ahí. Quédate en ese lugar tan feliz —dijo Leonor.

—Esto no está bien, no saldrá bien. Lo sé.

—Kay, cariño, si has terminado ve a ver los dibujos en el salón. En cinco minutos iré a verlas contigo —le dijo a Kay.

La pequeña cogió su peluche y se fue sin recoger su plato, pero no estaba de humor para recordárselo.

—Mírame, Casey, y dime qué ha pasado.

—Yo...

—No quiero detalles, no sé qué quiero exactamente. No estoy ciega y he visto la atracción que hay entre vosotros.

—¿La has visto? —pregunté, mis ojos como platos.

No tenía ni idea de que era tan obvio, por Dios, todavía me costaba creer que Alan se sentía atraído por mí.

—¡Dios, sí! Todos lo vimos, incluso Daniel. El otro día me preguntó si sabía cuándo Alan planeaba invitarte a salir.

—Dijo que nunca sintió algo igual. Mencionó la palabra amor, pero yo no estoy ahí. O sea, lo encuentro muy atractivo, sé que es un buen hombre, un buen padre, pero mi vida es un desastre. Es demasiado pronto.

—No es como si te estuviera pidiendo que te casaras con él, ¿verdad?

Sacudí la cabeza, pero pensé que hubiera pasado si lo hubiera hecho. En mi cabeza ya habían aparecido los pensamientos sobre un futuro juntos, sobre bodas y niños. ¿Qué diablos estaba mal conmigo?

—Es complicado —admití.

—Lo sé.

—¿Y sí vuelve a pasar? —susurré sin mirar a Leonor—. Keith era el hombre más guapo y divertido, cariñoso y todo lo que tiene que ser un hombre, era perfecto. Alan es igual, lo que me hace sentir es más fuerte de lo que me hizo sentir Keith. A veces pienso que si podría hacerlo iría de vuelta al pasado y le diría que no, que no quiero salir con él, que no pasaré con él los mejores años de mi vida. Pero luego recuerdo a Kay, a mi hija que es lo único bueno que me ha dado y pienso que ha valido la pena. ¿Cómo puedo confiar en mí misma? ¿Cómo puedo confiar en que esta vez estoy haciendo lo correcto?

—Podría decirte que Alan es el hombre perfecto para ti, que tú eres perfecta para él, pero eso no te convencerá. Nada de lo que yo te diga lo hará. Solo el tiempo, Casey, dale tiempo, date tiempo. Si está destinado a ser así, sucederá, eso te lo puedo prometer. Mientras tanto hay una reunión a la que deberías participar, es a las siete en la iglesia. Me quedaré con Kay y...

—¿Qué reunión? No importa, no te quedarás sola con Kay —protesté.

—Entonces llamaré a Sarah, pero tú irás a esa reunión. La necesitas, Casey. Yo puedo ofrecerte mi amistad, mi cariño, mi casa, pero hay algo en lo que no puedo ayudarte. Ve a esa reunión.

Abrí la boca para seguir protestando, pero Leonor me silenció con solo una mirada. La apreciaba tanto que pensé en pedirle que me enseñará, tenía la impresión de que algún día la necesitaría con Kay.

Las horas pasaron despacio, había una guerra en mi mente. Por un lado, los recuerdos de los momentos que pasé anoche con Alan y por otro los vividos con Keith durante años.

Hace horas había decidido dejarlo atrás, prometí ser fuerte y luchar por mi vida, por mi futuro y el de mi hija, y solo bastaron unas horas para perder la esperanza.

Era débil, tenía que añadir eso a la lista de mis defectos.

—¡Mamá! —gritó Kay, y al mirarla la vi sostener mi teléfono móvil.

Leonor se estaba echando la siesta, pero Kay había decidido que no estaba cansada y que quería tomar el sol. Lo que ella quería era jugar en el barro con sus peluches y no tuve fuerzas para decirle que no.

Era barro, era diversión y tenía una bañera y una lavadora. Claro que justo ahora ese barro manchaba mi nuevo móvil, pero viendo que seguía vibrando con la entrada de un nuevo mensaje decidí que no importaba.

—Gracias, cielo —le dije a Kay y la agarré antes de alejarse. La atrapé en mis brazos y llené su cara de besos.

Cuando la solté se echó a correr y lo hizo riendo. Me hubiera gustado ser una niña de nuevo, sin más preocupaciones que las muñecas, cuando todo lo malo podría borrarlo un beso de mi madre.

Otra vibración del teléfono me obligó a dejar de mirar el avance del Señor Lobo a través del barro. No me importaban mucho los mensajes, solo podía ser publicidad o algo parecido ya que nadie tenía mi número. Bueno, Leonor y Julia, pero una estaba durmiendo y la otra en el colegio donde tenía prohibido el uso del móvil.

¡Hola!

Espero que hayas dormido bien.

Me quedé mirando esos mensajes tratando de darles sentido. El número no me resultaba familiar, por lo que la única conclusión razonable fue que alguien cometió un error. Estaba a punto de borrar los mensajes cuando entró otro.

Yo no dormí bien.

No pude dejar de pensar en ti toda la noche.

No puedo dejar de pensar en ti.

Vale, eso se estaba poniendo raro.

Tus besos, la suavidad de tu piel, tu olor. Todo vuelve a mi mente una y otra vez.

Eso no era extraño, era espeluznante y comencé a buscar la configuración para bloquear el número.

Y estoy sonriendo, una de esas sonrisas estúpidas que hace que mis compañeros de trabajo y estudiantes se pregunten si me volví loco. O si estoy drogado.

Oh, Alan.

Era Alan.

En el nombre de Dios, ¿qué me pasaba? Por supuesto que era él y me pregunté cómo es que no pensé en él cuando vi el primer mensaje. Tal vez porque olvidé como era una relación.

¡Dios! Estaba en una relación con Alan.

¿Sabes qué? Estoy drogado y eres todo tú, todo lo que puedo pensar es en volver contigo, tomarte en mis brazos, llevarte a mi cama y quedarme allí una semana haciéndote el amor.

Estaba leyendo los mensajes y sonriendo estúpidamente como me imaginaba que hacía él. El sol brillaba, los pájaros cantaban, mi niña estaba cubierta de barro y jugaba alegremente.

Todo era perfecto, parecía que había estado esperando este momento toda mi vida, como si todo lo que me sucedió estuviese destinado a llevarme a esto, justo a este momento. Todavía temía al futuro y me preocupaba lo que pudiera hacer Keith, pero me sentía más fuerte. Estaba convencida de que todo saldrá bien. Así que seguí sonriendo y esperé otro mensaje.

Probablemente estés tomando una siesta, así que dejaré de enviarte mensajes.

O obtuve el número equivocado del teléfono de Julia y he estado enviando mensajes toda la mañana a una de sus amigas. En ese caso pasaré la noche en la cárcel.

Empecé a teclear ahogando una risita.

Hola :)

Tienes el número correcto.

Envié el mensaje y tecleé uno más.

No pensé en ti durante la noche, dormí mejor que nunca.

¿Cómo estás?

Su respuesta llegó tres segundos después.

Aliviado de tener el número correcto.

Contento de que hayas dormido bien.

Enfadado como el infierno porque no puedo escuchar tu voz.

Mi descanso ha terminado, te veré esta noche.

Me despedí con un corto adiós y me extrañó, nunca había sido tímida, siempre supe cómo reaccionar o cómo comportarme con los hombres. Debía ser por el entrenamiento de Keith.

¡No mires a otro hombre, no le sonrías a otro hombre, no te rías al chiste de otro hombre!

Un sinfín de reglas que aprendí a seguir a base de golpes y gritos. Años de abusos que pensaba que no me habían cambiado, que era la misma mujer de antes. Bueno, ya no confiaba tan fácilmente y el miedo, olvidé el miedo que me paralizó el otro día cuando fui al supermercado.

Kay pidió ir al aseo y la llevé, tuvimos que caminar por un pasillo largo y vacío hasta que de una sala salió un hombre. No pasó nada, ni siquiera nos miró más de un segundo, pero me había sido imposible moverme.

Estuve ahí en silencio, sosteniendo la mano de Kay hasta que ella aburrida me preguntó qué esperábamos. Me pregunté qué otras cosas dejé de hacer o hacía sin darme cuenta.

De repente, la reunión de Leonor no sonaba tan mal y a las seis y media estaba vestida, hecha un manojo de nervios esperando en la entrada a Sarah. Daniel tenía terapia hoy y Alan lo llevó, Julia fue con ellos para aprovechar esa hora para pedirle a su padre dinero para una nueva mochila.

La limusina de Sarah se detuvo enfrente y la miré como si la estuviera viendo por primera vez, aunque el coche no era el problema. Para Sarah yo era una desconocida, la empleada de su amiga, entonces ¿cómo diablos era que llegó para cuidar a mi hija?

—¡Hola! Jock te llevará, ¿vale? —Sarah entró, se quitó el abrigo y antes de guardarlo en el armario se dio cuenta de que yo seguía en la puerta, sostenido la puerta como si fuera un salvavidas—. ¿Casey?

—Dijiste que querías ayudarme y pensé que eso significaba que ibas a pagar la ropa de Kay, no que ibas a venir una noche a cuidarla. No puedo entender...

—Casey, cariño, hay gente mala en el mundo, el cabrón que te hizo daño es uno de los peores. Pero no todos somos malos, hay buenos también, gente que quiere ayudar sin pedir nada a cambio, gente para la que ayudar no es una carga, es algo que le viene desde dentro, que no le supone ningún esfuerzo. Tenía un compromiso esta noche, una cena con mis amigas y cuando llamé para cancelar les conté la razón. Dentro de unos minutos llegarán las tres con sus hijos y lo pasaremos muy bien. Leonor las conoce, son buenas personas que también pasaron por malos momentos así que ve tranquila. Haz lo que tienes que hacer, Kay estará bien cuidada.

—Gracias, Sarah. —Fue todo lo que pude decir y mientras caminaba hacia la limusina anoté una cosa más en la lista de cosas que había destruido Keith. Ya no era capaz de confiar sin importar cuantas veces me demostrarán que merecían mi confianza.

Capítulo 13

Casey

Era la primera vez que pisaba una iglesia y casi esperé un rayo o algo parecido. No era mi culpa, podría decir que era de mis padres. Ellos no creían en Dios, no iban a iglesia y a me criaron de la misma manera.

No obstante, yo creía en algo, no sé si era Dios, pero era algo.

Una de mis mejores amigas, Emma, que también fue mi vecina desde que teníamos cuatro años, rezaba cada noche antes de irse a dormir. Cuando me quedaba a dormir en su casa solía escucharla y sin querer aprendí las palabras de esa plegaría.

Había algo en esas palabras que me tranquilizaban y empecé a rezar antes de quedarme dormida. Nunca se lo mencioné a mis padres y tampoco hice más que eso. Era raro, no voy a negarlo que a los treinta años no había entrado en una iglesia.

De alguna manera nunca pasó, cuando se casaron mis amigas la mayoría de ellas eligieron hacerlo en la playa o en algún jardín, una de ella se casó en el museo. Por un tiempo fantaseé con casarme en la iglesia, pero Keith se encargó de arruinar ese sueño para mí.

Quizás la vida me dará otra oportunidad. Quizás.

Entré en la iglesia y en un instante me golpeó el olor a incienso, era fuerte y un poco inusual para mí, pero en combinación con la luz de las velas tenía un efecto especial. Avancé mirando, admirando las paredes, pasando la mano por la madera de los asientos.

—Disculpa, ¿sabes dónde tiene lugar la reunión?

Me giré hacia la voz y solté un grito cuando vi a la mujer. Iba vestida de negro, un abrigo la cubría desde cuello hasta los pies y un sombrero le ocultaba una parte del rostro. La parte que no conseguía ocultar estaba llena de cicatrices, horribles cicatrices.

—Ácido, mi castigo por atreverme a dejar a mi marido —explicó la mujer, aunque yo no había abierto la boca, pero no había manera de fingir que mis ojos estaban pegados a su rostro.

—Lo siento, no quise...

—No te preocupes, estoy acostumbrada. Me acabo de mudar al vecindario y me dijeron que se reunían aquí para el grupo de apoyo, pero no veo a nadie.

—No estoy segura, pero como estoy aquí para la misma reunión creo que podemos encontrarla juntas —dije.

—Me gustaría, yo soy Leanne.

—Casey —dije.

Nos dirigimos hacia el fondo de la iglesia donde se veía una puerta y desde ahí por un pasillo llegamos a una sala. No estaba muy bien iluminada y dentro había un montón de sillas colocadas en circulo, una mesa con refrescos estaba en un rincón y es ahí donde estaba la gente.

Bueno, solo había cuatro personas, cuatro mujeres que hablaban en voz baja. Esta era una reunión para las víctimas de violencia de género, pero al mirar a esas mujeres no vi nada diferente. Eran mujeres normales como cualquier mujer que podías encontrar en la calle, pero si se parecían en algo a mí estaba segura de que tenían el alma destrozada.

Una de las mujeres, de unos cuarenta años, se acercó sonriendo.

—Bienvenidas, tenemos tiempo para tomar algo antes de

empezar —dijo.

Aceptamos su invitación y poco después elegimos una silla, Leanne a mi derecha y las otras mujeres en otras, muchas se quedaron libres. La mujer que nos había saludado se presentó y averigüé que su nombre era Olive, la terapeuta.

Luego fue el turno de otra de las mujeres, morena de unos treinta años. Paula era su nombre. A su derecha estaba Gina, más o menos la misma edad, rubia y muy alta. Al otro lado estaba otra rubia, pequeña con un rostro inocente. A Leanne ya la había conocido y cuando fue mi turno de decir mi nombre dudé.

Olive se dio cuenta de ello.

—Este lugar es seguro, nada de lo que hablamos saldrá de esta sala, no guardamos registro de nombres ni de otra información. Imagínate que estás hablando con un sacerdote —dijo ella.

—O con un abogado —añadió Leanne—. Ni uno de ellos puede contar lo que pasa aquí.

—Casey, mi nombre es Casey —dije.

—Bienvenida, Casey. ¿Quién quiere empezar? —preguntó Olive.

—Esto es como una de las reuniones de Alcohólicos Anónimos, venimos a desahogarnos, a contar nuestras historias, pero yo voy para recordar que no estoy sola —me susurró Leanne.

Paula, la morena, levantó la mano tímidamente y en lo que tardó en reunir el valor para hablar la estudié. Su cabello estaba muy bien arreglado, su vestido sencillo pero elegante y los zapatos a juego con el bolso.

—No sé por dónde empezar —confesó Paula—. Tengo treinta y ocho años, soy abogada y mi marido me golpea. ¡Dios! Parece que estamos en Alcohólicos Anónimos, ¿verdad? —dijo ella y la sala se llenó de risas—. Me casé con un hombre que me abofeteó el día de mi boda, no quise llevar el collar de perlas de su abuela, esa fue la razón por la que recibí mi primera bofetada.

Intento entender cómo es que seguí adelante con la boda, pero no logro hacerlo. Tal vez fue la iglesia llena de invitados o que mi padre era juez y no quería avergonzarlo. Me casé y aguanté sus abusos durante tres años. Tengo los papeles del divorcio en el bolso, pero tengo miedo de lo que hará, de lo que dirá la gente. Soy abogada, nadie me contratará si sale a la luz que fui víctima de maltrato así que en los papeles el motivo de divorcio es diferencias irreconciliables. Esto es todo, tengo miedo de todo, de cómo cambiará mi vida, de cómo se lo tomará él, pero tengo más miedo de que no podré hacerlo, de que cuando llegue el momento de entregarle los papeles no podré hacerlo.

La discusión continuó, Olive y Leanne aconsejando a Paula con los temas legales, aunque ella ya sabía lo que tenía que hacer. Parecía que necesitaba a alguien que le diga que estaba bien, que había tomado la decisión correcta.

Después fue el turno de Gina y escuché solo al principio. Su historia era tan triste y desesperante que tuve que bloquear sus palabras.

Gina se había casado muy joven, a los diecisiete, con un amigo de su padre. El hombre tenía experiencia y fue muy fácil enamorarla, antes de cumplir el primer año de matrimonio ya tenía un hijo y estaba embarazada del segundo. Los abusos empezaron muy pronto, él era muy celoso, tanto que ella no tenía permitido salir a la calle si no la acompañaba él o su padre.

Lo peor fue la reacción de la madre de Gina, que la primera vez que vio a su hija en la puerta de su casa, embarazada y con el rostro amoratado, le dijo que su lugar estaba al lado de su marido, que algo había hecho para merecer esa paliza.

Esa no era una madre, era un monstruo que envió a su hija de vuelta a seguir viviendo una pesadilla. A través de los años tuvo que aguantar los abusos del marido y los reproches de la madre que después de esa primera vez decidió tomar cartas en el asunto y juró que mientras ella vivía Gina se quedará ahí donde pertenece. Al lado de su marido.

Por suerte una de las palizas la llevó al hospital y ahí recibió ayuda, su doctora fue la que le salvó la vida al ofrecerle una casa, un trabajo y al pagarle el abogado para obtener el divorcio.

Aparentemente Sarah tenía razón, todavía existía buena gente en el mundo. Otra de las cosas que quedó clara fue que de estas situaciones no podías escapar sin ayuda. Era difícil tomar la decisión e igual de difícil llevarla a cabo.

—Casey, es tu turno —anunció Olive.

Fruncí el ceño mirando a Leanne y a la otra mujer, sentía una mezcla de vergüenza y miedo que me hacía desear el poder de evaporarme. Pero no era justo para Paula y Gina que habían contado sus vidas.

—Lo mío es de manual, caí enamorada de un maltratador disfrazado de bombero guapo y divertido. Pasé por todas las etapas, renunciar a los amigos, a las salidas, a maquilarme y a vestirme como me gustaba, renunciar al trabajo para no caer en la tentación con mi jefe que estaba locamente enamorado de mí. Dejé de hablar, de decir lo que pensaba y empecé a medir cada palabra que salía de mi boca, cada movimiento, cada reacción. Lo que más me cuesta entender es cómo pudo pasar, cómo fui tan tonta para dejarlo pasar.

—No somos tontas, somos ingenuas y ellos unos profesionales —intervino Leanne.

—¿Sabes lo más extraño? Que si no hubiera aumentado el número y la fuerza de las palizas todavía estaría ahí con él. Cuando me di cuenta de que tardaba más días en curarme entendí que un día iba a matarme y no quise dejar a mi hija sin madre. Hice un plan para escaparme, pero me alcanzó y casi consiguió matarme. Ahora estamos a salvo porque él no sabe dónde encontrarnos y espero que nunca lo haga.

Había mucho más que contar, pero no me sentía con fuerzas.

Me estaba sintiendo como después de una de las palizas

de Keith, estaba agotada física y psicológicamente y miré con miedo a la última mujer. No pensaba que podría aguantar otra historia. Sin embargo, ella, su nombre era Mafer, me miró fijamente.

A mí, ni a Leanne que podría decir que era la más fuerte de todas, ni a Olive que era la que era nuestra guía. A mí, y le sonreí suavemente animándola, aunque ella no lo necesitaba.

—Soy la segunda hija de cuatro hermanos con una madre soltera que trabajaba todo el tiempo para poder mantener a la familia. Era muy estricta, muy dura con todo, incluso con sus sentimientos. He cometido muchas tonterías buscando el amor de una persona fuerte, el amor que mi madre me negó. Tenía veinte años cuando conocí a Martin y al principio todo fue bien, muy bonito, tanto que a los seis meses nos fuimos a vivir juntos. Ahí todo cambió, no teníamos un lugar estable donde vivir, alquilamos una habitación pequeña y las cosas estaban más o menos bien. Nos fuimos conociendo un poquito más y averigüé que había muchas cosas que no le gustaban, se enfadaba mucho. Poco después nos fuimos a vivir a casa de mi suegra y ahí cambiaron muchas más cosas. A mi suegra no le gustaba nada de lo que hacía, ni como cocinaba, ni como limpiaba, ni como planchaba.

—Menuda bruja —murmuré, y Mafer en lugar de enfadarse conmigo por interrumpirla, me sonrió antes de continuar.

—Yo había dejado de trabajar porque él me dijo que iba a mantenerme y en ese momento lo acepté, aunque le dije que más adelante volvería a trabajar. Estaba todo el día en casa y ella detrás de mí con cualquier cosa, que su hijo no come eso, que su hijo quiere lo otro de no sé qué manera. *Una mujer tiene que aguantar muchas cosas y si vienen golpes pues eso también.* Eso fue lo que me dijo un día y sorprendida le contesté que yo nunca aguantaría algo así sin saber lo que me pasaría más tarde.

Estábamos en una reunión familiar y él me pidió algo, ni recuerdo lo que fue, pero me entretuve con otras cosas y no lo hice. Me llevó de la mano a la habitación y me pegó mi primera bofetada, me dijo que si me pedía algo tenía que hacerlo en el momento en el que él lo ordenaba no cuando yo lo quería. Me quedé pasmada, ya había recibido bofetadas de mi madre, pero nunca de un hombre.

Después empezaron los malos tratos, malas caras, se enfadaba por lo que su madre le contaba y cuando me atrevía a decirle algo de su madre me golpeaba. Un día me golpeó muy fuerte porque no sabía cocinar un plato que a él le gustaba.

Me llamaba inútil y otras cosas más que empecé a creer, era abusivo incluso en la intimidad. Una vez su madre me levantó la mano para pegarme y cuando me defendí su hija me abofeteó. Luego llegó él y la que se llevó una paliza fui yo por abusiva, por levantarle la mano a su familia.

—Que hijo de...

—¡Casey! —me amonestó Leanne.

—¿Ella es la abusiva? ¿Ella? —pregunté imaginándome a la pobre Mafer tirada en el suelo después de una paliza.

Mafer continuó.

—Ese día le dije que ya no quería estar con él, pero me prometió que iba a cambiar y pronto nos mudamos a una casa solo nosotros dos. Lo perdoné y fue la peor decisión que he tomado en mi vida. Pasamos unos meses buenos antes de que el comenzara a beber, a fumar, a consumir drogas. Un día lo arrestaron por consumir en la calle y cuando volvió a casa me golpeó porque no fui a sacarlo de la cárcel. ¿Cómo hacerlo si yo no sabía dónde estaba el dinero? Él y su madre se encargaban de todo, ella hacía la compra, él pagaba las facturas.

Volvieron las palizas, los abusos y en uno de esos momentos me quedé embarazada. Fui feliz, iba a tener un pedacito de mí, solo mío. Martin se obsesionó con el embarazo, no me golpeó ni una vez y me dijo que si daba luz a un niño podría irme, pero sin mi hijo.

Nació nuestro hijo y se convirtió en la vida de su padre, a mí me seguía golpeando, incluso cuando le convencí que me dejara ir a trabajar. Me pegaba, pero nunca a la cara porque trabajaba en un restaurante y no quería que la gente supiese de los abusos.

Ahí conocí a John un compañero de trabajo que se convirtió en mi mejor amigo. Ya sospechaba que algo me pasaba y un día que vio los moretones en mi brazo me ofreció ayuda. Me dijo que me ayudaría a salir de esa situación y cuando decidí abandonar a Martin ya lo tenía todo planeado con la ayuda de John y de su madre. He vivido tres años con él y si alguien me hubiera dicho en algún momento que yo no merecía eso habría hecho algo antes.

Lo planeé todo sin saber que él también tenía su plan. La niñera desapareció de repente y mi suegra se ofreció a cuidar al niño, no teniendo otra opción acepté. El plan de abandonar a Martin seguía adelante y un día mi suegro me pidió que le dejara al niño a dormir esa noche. Según ella trabajaba mucho y necesitaba descansar, había perdido mucho peso y parecía un zombi. Esa noche Martin se comportaba de manera extraña y cuando me pidió hacer algo que yo consideraba repugnante dije que no. Me golpeó y por primera vez me defendí. Grité pidiendo ayuda, pero nadie llegó y tuve que luchar contra él. Cogí un cuchillo que tenía escondido debajo del sofá y lo amenacé, pude escapar y correr hasta la primera comisaría y denunciar. Tenía dos costillas rotas y un traumatismo craneal.

Al día siguiente fui a recoger a mi hijo, pero la casa estaba vacía. Martin, su madre, mi hijo, todos se habían ido. Esto fue hace trece años, mi hijo ya no es un bebé, es un adolescente y ni siquiera sé cómo se ve.

Esa noche escapé de una relación abusiva, pero perdí a mi hijo. Estoy bien, dos años de terapia me ayudaron a sobrellevar lo que viví, leer también me ayudó, pero lo mejor de todo fue conocer al que hoy es mi marido. Tardó muchísimo en conquistarme, pero ahora somos felices. He retomado mis estudios, seré la mejor abogada del mundo. Ese es mi sueño, luchar por las mujeres que sufren maltrato, ayudarlas porque sin ayuda no puedes salir de una relación abusiva.

Mafer terminó su historia y no había ni una mujer que no tuviera lágrimas en los ojos, ni siquiera Olive que estaba segura de que no era la primera vez que escuchaba una historia así.

Había tantas similitudes entre la historia de Mafer y la mía que por un momento pensé que ella estaba contando la mía. Por suerte yo no había perdido a mi hija, pero mi corazón dolía por ella. No podía imaginarme cómo sería vivir sin saber dónde estaba tu hijo, sin saber si estaba vivo o no.

—Es mi turno, pero creo que es mejor dejarlo para la próxima vez —sugirió Leanne y Olive estuvo de acuerdo

Le sonreí agradecida sin saber cómo tendría fuerzas para levantarme de la silla y caminar. Todas esas historias pesaban sobre mis hombros, la maldad, el sufrimiento, las perdidas.

Sabes que pasa, pero no te pasa a ti y sigues con tu vida. Te pasa a ti y piensas que no está tan mal, que vas a sobrevivir. Escuchar que hay mujeres que han vivido lo mismo que tú o peor es reconfortante y horrible al mismo tiempo. Eres feliz de que no estás sola al mismo tiempo que sufres por ellas. Sus historias se convierten en las tuyas también, al fin y al cabo, todas tienen el mismo culpable. Un hombre.

Quería preguntar a Mafer como había conseguido rehacer su vida al lado de otro hombre, pero estaba agotada. Me despedí de ellas y después de prometer que volvería la semana siguiente me dirigí hacia la salida.

Necesitaba llegar a casa y abrazar a mi hija.

Capítulo 14

Alan

Quería ver a Casey y era todo lo que podía pensar, lo único en lo que pensé anoche y hoy durante todo el maldito día. Parecía un adolescente enamorado por primera vez y a veces era justo como me sentía.

Ilusionado.

Asustado.

La tarde pasó con una lentitud espantosa, Julia nos acompañó a la cita de Daniel con la terapeuta y pensé que eso iba a distraerme. Incluso la llevé a una tienda para comprarse una nueva mochila cuando los dos sabíamos perfectamente que no necesitaba una.

Hice feliz a mi hija y durante los veinte minutos que busqué una mochila de color fucsia entre miles de artículos no pensé en Casey, así que podría decir que salimos ganando los dos.

Le había dicho que nos veríamos a la hora de la cena y apresuré a los niños a casa de Leonor en cuanto llegamos, pero en lugar de Casey encontré una casa llena de mujeres y niños.

—¡Hola, hermano mayor! —me saludó Sarah desde su sillón donde le estaba enseñando a Kay el contenido de su bolso.

Recibí otros saludos, algunos más entusiastas que otros, de las amigas de Sarah. No era una de sus personas favoritas y lo entendía. En cambio, yo las apreciaba mucho. Eran sus amigas, las mujeres que la acompañaron durante ese año de secuestro.

Un loco había secuestrado a cuatro mujeres y las mantuvo prisioneras en un sótano durante meses. Olivia, Sarah, Liz y Sam, cuatro mujeres que habían sobrevivido a un infierno y que supieron aprovechar la oportunidad que les dio la vida.

Eran felices.

Sarah era feliz y por eso podía aguantar un par de malas miradas.

—Chicas, ¿qué os trae por aquí? —pregunté.

—Estamos cuidando a Kay, Casey tenía que hacer un recado —explicó Sarah.

Quise preguntar qué tipo de recado, pero ella hizo un gesto con la cabeza hacia Daniel y Julia. Mantuve la boca cerrada y esperé hasta que Sarah se fue a la cocina para seguirla y averiguar qué estaba pasando.

—¿Dónde está Casey?

—¡Dios, Alan! Un poco de paciencia no te matará, ¿sabes?

Le quité la bandeja de las manos y la puse sobre la mesa.

—Habla —ordené.

—Grupo de apoyo para víctimas de maltrato, ¿contento? Y antes de volverte loco te diré que Jock la llevó y la traerá de vuelta. Ahora, ¿te gustaría compartir qué ha pasado entre vosotros?

—Nada, no ha pasado nada —dije rápidamente.

Me di la vuelta y empecé a colocar las tazas de la bandeja en el lavaplatos.

—Ese juego de café hay que fregarlo a mano —dijo Sarah.

—Vale, ve con tus amigas y déjame hacerlo —gruñí.

En vez de irse Sarah se acercó y puso su mano sobre mi brazo. Maldije, solté la taza que sostenía y la miré.

—La amo, Sarah, amo a Casey. Y es demasiado pronto, demasiado complicado. Demasiadas cosas pueden salir mal. Está jodido, pero no puedo abstenerme. Es ella, lo sé, pero también sé que merece un hombre decente y yo no soy ese hombre.

—Durante años has sido un mal hermano, un mal padre, pero ya no eres esa misma persona. Eres Alan de nuevo, mi hermano mayor, el que amenazaba con romper las piernas a los chicos que me molestaban en el colegio, el que me dejaba ver películas cuando nuestros padres decían que no. Los años que estuviste con Briseida fuiste otra persona, fue como si estuvieras bajo un hechizo, pero esos años han quedado atrás, Alan. Ahora eres un buen hermano, serías uno fenomenal si dejaras de intentar devolverme mi dinero, eres el mejor padre para Julia y Daniel, y no tengo ninguna duda de que eres el hombre para Casey.

—¿Por qué, Sarah, por qué me has perdonado después de todo lo que te hice? —pregunté.

—Somos familia, Alan. Te has equivocado, pero has cambiado, has pedido perdón y no sería una buena hermana si no te perdonara. Es lo que hace la familia, ayuda, te perdona y te da una patada en el culo cuando lo necesitas.

—Sarah, yo...

—Y esa patada la vas a recibir ahora mismo si vuelvas a pedir disculpas —amenazó ella.

¡Jesús! Por un momento me pareció escuchar a mamá, el mismo tono de voz suave como solo ella podía conseguir al mismo tiempo que me amenazaba.

—Mamá estaría tan orgullosa de ti —dije.

—De ti también, hermano. No dejes un error arruinar el resto de tu vida, sabes que eso es lo que ella diría.

—Sí, eso diría —dije y rodeé la isla para darle un abrazo.

La familia. No podía creer que tuviera tanta suerte de tener a Sarah como mi hermana, de que ella era mejor persona que yo, de que mis hijos crecerán con ella. La tenía de nuevo en mi vida y juré que no dejaría que algo nos separara.

—Tengo hambre, Sam dice que podemos pedir pizza. —Daniel entró y se detuvo en la puerta al vernos abrazados.

—Vale, pero no la dejes llamar, a ella le gusta con piña —dijo Sarah.

—¡Piña! —exclamó Daniel y en un segundo estaba corriendo y gritando—. ¡Sam, eso es una blasfemia!

—¿Blasfemia? ¿Dónde diablos aprendió mi hijo esa palabra? —pregunté dejando ir a Sarah.

—Liz, pero no se lo tengas en cuenta. Ryder estaba siendo algo insensible —explicó ella.

Me encogí de hombros, esas cuatro mujeres, mi hermana incluida, habían ganado la lotería del amor. Sus esposos las adoraban y no existía nada en el mundo que no hiciesen por ellas.

Los conocí en una fiesta y congeniamos enseguida a pesar de que no teníamos mucho en común. Ryder, el marido de Liz, era el CEO de la empresa más grande del mundo. Ian que estaba casado con Sam fue agente del FBI y ahora ayudante de sheriff en un pequeño pueblo. El marido de Olivia, Colin, era empresario como mi cuñado Max.

Todos eran ricos, pero no ese tipo de ricos que te echan en la cara su dinero. Ellas eran mujeres guapas, divertidas, inteligentes, pero que sabían guardar rencor como nadie. No las podía culpar, no eran familia como Sarah, no tenían por qué perdonar mi comportamiento, sin importar que eso había pasado hace años.

Estaba feliz de que mi hermana tenía tan buenas amigas que la cuidaban sin importar de quien le hacía daño.

La cena fue bastante entretenida, con cajas de pizzas y latas de refresco cubriendo cada superficie libre del salón de Leonor. Daniel no era el único que se lo pasaba bien, Julia también.

Estaba hablando, riendo con las amigas de Sarah, sorbiendo cada palabra y cada gesto y no podía estar más contento con ello. Mi hija necesitaba buenas mujeres en su vida de las que aprender.

Casey volvió cuando habíamos terminado de cenar, todo estaba recogido excepto una caja en la que le guardamos algo de pizza. Kay estaba cansada, pero cuando vio llegar a su madre sonrió.

—¡Mira, mami! —gritó Kay, sosteniendo en sus manos una agenda de color rosa que le había regalado Liz ¿o había sido Sam?

Casey entró ignorando a todo el mundo, se arrodilló en el suelo y abrazó a su hija. Estaban a dos pasos de mí y pude ver su rostro y la manera en la que intentaba aguantar las lágrimas.

¿Qué mierda había pasado en esa reunión?

Casey parecía a punto de desmoronarse, hecho que no le pasó desapercibido a nadie. Sarah me miró con ojos preocupados, pero no tenía una explicación para ella.

—Casey, ¿está todo bien? —preguntó Leonor.

—Sí, claro que sí. Ahora vuelvo —dijo Casey.

Soltó a la niña que volvió a su lugar delante de la chimenea ajena a lo que le pasaba a su madre. Casey se fue del salón y en el momento en que desapareció de nuestra vista todas las miradas se volvieron hacia mí.

No todas, las de los adultos de la habitación. Los niños seguían entretenidos cada uno con algo, tal vez Julia solo fingía porque estaba mordiendo sus uñas y eso lo hacía solo cuando estaba enfadada.

Quería ir y hablar con Casey, abrazarla y prestarle mi hombro para llorar. Eso fue lo que hice. Me levanté y sin pronunciar una palabra salí del salón.

Conocía la casa de Leonor muy bien y sabía perfectamente cuál era la habitación de Casey, llamé a la puerta y esperé hasta que escuché su permiso para entrar.

Entré y cerré suavemente la puerta detrás de mí. Casey estaba de espaldas a mí, mirando por la ventana. Me acerqué y puse las manos sobre sus hombros, en un segundo se dio la vuelta y enterró el rostro en mi pecho.

La rodeé con mis brazos y la sostuve mientras su cuerpo temblaba por el llanto. Siempre había tenido una debilidad por las lágrimas de una mujer y Brieseida lo sabía. Cada vez que algo no era como a ella le gustaba solo tenía que poner esa cara triste, su boca con unos morritos que en ese momento encontraba muy atractivos y sus ojos se llenaban de lágrimas. Era suficiente para hacerme ceder y darle lo que sea que me pedía.

Fui un idiota.

Las lágrimas de Briseida solo eran su utensilio usado para manipular, en cambio, las de Casey eran de verdad. De esas que te parten en dos, que te hace desear tener el poder de borrar su dolor.

Odiaba sentir tanta impotencia. Odiaba ver su cuerpo sacudido por los sollozos.

Pasó mucho tiempo hasta que su llanto cesó, tiempo en el que la sostuve en mis brazos y le susurré ni yo sé que. Palabras dulces, palabras de ánimo.

—Lo siento —murmuró Casey, su rostro todavía en mi pecho.

—No hay nada que sentir, nena. Si necesitas llorar llora, si quieres gritar pues también.

Sus manos que hasta ahora estuvieron sobre mi pecho se deslizaron hasta mi cuello e inclinaron mi cabeza hasta encontrar su mirada.

—Quiero hacer algo —dijo con el mismo tono de voz bajo, como si me estuviera contando un secreto.

—Vale, ¿qué quieres hacer?

—Quiero encontrar a mi marido y a cada uno de los hom-

bres que alguna vez levantaron la mano y golpearon a sus mujeres. Quiero hacerles sentir lo que sentimos nosotros cuando nos
golpean. Quiero que paguen.

—Nena, lo harán. Cada día hay más denuncias, más arres-
tos...

—¡No! No es suficiente, no tienes ni idea de lo que esas
mujeres vivieron, de lo que esos monstruos hicieron. Son monstruos, Alan.

—¿Qué mujeres, Casey? —pregunté, pensando que quizás
esa reunión de apoyo no había sido una muy buena idea y
cuando tomó mi mano, me sentó en el borde de su cama y me
contó las historias que escuchó estuve seguro.

Fue una mala idea.

—¿Ahora entiendes, Alan? Todos esos hombres se salen
con la suya, una mujer ha perdido a su hijo, años de abusos y maltrato y ellos no han pagado, nosotros sí. Hemos sufrido estando
con ellos, sufrimos cuando intentamos dejarlos y sufriremos
mucho después. Pagamos nosotros y pagan los otros hombres
que tienen la mala suerte de llegar a nuestras vidas. ¿Sabes cómo
es no confiar en ti mismo para tomar una decisión?

—Sí, conozco el sentimiento —dije.

Casey frunció el ceño y no pude evitar pensar que se veía
igual de bonita como siempre. Ojos rojos, las lágrimas que se se-
caron sobre sus mejillas, nada de eso le había quitado ni un ápice
de su belleza.

—¿Sabes en qué pensaba cada vez que estaba contigo? Que
si te dejaba acercarte ibas a golpearme, que, si hablaba, si decía
algo que no te gustaba ibas a golpearme. Tenía miedo, Alan, un
miedo que sigo sintiendo a veces, que a pesar de que sé, de que
he visto como tratas a tus hijos, a la mía y a Leonor, de que estoy
segura de que nunca me harás daño, lo siento y creo que lo sentiré toda la vida. Y no es justo para ti, ni para mí.

Estaba sentada delante de mí, nuestras rodillas tocándose,

estaba tan cerca, pero en cuanto pronunció esas palabras la sentí lejos. ¡Maldita sea si iba a dejar que eso pasase!

¿Tenía miedo? Yo también.

¿Era complicado? Sí, pero confiaba que todo iba a salir bien.

—Ni siquiera lo pienses, Casey. No sé qué ha pasado en esa reunión, que has escuchado que te haya quitado la esperanza, pero confía en mí, será mejor. Tal vez lo que necesitas es otro tipo de terapia, mira a Daniel, hubo un tiempo que ni siquiera hablaba conmigo. ¿Lo has visto ahora, has visto como es con Kay, contigo o con Leonor? Se ríe, baila, hace bromas. Es feliz, Casey y durante mucho tiempo sentí lo que sientes tú ahora mismo, que nunca lo vería sonreír, que nunca sería un niño feliz. No fue fácil, pero con horas y horas de terapia lo consiguió. Tú también lo harás, ten fe.

—No estoy segura de nada, ni de ti ni de mí y paso de sentirme en el séptimo cielo pensando en ti, en el futuro, a sentirme agobiada, asustada y desconfiada —confesó Casey.

Lo entendía, claro que lo hacía ya que a mí me pasaba lo mismo.

—Es normal, nena, todo lo que tienes que decir es lo que necesitas. Dime qué puedo hacer, cómo puedo ayudarte.

—No lo sé, quiero dejar de sentir miedo, pero no sé cómo conseguirlo.

—Terapia, Casey, días, semanas, meses, años. Todo el tiempo que haga falta estaré a tu lado y lo conseguirás, ¿qué más quieres?

—Libre, quiero ser libre —murmuró ella.

Eso no iba a ser tan fácil de solucionar, ella tenía un marido y por lo que dijo el abogado iba a ser una lucha dura. Tenía un plan, mejor dicho, una esperanza de poder arreglarlo, pero todavía no había tenido la respuesta que esperaba.

Había contactado a Vladimir, pero después de casi dos

meses seguía sin recibir noticia alguna. Era una idea loca, pero era lo único que se me ocurrió.

—De una manera u otra lo serás, Casey, lo prometo.

—No puedes...

—Sí, puedo. —Deslicé las manos sobre sus hombros y luego arriba en su cabello—. Mereces ser feliz, ser libre, vivir sin miedo y te prometo que haré todo lo posible para conseguirlo para ti, ¿vale?

Casey asintió.

—Todo estará bien —prometí, inclinando su cabeza y bajando la mía. Despacio, la bajé despacio mirándola a los ojos esperando una indicación sobre lo que quería hacer.

Humedeció sus labios y tomé eso como sí. Quería mi beso tanto como yo quería dárselo. Deslizó sus brazos sobre mis hombros al mismo tiempo que dejaba mi lengua entrar en su boca.

La atraje en mis brazos hasta sentarla en mi regazo y la besé hasta que sentí que iba a morir si no la tomaba. No podía, no cuando había pasado por un torbellino emocional, no cuando abajo en el salón nos estaban esperando cinco mujeres.

Algunas curiosas por saber que le ha pasado, otras preocupadas y otras esperando una oportunidad de gritarme.

¡Las mujeres! Eso era justo lo que necesitaba Casey, mujeres que habían sobrevivido a un infierno, no el mismo que ella, pero un infierno y salieron ganadoras.

—Deberías comer algo —dije, besando su mejilla, siguiendo un camino hacia su oreja donde mordisqueé el lóbulo.

—Prefiero quedarme aquí. Contigo.

La voz de Casey era suave, dulce, adormilada y cuando la miré vi que sus ojos se veían igual. Por lo menos había conseguido eso, hacerla olvidar lo que había pasado esta tarde en esa maldita reunión.

—Necesitas comer, nena. Además, estoy seguro de que pronto alguien subirá para ver qué está pasando.

Suspiró, pero en lugar de levantarse posó la cabeza sobre mi pecho y suspiró de nuevo. Si fuera por mí me hubiera quedado ahí, sosteniéndola en mis brazos hasta el fin del mundo.

—Lo odio —murmuró Casey.

—Lo sé, nena.

—¿Sabes lo peor? Que me odio a mí misma por dejarlo pasar, por convertirme en esta mujer débil y asustada. Yo no era así, mis padres criaron a una chica fuerte. Tenía sueños, quería sorprender al mundo entero con mis ideas, pero renuncié a todo solo porque a él no le gustaba.

—Casey, tuviste la fuerza necesaria para salir de ahí y mírate ahora, estás luchando. Esto no es débil.

—Tú me amas y por eso... ¡Oh, Dios! —exclamó y se puso de pie en un instante—. ¡Estás en mi habitación!

—Sí —dije, cuidadosamente.

—Abajo hay un montón de gente y pensarán...

—Nada, no piensan nada. Solo están preocupados por ti, ven y lo verás —dije alargando la mano, pero Casey sacudió la cabeza.

—Necesito lavarme la cara, ve tú. Luego bajaré.

Asentí y la seguí con la mirada mientras caminaba hacia el cuarto de baño, entraba y cerraba la puerta. Pasé las manos sobre la cara y maldije.

A veces me preguntaba qué sentido tenía la vida, por qué había tanta gente sufriendo sin razón, por qué había tanta maldad en el mundo. A mí ya nada me importaba, podría pasarme cualquier cosa, pero tenía dos hijos que necesitaban protección, que les enseñe como sobrevivir, como vivir felices en un mundo que se regodeaba en la desgracia de los demás.

Antes de bajar le envié otro correo electrónico a Vladimir y decidí que si no contestaría en unos días hablaré con Sarah, ella sabrá como encontrarlo.

Capítulo 15

Casey

—¡Soy fuerte!

Mi reflejo en el espejo decía otra cosa. La palidez y delgadez de mi rostro, mi cuerpo que ya no tenía curvas ni un gramo de grasa, solo quedaba la piel y los huesos. El cabello, Dios, el cabello lacio apenas tocando mis hombros de una manera extraña. Bueno, eso era lo que pasaba cuando te lo cortabas tu misma con unas tijeras oxidadas y mirando en un trozo de espejo.

Pasó, eso pasó de verdad.

A Keith le gustaba el cabello largo y cuando me encontró lo usó para atraparme, para sujetarme fuerte cuando quise correr. Mantuvo sus dedos en mi cabello mientras me abofeteaba una y otra vez, mientras me daba puñetazos en el abdomen uno detrás de otro.

Sigo sin poder entender cómo sobreviví a esa última paliza, pero lo hice. Alguien me cuidó, envió a esa mujer a ayudarme y se lo debía, a ellos, a mí misma, a mi hija y a mis padres.

Durante años fui una víctima, pero ya no, ahora seré una luchadora y encontraré la manera de meter a Keith donde merecía, en la cárcel. Tiene que haber una forma de demostrar los años de maltrato.

Tendré que hablar con el abogado de Alan o incluso con Olive, ella dijo que tienen un programa de asesoría gratis para las víctimas. Lucharé y seré libre, pero ahora tenía que hacer algo un poco aterrador.

Tenía que bajar al salón ahí donde esperaban esas mujeres. Había algo sobre ellas, no sé qué exactamente, pero cuando entré y las vi mirándome sentí una conexión, como si algo me envolviese, me llamaba, me atraía hacia ellas.

Me puso los pelos de punta sin importar la calidez y la tranquilidad que se reflejaba en sus miradas. Peiné mi cabello y aunque se veía más o menos igual me di por satisfecha con el resultado. Antes de bajar me puse un cárdigan de lana y no porque tenía frío, porque quería verme menos enferma.

Escuché las risas cuando bajaba las escaleras y la que más me atrajo fue la de Kay. No entré, me quedé en la puerta del salón y la miré mientras daba vueltas por la habitación con un pañuelo azul sobre su cabeza. Una niña corría detrás de ella con otro pañuelo en algún tipo de juego que solo las niñas entendían.

Sarah fue la primera que notó mi presencia.

—Casey, justo la persona que necesitaba. Daniel nos dijo que tus galletas son las mejores que ha probado y necesitamos tu receta —dijo Sarah.

—¡No, Casey! No puedes dársela, nos va a arruinar el negocio —protestó Daniel.

Sonriéndole al niño entré y busqué un lugar para sentarme, solo que no había ni uno hasta que Sarah me hizo hueco a su lado en el sofá. El problema era que al otro lado estaba Alan y el sofá era para dos personas no tres.

No pude negarme sin una buena razón y menos después de escuchar la risita de Leonor que me estaba mirando a mí y no a las niñas. Me senté recordando que solo hace unos minutos estuve sentada en su regazo, su boca sobre la mía.

¿Me ruboricé? Claro que sí y eso convirtió la risita de Leonor en una carcajada.

—¿Qué es tan divertido, Leonor? —preguntó Daniel frunciendo el ceño.

—Nada, hijo, nada —contestó ella.

Alan acercó una caja de pizza y levantó la tapa. Tenía el estómago cerrado y no creía que pudiera comer nada, pero de nuevo no quise dar explicaciones y cogí un trozo. No estaba ni fría ni caliente, pero sabía bien. Aun así, solo pude comer un par de bocados hecho que no le pasó desapercibido a Leonor que me miró fijamente.

—Deberías ver un doctor —dijo ella.

—Estoy bien.

Eso pasaba en cada desayuno, comida y cena. Comía muy poco y Leonor estaba preocupada, pero no entendía que comía lo que necesitaba. Mi cuerpo no pedía más, no aceptaba más comida.

—¿Qué está pasando? —preguntó una de las mujeres y me di cuenta de que nadie nos presentó.

¡Dios!

¿Saludé cuando entré? Yo era una empleada en esta casa y me había sentado a comer como si fuera uno de ellos. Avergonzada cogí la caja de pizza y me puse de pie.

—Nada —le contesté a la mujer antes de dirigirme a la cocina.

Había sido un día intenso y solo quería irme a la cama, olvidar lo que había pasado. Recogí un poco la cocina pensando en cómo convencer a Kay de que era la hora de dormir. Había pasado su hora desde hace más de dos y seguramente estará demasiado agitada para dormir.

Justo lo que necesitaba esta noche.

—Sam. —Escuché una voz a mi espalda y casi dejé caer el plato que estaba fregando, al darme la vuelta vi entrando en la cocina a la mujer que me había preguntado antes qué estaba pasando—. Mi nombre es Sam y soy doctora.

¿Cómo no?

—Mira, es una tontería. Leonor se preocupa por cualquier cosa —dije.

—Esa es Leonor, se preocupa, pero en este caso estoy de acuerdo con ella. Estás muy delgada y no sería mala idea hacerte unas pruebas —continuó ella.

—¿Sabes qué? ¡No! Si no quiero hacer algo no lo haré y no puedes obligarme —espeté.

Ella, lejos de mostrar sorpresa o enfado por gritarle, dio un paso adelante.

—Tienes razón, no puedo obligarte, pero puedo decirte que sé que se siente al pasar hambre y sé que le pasa al cuerpo al estar privado de los nutrientes necesarios. También puedo hacerte una lista de las consecuencias del abuso físico prolongado y hay algunas que son mortales, si quieres dejar a tu hija huérfana es tu decisión.

La miré con los ojos como platos.

—¿En serio? Pasé dos horas hablando sobre el maltrato que sufrí a manos de mi marido, escuché a otras mujeres hablando sobre lo mismo y perdí toda la esperanza en la humanidad. Ahora vienes y me dices que puedo morir, ¿de verdad?

—De verdad, Casey. Pasó, has sobrevivido y se terminó, es el momento de vivir.

—Fácil para ti decirlo, ¿no? —espeté.

—Vale, vamos a ver que prefieres: sufrir maltrato durante el tiempo que lo has sufrido o pasar un año secuestrada en un sótano y ser violada. Dime, Casey, ¿cuál prefieres?

No hablé, no podía, pero ella sí.

—No es lo mismo, pero sé lo que es sentirte impotente, asustada, sin esperanza y no sirve de nada enterrar la cabeza en la arena y fingir que no pasa nada. Lucha, Casey, tienes que luchar, pero no podrás hacerlo si tu salud no está al cien por cien. Podrías tener una anemia que se puede curar con vitaminas, pero que sin saberlo y sin tratarla puede influir en tu vida más de lo que te das cuenta. Falta de apetito, debilidad, podría seguir enumerando toda la noche si es lo que hace falta para convencerte.

—Estoy cansada —confesé.

—Lo sé.

—No, quiero decir hoy. He tenido un día intenso y no me estás ayudando. Lo siento por lo que te ha ocurrido, pero justo ahora lo que necesito es un poco de paz. Necesito vaciar mi mente de todos los pensamientos, aunque sería mejor si pudiera olvidar el día que tuve.

—Entiendo, Casey —dijo ella, e hizo una breve pausa—. Pero entiende que sé por lo que estás pasando y no quiero que cometas los mismos errores que cometí yo. Tenía a ese hombre perfecto y solo tenía que confiar, pero en lugar de hacerlo dejé el miedo gobernar mi vida. No hagas lo mismo, nunca podrás recuperar el tiempo perdido. Ahora ve arriba, toma un baño caliente y duerme. Tu hija se ha convertido en la mejor amiga de mi hija y no quiere separarse de ella. Vamos a tener una fiesta de pijamas en el salón así que por la niña no te preocupes, ¿vale?

Sí, claro.

Dejar a mi hija con una mujer que acababa de conocer. Doctora o no, amiga de Sarah o no, no podía confiar en ella y lo sabía. Me miró con el ceño fruncido antes de sacudir la cabeza.

—Sarah y Julia también se quedan y si Daniel todavía está pensando en ello, pero creo que no se quedará. Pasar la noche rodeado de tantas chicas no le parece muy entretenido.

—Gracias a Dios, es lo único que me faltaba —gruñó Alan, entrando en la cocina.

—Voy a buscar mantas y almohadas, tú convéncela de que se vaya a tomar un baño relajante —ordenó ella.

Sam se fue y de repente sentí que me faltaban fuerzas para

seguir de pie. Me deslicé hasta el suelo y apoyé la espalda contra la nevera.

—Casey, ¿estás bien? —preguntó Alan.

No lo vi ya que había apoyado la cabeza sobre las rodillas, pero lo sentí a mi lado.

—No, quiero cerrar los ojos y despertarme mañana.

—Hazlo, ciérralos —dijo él.

Sonreí pensando que no era mala idea quedarme dormida ahí en el suelo de la cocina, pero lo que me hizo sonreír fue el hecho de que no tenía que preocuparme por nada. Sabía que si me quedaba dormida alguien cuidará a mi hija. Alan, Leonor, Sarah, incluso Julia y esa doctora que me había gritado.

Menuda doctora, me pregunté quien le había dicho que estaba bien gritar a alguien que estaba al final de su fuerza. Alguien que luchaba por encontrar un rayo de luz en tanta oscuridad.

Sin saberlo me quedé dormida y pasaron cosas, cosas de las que me arrepentiré de haberme perdido.

Alan me llevó en brazos hasta mi habitación, me quitó el cárdigan y el vestido. Me metió en la cama cubriéndome con las sábanas y cuando me vio temblar puso otra manta. Me dio un beso en la frente y antes de salir de la habitación dejó la lampara de la mesita de noche encendida.

Abajo tuvo lugar una fiesta de pijamas, Leonor, Sarah y Sam cuidando a las tres niñas, Liv, Kay y Julia. Daniel decidió que prefería pasar la noche con su padre y no tener su cabello peinado y trenzado.

Encendieron el fuego en la chimenea y contaron cuentos, las niñas tumbadas sobre un montón de mantas enfrente de la chimenea escuchando con atención. Y cuando las niñas se quedaron dormidas Sarah ayudó a Leonor a llegar a su dormitorio. Después ella volvió y junto a Sam se quedaron a vigilar a las niñas.

Además de eso hicieron algo más, hablaron de mí.

Pero yo no lo sabía porque hice lo que me ordenó Alan, cerré los ojos y dormí. Una hora, dos, tres hasta que el cansancio que se había apoderado de mí disminuyó despertando a mi cerebro, dejando vía libre a las pesadillas.

Eran las tres de la madrugada cuando desperté llorando y salté de la cama para apresurarme a la habitación de Kay. Su cama estaba vacía, sin tocar. Los peluches tampoco estaban y mi cerebro no fue capaz de reaccionar.

Solo podía preguntarme cómo nos había encontrado. ¿Cómo? Tal vez no había pasado mucho tiempo desde que se había llevado a Kay, tal vez todavía estaban cerca y podría alcanzarlos.

Eché a correr por el pasillo pensando en Alan, él podía ayudarme y planeaba echar un vistazo a la calle por si Keith y Kay seguían cerca antes de llamar a la puerta de Alan y pedir ayuda.

No fue necesario hacer ni una de esas cosas porque llegué a la entrada y algo me hizo mirar hacia el salón.

Kay.

Fiesta de pijamas.

Kay estaba aquí.

Caminé despacio hasta donde Kay dormía en el suelo, a su izquierda una niña pequeña rubia como mi pequeña y a la derecha Julia. El Señor Lobo dormía en la almohada de Kay no en sus brazos como hacía normalmente y los otros peluches estaban colocados en un círculo que rodeaban la cama improvisada de las chicas.

Era la primera noche en la que Kay se dormía sin mí. Su rostro tranquilo como siempre me decía que no me había echado de menos y no sabía si estar contenta o enfadada. Quería acurrucarme a su lado y dormir, pero no quería despertar a las otras niñas así que me quedé ahí de pie y la miré.

—Quiso subir para darte un beso.

Giré la cabeza y vi que Sarah estaba despierta, tumbada en uno de los sofás de Leonor y cubierta con una manta. En el otro sofá estaba Sam, pero ella seguía dormida.

—¿Subió? —susurré.

—Sí. Le explicamos que estabas muy cansada y que necesitabas descansar. Subió, te vio dormir, te dio un beso y te arropó. Después volvió y tardó un poco en aceptar que no estabas con ella.

—Quiero llorar —confesé.

—Mejor no, estás demasiado delgada y lo único que te falta es deshidratarte —intervino Sam, su voz sonando muy despierta.

—Necesito café —declaró Sarah.

—Es demasiado pronto para café, además faltan horas para la salida del sol —dijo Sam.

Sarah le dijo que faltaban tres horas, Sam le contestó que si no había salido el sol no debería beber café. La conversación continuó y me senté en el sillón, me cubrí con una manta y las escuché discutir hasta que se aburrieron del tema. Entonces se fijaron en mí.

—¿Y tú por qué no estás durmiendo? —preguntó Sam.

Me sorprendió su tono, era el mismo que usaba cuando hablaba con Sarah, uno que denotaba amistad y cariño. Tal vez se sentía mal por cómo se había comportado anoche conmigo.

—Pesadillas.

—Aja, Jane dijo que pasará —murmuró Sam.

—¿Jane? —pregunté.

—Sí, es nuestra terapeuta.

—Fue nuestra terapeuta —la corrigió Sarah.

—Sarah, son las tres de la mañana, mi cerebro está en piloto automático —espetó Sam—. ¿A quién le importa si lo fue o lo es? En fin, la llamé y me dijo que las sesiones de terapia en grupo no son una buena idea para todo el mundo. A veces se necesita algún tiempo de terapia en solitario antes de poder afrontar todo lo que pasa en una de esas reuniones.

Afrontar. Luchar.

—Estoy tan cansada de escuchar que tengo que luchar, que tengo que afrontar y aceptar lo ocurrido para seguir con mi vida. ¿Y el culpable qué? El maldito cabrón sigue con su vida como si nada de eso hubiera pasado y probablemente está buscando otras maneras para joder mi vida. Terapia, sesiones de grupo, vivir con miedo, pesadillas, esa será mi vida de ahora en adelante. ¿Y él qué?

Sarah y Sam no tenían una respuesta para mí, al menos no la dijeron en voz alta, pero las tres sabíamos que no había nada que pudiéramos hacer. Luchar. Ser fuerte.

—Hay algo que podemos hacer —dijo Sarah.

—¡Diablos, no! —espetó Sam—. No vas a llamar a Ava.

—¿Por qué no? —le devolvió Sarah.

—Porque sabes muy bien lo que hará y no quiero eso en mi conciencia sin mencionar el hecho de que estoy casada con un policía al que no puedo mentir —explicó Sam.

La conversación entre las dos continuó en susurros que no pude entender, pero las dos actuaban como si tenían razón. Me levanté del sillón y rodeando los sofás fui a sentarme en el sofá de Sarah.

—¿Qué hará Ava? —pregunté una vez que me senté con las piernas debajo de mí y acepté el extremo de la manta de Sarah, me cubrí y la miré con atención.

—Le sacará los ojos —susurró Sam.

—Le cortará el pene —continuó Sarah.

—Le cortará las manos. —La voz suave de Sam, suave y dulce, no cuadraba nada con lo que acababa de decir.

—¿Qué? —Las miré sin poder creer que estábamos hablando de tortura.

Sarah se acercó hasta quedar a unos pocos centímetros de mí, pero por una vez no me importó su cercanía.

—Ava es... podrías decir que es nuestra hada vengativa. Ella nos rescató y aunque no sabemos todos los detalles podemos asegurarte de que ella es la persona que necesitas cuando todos los demás te han fallado. Si eres buena persona y tú lo eres, si tienes razón y de nuevo tú la tienes, Ava te ayudará. Se asegurará de que tu ex no volverá a molestarte jamás, podría terminar muerto o en la cárcel, eso depende de Ava.

—El problema es otro —intervino Sam.

—Que es ilegal y que vuestra Ava acabará en la cárcel —dije.

—No, ella tiene una manera especial de resolver esos asuntos legales —declaró Sarah.

—O sea que tiene un pase para hacer lo que quiere cuando quiere —explicó Sam.

No conocía a Ava, pero quería ser ella. Podría buscar a Keith y darle una paliza que recordará el resto de su vida, una que le hará pensar dos veces antes de levantar la mano y golpear a una mujer.

Encontraría al hijo de Mafer.

Encontraría a cada hombre que alguna vez ha golpeado a una mujer y los haré pagar. ¡Malditos cobardes!

—Casey, piénsalo bien. Tu ex es el padre de tu hija, no sabes lo que hará Ava y tienes que estar preparada para lo peor. ¿Puedes vivir sabiendo que él murió por tu culpa? Piensa en lo que le dirás a tu hija cuando te lo va a preguntar —dijo Sam.

—No es mi ex, todavía es mi marido. Culpa, ¿por qué? Por

hacerle lo mismo que él ya intentó hacerme, ¿no? Cuando me encontró, cuando me estaba golpeando con sus puños, cuando me estaba pateando, cuando me rompió la muñeca, ¿le importó a él? No, él duerme muy bien por la noche así que yo tampoco tendré problemas de conciencia.

—Es diferente, Casey. —Sarah tenía buenas intenciones, claro que sí, y yo también. Todo eso de no responder a la violencia con violencia estaba muy bien, pero en teoría. En la práctica no, cuando has sido el saco de boxeo de alguien por tanto tiempo sin poder defenderte, sin nadie que te ayudé, lo único que quieres es ripostar, devolver cada golpe, cada bofetada.

¿Morirá? Será lo que Dios quiere porque si Ava puede conseguirme la libertad que añoro es lo que haré y dormiré bien. A mi hija le diré la verdad, que su padre violó a su madre, que ni siquiera la miró, que nunca la sostuvo en brazos, que nunca le dio un beso, que nunca la amo, que la dejó sola en un bosque al lado de su madre que él pensaba que estaba muerta.

Que se muera, a mí no me importaba nada de lo que le podría pasar a Keith.

—Vale. Si estás segura llamaré a Ava —dijo Sarah cogiendo su teléfono móvil de la mesita de café.

—Sarah, ¿vas a llamar a la mujer que puede matar y no pagar por ello a las tres de la madrugada? —preguntó Sam.

—Buen punto, mejor llamo más tarde —dijo Sarah.

—¿Alguien más tiene hambre? —La pregunta de Sam me hizo reír y a Sarah a poner los ojos en blanco—. ¿Qué? Ya no puedo dormir y quiero escuchar la historia de Casey, no puedo hacerlo con el estómago vacío.

Suspiré pensando que tendría que contar una vez más la pesadilla que viví, pero cuando miré a Sam y a Sarah me di cuenta de que no estaba tan mal. Me sentía a salvo y sabía que nadie iba a juzgarme, nadie iba a llamarme estúpida por no haberle abandonado antes.

Sin embargo, necesitaba café y algo dulce para desayunar, nada de huevos o tostadas, algo con toneladas de azúcar.

—Bizcocho de zanahoria cubierto de crema de queso —murmuré.

—¿A qué estamos esperando? —preguntó Sam poniéndose de pie.

Subí para ponerme las zapatillas y un cárdigan sobre el camisón. Mientras buscaba las zapatillas noté el camisón, era el rosa que había comprado con Sarah y que era tan bonito y caro que lo estaba guardando para Navidad.

No podía entender cómo es que me lo había puesto anoche y fruncí el ceño intentado recordar qué fue lo que hice antes de irme a la cama. Nada, estaba en la cocina hablando con Alan y luego nada.

Alan.

Me quedé dormida en la cocina, ¿cómo diablos pasó eso? Alan debió subirme y meterme en la cama. Me desnudó.

No sabía cómo sentirme, bueno, era mentira. Sabía cómo me sentía. Normal, cuidada. No veía nada extraño en que me había quitado la ropa para que estuviese más cómoda. Sonaba raro al pensarlo, pero ¿a quién le importaba? Era entre nosotros y no era el asunto de nadie.

Bajé a la cocina donde Sam ya había preparado el café y estaba llenado tres tazas, Sarah estaba mirando el contenido de la nevera con el ceño fruncido.

—No tenemos zanahorias —dijo.

—En el cajón de abajo hay dos paquetes envueltos en papel de aluminio, Leonor dice que aguantan más tiempo.

Me acerqué a la isla y cogí una taza de café. Después pusimos manos a la obra y mientras preparábamos el bizcocho hablé y hablé hasta que no quedó nada más que contar. Mientras hablé no miré a Sarah o a Sam, me centré en lo que tenía que hacer, pero terminé justo después de meter el bizcocho en el horno y no me quedó otra opción que caminar hasta la isla donde las dos estaban sentadas y las miré.

Furia, mucha furia brillaba en sus ojos y tristeza en igual medida. No había rechazo o culpa, nada excepto cariño.

—¡Jesús! Me gustaría ser Ava y darle a ese cabrón lo que merece —espetó Sarah.

—Tal vez deberíamos decirle que haga algo de una vez con todos esos maltratadores —dijo Sam—. No sé, un castigo ejemplar, algo tan fuerte y doloroso que ningún otro se atreverá a hacerlo.

Sonaba bien, pero era un deseo, un sueño imposible, algo que sucedía solo en las películas. El mundo necesitaba un toque de atención, algo para despertarlo, para que dejase de ser tan egoísta, para ver más allá de lo que le pasaba a uno mismo, a aprender de nuevo a respetar y a cuidar al prójimo.

—No pasará, estamos más allá de la salvación —declaré.

—Tú necesitas algo de azúcar. —Miré a Sarah que me estaba echando azúcar en el café, no uno, no dos, tres cucharaditas.

—Yo diría que necesita otra cosa para animarla un poco está mañana, ¿verdad, Sarah? Algo mucho mejor que el azúcar.

Las sonrisas de las dos no auguraban nada bueno para mí, pero sin importar cuanto lo intenté ellas se negaron a contarme más y finalmente lo dejé pasar.

Preparamos más café, pusimos la mesa en el comedor donde había más espacio para todos y cuando quise despertar a las niñas Sarah me lo impidió.

—Déjalas dormir un rato más, anoche se acostaron muy tarde. Iré a ayudar a Leonor y tú vas a invitar a Alan a desayunar —dijo ella.

La miré fijamente hasta que ella se echó a reír.

—Mejor que el azúcar —cantó dándose la vuelta y dirigiéndose hacia la habitación de Leonor.

Ya lo sabía y me sentí mal por no haberme dado cuenta antes. Claro que había algo mejor que el azúcar y mucho más saludable. En mi camino hacia la puerta trasera eché un vistazo al horno y vi que al bizcocho le faltaban quince minutos.

Salí y cuando el aire frío me golpeó me di cuenta de que llevaba puesto el camisón y el cárdigan. Era demasiado tarde para volver, además Alan ya me había visto en camisón y sin también.

Ni siquiera llegué a llamar a la puerta cuando esta se abrió.

—Buenos días, Daniel. —Sonreí mirando al niño que, aunque eran las siete de una mañana de sábado ya estaba despierto y vestido.

—Hola, Casey. Vamos a desayunar a mi cafetería favorita, tienen las mejores tortitas.

—Oh, yo venía a invitaros a desayunar con nosotros. Tenemos bizcocho de zanahoria.

—¿Con crema de queso? —preguntó.

—Sí, Sam la está preparando ahora mismo.

Daniel se dio la vuelta y desapareció medio minuto, cuando volvió tenía una bota puesta y otra en la mano. Se la puso y se apresuró fuera de la casa.

—Jolines, papá está en la ducha, ¿puedes esperar y decirle que dejamos el desayuno para otro día? Las tortitas me gustan, pero el bizcocho de zanahoria es mi favorito.

Echó a correr y me quedé en la entrada viendo como desaparecía dentro de la casa de Leonor. Tardé dos segundos en decidir mi siguiente movimiento, entré y cerré la puerta detrás de mí.

Había estado en la casa de Alan, pero solo en la parte de abajo y mientras subía las escaleras me pregunté cuál sería la habitación de él. No fue difícil de averiguar ya que la primera habitación que vi tenía la puerta abierta y la cama era un camión de bomberos.

La siguiente tenía la puerta cerrada, pero había un papel pegado que prohibía la entrada a los chicos. La tercera debía ser suya y no dudé en llamar a la puerta. No recibí respuesta.

—Claro que no, ¡el hombre está en la ducha!

Hablar sola era la único que me faltaba, lo siguiente era perder completamente la mente y no estaba lejos de ese momento ya que abrí la puerta y entré. Mi intención no era esperar a Alan en su dormitorio, lo que quería era ver si necesitaba ayuda con la ducha.

Justo cuando cerraba la puerta otra se abrió al fondo del dormitorio y tuve que apoyarme en la puerta ya que mis piernas temblaron. Algo estaba pasando conmigo, algo que conocía bien, pero que había olvidado que podría pasar.

Era un cosquilleo en la boca del estómago, un hormigueo en los dedos de las manos, una vibración en mi centro. Era el placer de ver a un hombre semidesnudo, con una toalla atada alrededor de la cintura, con el cabello húmedo.

Un hombre al que deseaba, uno que me había ayudado a volver a la vida. Estaba viva y había una muy buena manera de celebrarlo.

—Tenemos diez minutos —anuncié mojando mis labios.

—¿Daniel? —preguntó Alan sin moverse del lugar.

—En casa de Leonor comiendo crema de queso.

—Bien —dijo, en un segundo él estaba a tres metros y en otro estaba atrapada entre la puerta y su cuerpo desnudo.

Sus manos fueron directamente a mi cintura y me levantaron para colocarse entre mis piernas. Rodeé su cintura mientras le entregaba mi boca. El beso fue salvaje, desesperado igual que las manos que se deslizaban por debajo del camisón hacia mis pechos.

—¡Oh, Dios! —gemí cuando sus manos cubrieron mis pechos desnudos.

No era suficiente, quería más, quería sentir su pecho desnudo sobre el mío y quité el cárdigan, luego intenté deshacerme del camisón.

—Déjalo, me gusta cómo te queda el rosa, me gusta cómo se ven tus pechos a través del encaje —gruño Alan y como si quisiera demostrarme que era verdad atrapó mi pezón y ese simple toque, caliente y simple, envió un grito arriba por mi garganta.

Y otro cuando siguió chupando. Un gemido cuando una de sus manos se deslizó entre nosotros y me tocó. Un sollozo cuando perdí las dos cosas, su boca y sus dedos.

—Mírame, Casey —ordenó y antes de abrir los ojos pensé que tal vez era el momento de decirle que las ordenes me traían malas recuerdos.

Lo pensé, pero luego abrí los ojos y atrapé su mirada. Con su mirada fija en la mía, con su mano derecha ahuecando mi barbilla me penetró. Lo hizo tan despacio que pensaba que iba a volverme loca o a ponerme a gritar de impaciencia.

Fue despacio hasta que lo sentí todo adentro, entonces fue rápido. No sé si fue la rapidez, la dureza, la fuerza o si fueron sus ojos o tal vez la manera en la que acariciaba mi barbilla, pero cuando el orgasmo me golpeó lo hizo de repente y salvajemente.

No había tenido suficiente de él. Todavía necesitaba sentirlo y aproveché los empujones que lo llevaron al clímax para disfrutar un poco más. Su piel era suave, pero debajo los músculos eran duros, bastante duros y era sorprendente.

Era delgado y encontrar toda esa dureza fue inesperado, pero no me estaba quejando. También era fuerte, suficiente para poder aguantar mi peso mientras me tomaba contra la puerta.

Deslicé mis manos de sus hombros hacia su cabello, su color gris era tan extraño para un hombre tan joven, pero le sentaba bien. Le daba un aire carismático, incluso misterioso.

Y era mío, todo mío.

Fruncí el ceño cuando me di cuenta de lo que acababa de pasar por mi mente.

—Casey —gruñó él.

—Mío —murmuré y un segundo después Alan golpeó su boca contra la mía, otro segundo después sentí su descarga, todo su cuerpo temblando.

—¡Mierda! —maldijo Alan, rompiendo el beso para mirarme—. Al diablo con demasiado pronto, con demasiado complicado. Eres mía, Casey.

Debería sentir miedo, la posesividad de su voz debería haberme asustado como el infierno y debería estar corriendo hacia la puerta, pero sin saber si era tonta o simplemente una mujer que esperaba que esta vez la vida le sonreiría, toqué sus labios con los míos.

—Tuya.

Capítulo 16

Casey

Alan se empeñó en acompañarme de vuelta a la casa a pesar de mis insistencias de ir por separado y al entrar en la cocina no me quedó otra que ignorar las miradas y las risitas de Sarah y Sam.

Murmuré que iba a tomar una ducha y dejé a Alan lidiar con ellas, pero teniendo en cuenta que su sonrisa rivalizaba con las de ellas no tuvo el efecto que yo deseaba.

Las niñas se habían despertado, pero no me detuve para darle un abrazo a Kay, por alguna razón rara necesitaba ducharme antes de hacerlo. La mañana era una de aceptar e ignorar.

Aceptar que tenía sentimientos por Alan e ignorar que los otros también lo sabían. Aceptar que había llegado el momento de arreglar mi vida y de ignorar que podría salir mal.

Mal de que acabaría en la cárcel, de que mi hija tendrá que vivir con ese monstruo, de que podría morir a manos de mi marido.

Una parte de mi deseaba seguir viviendo en esta burbuja, Alan, los niños, Leonor. Sin importar cuánto lo deseaba o cuánto lo merecía, no iba a pasar, pero antes de empezar la lucha para recuperar mi vida disfrutaría un poco más de esta felicidad.

Fui feliz esa mañana.

Desayunamos todos juntos en el comedor, niños y adultos

hablando y comiendo. Daniel nos contó chistes, Sam nos habló del pueblo donde vivía y de bonito que se verá en Navidad con la nieve y las decoraciones. Sarah la amenazó con contar no sé qué secreto al marido de Sam si esta no dejaba de intentar convencer a Alan de que se vaya a vivir a ese pueblo.

Kay, que estaba sentada a mi izquierda me ignoró totalmente después de darme un beso, pero no se lo tomé en cuenta. No había manera de poder competir con una niña que al parecer sentía la misma obsesión por los peluches.

Las dos parecían hermanas, el mismo cabello rubio, el mismo azul de los ojos que hasta ahora pensaba que Kay había heredado de mí, pero al verlas juntas me di cuenta de que las dos compartían un tono azul inusual.

Miré a Sam con otros ojos, sabía que Keith no me era fiel, pero ella no me parecía el tipo de mujer que tenía relaciones con hombres casados y sabía muy bien que Keith nunca se quitaba la alianza. Él pensaba que eso era lo que atraía más a las mujeres, se lo escuché decir a uno de sus amigos y me pareció una estupidez, ni una mujer se involucraría con un hombre casado, excepto si lo que buscaba era pasar un buen rato y luego olvidar que había ocurrido.

Al final decidí que era solo una coincidencia y olvidé el tema.

Alan estuvo bastante callado durante el desayuno igual que Leonor, bueno callados con los demás porque entre ellos sí que hablaron y a pesar de que Alan estaba sentado a mi derecha no pude escuchar nada de su conversación.

Sí, tenía curiosidad por lo que sea que los tenía a los dos preocupados y aunque podía preguntar no lo hice.

El marido de Sam vino a recogerlas después del desayuno y entre llantos y gritos de niñas tuve la oportunidad de conocerlo. Ian que era policía, que miraba enamorado a su mujer y que no se parecía en nada a la niña.

Conseguí olvidar el tema durante media hora y me regañé a mí misma mientras Sam me abrazaba de despedida. Ella era una mujer amable y divertida, debía preocuparme por mis problemas y no buscar otras.

—Ven a almorzar mañana, ya invité a Alan, y podremos buscar un hueco para escaparnos a la clínica. Te haré algunas pruebas y nadie lo sabrá, ¿de acuerdo?

¿Ves?

Sam era tan amable mientras que por mi cabeza pasaban imágenes de ella y Keith en la cama.

—Ahí estaremos —acepté.

No estaba muy emocionada con las pruebas, nunca me habían gustado ni las agujas ni los hospitales, pero sí lo estaba con salir. Tomarme un día libre y visitar un pueblo que por las palabras de Sam era el cielo en la Tierra, pasar tiempo con otros adultos, pasarlo con Alan y nuestros hijos, fingir que éramos una familia.

¡Por Dios! Estaba tan entusiasmada que en cuanto cerré la puerta detrás de Sam fui arriba a elegir la ropa que me iba a poner. También fue una táctica para convencer a Kay de dejar de llorar, no le había gustado nada ver a su nueva mejor amiga irse.

—Hey, ¿todo bien? —preguntó Alan desde la puerta del dormitorio de Kay.

Asentí, pero no hacía falta. Kay había sacado toda su ropa del armario y la tenía tirada por toda la habitación, elegir un atuendo para mañana no era tarea fácil para una niña de tres años y mucho menos cuando no quería ayuda.

—Bien y me declararé contenta si mañana no va vestida con pantalones y vestido —dije sonriendo.

—Espera a ver cuándo querrá salir con unos pantalones que parecerán ropa interior o un vestido que podrías jurar que es una camiseta.

—¿Julia? Pero si tiene mejor gusto que yo en la ropa.

—No, gracias a Dios, Julia es, por ahora, una niña que no ha caído en la tentación de la ropa inadecuada para su edad.

Nos miramos fijamente, tan cerca y tan lejos al mismo tiempo, separados por montones de ropa, deseando tocarlo, besarlo. No habíamos hablado sobre nuestra relación, sobre cuándo o si debiéramos contárselo a los niños, aunque sabía que para Kay no sería un problema. Era demasiado pequeña para entender, pero sus hijos no.

Julia y Daniel ya habían pasado por demasiado, no sabía qué exactamente, pero había dejado bastantes consecuencias negativas en sus vidas y no quería hacerlos sufrir, no antes de saber si lo nuestro tenía alguna posibilidad de convertirse en algo serio y duradero.

—Julia necesita un libro para el colegio y voy a aprovechar para comprar un nuevo asiento infantil para Kay, el que tiene ahora se le ha quedado pequeño. ¿Quieres venir?

¿Alguna posibilidad de convertirse en algo serio? Había miles de posibilidades de vivir el resto de mi vida con el hombre que pensaba en la seguridad de mi hija. Me puse de pie y después de asegurarme de que Kay no nos estaba prestando atención, me puse de puntillas y le di un beso rápido en los labios.

—Gracias —murmuré.

—Ni lo menciones como tampoco vayas a buscar el dinero que puedo ver tu mente pensando en ello —me advirtió.

—Oh, ¿ahora puedes leer mi mente? —pregunté mirando sus labios al mismo tiempo que humedecía las mías con la punta de mi lengua.

—Me voy antes de arrastrarte al primer cuarto libre y provocarles traumas a nuestros hijos, traumas que necesitarán horas y horas de terapia que ni uno se puede permitir.

No se fue, primero echó un vistazo al pasillo, luego otro

hacia Kay y cogiendo mi mano me sacó al pasillo. Me empujó contra la pared y atrapó mi boca en un beso que no fue ni corto ni rápido ni dulce.

Fue largo y lento.

Fue impresionante.

Fue como si de repente nos hubiéramos compenetrado, éramos solo una persona. No tenía sentido, nunca me había sentido tan conectada con una persona y menos con un hombre.

—¿Cena esta noche? —preguntó deslizando las manos de mi cintura y retrocediendo a una distancia segura.

Dudé sabiendo por lo que me contaron los niños que Alan no era un muy buen cocinero, vale, eso para decirlo bonito. Daniel confesó que más de una vez pensaron que iban a morir intoxicados.

—Si no recuerdo mal, deberías ver con buenos ojos todo lo que hago, deberías pensar que soy perfecto —dijo Alan.

—Lo eres, guapo, atractivo, inteligente, amable, cariñoso. Perfecto en todo menos en la cocina.

—Vale, entonces ven pronto para ayudarme. Así te asegurarás de que nadie morirá envenenado.

—Ahí estaremos —dije, Alan me guiñó el ojo y se encaminó hacia las escaleras, pero se detuvo antes de parar.

—Eres increíblemente guapa, atractiva, inteligente, divertida, fuerte. Eres perfecta, Casey y yo soy el hombre más afortunado del mundo.

Fue bueno que se dio la vuelta porque de otra manera me hubiera visto llorando y eso no era exactamente bonito. ¿Pero qué otra cosa podría hacer cuando por primera vez en años alguien me decía que era guapa, fuerte y perfecta?

No sabía cuánto había necesitado escuchar esas palabras y Alan nunca sabrá cómo me hizo sentir al pronunciarlas.

Volví al lado de mi hija después de lavar mi cara y supe que no conseguí borrar las pruebas de mi llanto cuando Kay me miró y dejó lo que hacía para venir a darme un abrazo. Era lo que hacía cuando me veía llorando, me abrazaba y por un momento se llevaba todo el mal, pero hoy mis lágrimas eran de alegría y no sabía cómo explicárselo.

Algo conseguí ya que pronto Kay volvió a su ropa y me quedé sentada en el suelo recordando una y otra vez las palabras de Alan. Tal vez debería enmarcarlas para verlas cada día y recordar lo que sentí cuando las escuché por primera vez.

La tarde la pasé con Kay y Leonor en el jardín, ellas tomando el té con un juego que había rescatado Sarah del ático de Leonor y yo tumbada en una manta en el suelo soñando con los ojos despiertos.

Poco antes de las siete llamamos a la puerta de Alan. Daniel nos abrió.

—Rápido, papá justo está empezando a preparar la cena —espetó, cogiendo mi mano y tirándome dentro—. ¡Papá, mira! Ha llegado Casey, deja que te enseñé a preparar el pollo.

Alan estaba de pie enfrente de la isla cubierta de cacharros, vegetales y otras cosas que no tenía idea por qué se encontraban ahí. Por ejemplo, el chocolate. Ni él habló ni yo tampoco. Nos miramos como dos adolescentes enamorados hasta que Leonor me empujó con su andador para poder pasar.

—Sí, Alan, ¿qué te parece si me sirves un anís mientras Casey prepara la cena? —preguntó Leonor.

—Sí, señora. —Alan fue a preparar la bebida mientras Daniel acompañaba a Leonor y a Kay al salón—. ¿Quieres una copa, Casey?

—¿Anís? No, gracias —dije mirándolo suspicaz.

Cuando fue a llevarle la copa aproveché para empezar la preparación de lo que si no me equivocaba era pollo al horno. Alan volvió y se detuvo al otro lado de la isla. Mirándome.

Fue difícil ignorar la mirada y el deseo que brillaba en sus ojos, como también lo fue ignorar lo guapo que se veía con esa camisa verde que resaltaba sus ojos.

—Sé cocinar —dijo Alan y lo miré con una ceja arqueada—. La primera vez que Daniel dio señales de que estaba mejorando, de que las horas de terapia le estaban ayudando, fue una noche cuando tenía mil cosas en la cabeza, otras mil cosas de hacer, y eché a la comida un ingrediente que hasta el día de hoy no sé qué fue, pero convirtió la comida en una cosa asquerosa. Miró a Julia, le susurró algo y los dos se echaron a reír. Luego me miró a los ojos y me dijo: *Papá, no sabes cocinar.* Después de meses sin verlo reír, sin ver sus bonitos ojos, sin escuchar la palabra papá, sentí que volvía a la vida, que había recibido el mejor regalo del mundo. Así que arruino la comida porque eso es lo que les hace felices.

—Ya sabía que eres un buen padre, pero creo que acabas de ganar el título del mejor padre del mundo.

—¿Por qué no te sientas mientras abro una botella de vino y me dejas impresionarte con mi comida? —propuso.

Prefería ayudar, pero sentarme y mirarlo sonaba bastante bien como para decir que no. Me senté, pero lo hice en uno de los taburetes que estaba al otro lado, justo donde estaba Alan y antes de sentarme le robé un beso.

Luego me preparé para ser impresionada y lo fui. Alan sabía cocinar y no importaba que el pollo al horno era una de las recetas más fáciles del mundo. Daniel y Julia elogiaron la comida y me sentí mal por Alan. Debía encontrar otra manera de hacer felices a sus hijos, Daniel y Julia eran chicos listos y no tenía duda de que apreciarán el esfuerzo de su padre.

Antes de irnos Alan aprovechó que todos estaban en la cocina y que yo fui a buscar la chaqueta de Kay, para abrazarme y besarme durante diez segundos. Deseaba más, pero me conformé con esos pocos segundos y con el hecho de que mañana pasaríamos el día juntos.

Iba a ser un día genial.

Capítulo 17

Casey

Nieve.

Estaba mirando por la ventana y no lo podía creer, bueno, era el momento de nevar ya que faltaban diez días para diciembre, cinco para Día de Acción de Gracias. Me había despertado pronto para dejar todo preparado para Sarah, Leonor rechazó la invitación de Sam, pero aceptó la de Sarah e irá a pasar el día con ella.

Desayunamos, nos vestimos y Kay estaba enfrente de la puerta esperando a Alan y a los niños. Llevaba puesto un vestido verde de punto con su abrigo y botas nuevas. Lo que no llevaba era gorro y guantes, olvidé comprarlas.

Ella también eligió mi ropa, un vestido de punto parecido al de ella. El mío resaltaba mi falta de curvas, pero Leonor insistió en que me veía muy bien y como no tenía ganas de cambiarme me quedé vestida con el.

Cuando por fin llegó Alan la niña estaba que se subía por las paredes y yo justo detrás de tanta emoción. La mía disminuyó un poco una vez que me senté en el coche, pero Kay habló sin parar de su nueva amiga.

Ella iba sentada atrás en su nuevo asiento infantil, Daniel y Julia escuchándola entretenidos y yo pude relajarme, pude mirar a Alan conducir. Era cuidadoso, no pasaba del límite de velocidad y lo que más me gustó fue que no maldecía al volante.

Keith lo hacía y mucho, odiaba escuchar todas esas palabrotas y menos cuando la culpa no era de los otros conductores. Era de él, siempre quería llegar el primero, siempre quería adelantar.

Comparar a Alan con Keith no era justo, pero era necesario. Ahora sabía que buscar, cuáles eran los indicios de un hombre violento y sin importar que confiaba en Alan no podía echar al viento toda precaución.

Tardamos una hora en llegar, hora en la que Alan me contó sobre su trabajo. Yo pregunté, quería conocerlo mejor y su trabajo era un tema seguro, a los niños no les pareció nada extraño.

El pueblo de Sam era justo como lo describió. Cubierto con una fina manta de nieve, con casas pequeñas y grandes, antiguas y nuevas, con niños correteando. Era perfecto.

—Desearía poder vivir aquí —murmuré mirando embobada el idílico pueblo y sin saber la razón giré la cabeza. Alan estaba mirando fijamente el camino, pero sintió mi mirada y me sonrió.

Una sonrisa falsa.

—¿Qué? —pregunté en voz baja.

Recibí una respuesta mucho más tarde después de aparcar y cuando los niños echaron a correr hacia la puerta de la casa de Sam.

—La última vez que hablé con Ian me comentó que necesitan un profesor de matemáticas en la escuela del pueblo. El sueldo es mejor que el que tengo ahora, el precio del alquiler es mucho más barato que en la ciudad además de que Ian me dijo que podrían ofrecerme alojamiento gratis. Es una buena oferta y sé que para los niños sería mucho mejor vivir aquí que en la ciudad, pero no puedo dejar a Leonor y tampoco puedo hacerle eso a Sarah. Sí, a mí también me gustaría vivir aquí.

—¡Mamá, ven! —El grito de Kay me impidió responder, caminé sonriendo hacia ella mientras pensaba que Alan estaba haciendo muchas cosas por los demás y muy pocas para él.

La familia de Sam era encantadora, sus hijos, su marido, su casa. Me alegraba por ella y más sabiendo que había vivido un infierno. Pasar esas horas en su casa fue justo lo que necesitaba, aunque no lo sabía. Vi, mejor dicho, recordé que había parejas felices donde la violencia no tenía cabida, donde había amor y nada más.

Antes de la comida Sam me llevó a la clínica que estaba cerca de su casa, la oficina del sheriff donde trabajaba Ian estaba al otro lado de la plaza del pueblo, el colegio un poco más arriba.

—Te odio por invitarme —confesé mirando hacia la ventana mientras Sam preparaba las agujas para sacarme sangre.

—Lo sé, pero un día me lo agradecerás —dijo ella, ahogué un gemido cuando sentí la aguja penetrar la piel—. Este lugar es mágico, tiene el poder de curar las heridas y no estoy hablando de las físicas. Deberías mudarte aquí, estarás a salvo. Ian se encargará de que nada te pase, Kay podrá ver a Liv todos los días y para ti encontraremos algo de trabajo.

—Me estás tentando, pero tengo la impresión de que hay algo más que tu deseo de ayudarme.

Sam se quitó los guantes y cogió un tensiómetro. Apoyé el brazo sobre la camilla y me mantuve en silencio mientras la maquina pitaba.

—Tienes la tensión un poco baja, ¿Cuándo fue la última vez que te hiciste un chequeo?

—No recuerdo —mentí, pero Sam fingió no darse cuenta.

—Vale, seré sincera contigo, aunque sé que Sarah se enfadará conmigo. —Sam suspiró y se sentó detrás de su escritorio—. Alan no está bien, los niños sí, pero él no. No está viviendo, está sobreviviendo y soy la primera en confesar que lo odié después de averiguar que hizo, pero eso ya pasó. Tiene que seguir con su vida y Sarah piensa que lo mejor sería empezar de nuevo. El pueblo es una buena opción, no está muy lejos de la ciudad y Sarah podrá venir a visitarlos a menudo.

—Bueno, ¿y por qué no se lo dice a él?

—Sarah no quiere involucrarse demasiado en su vida —dijo Sam y la miré con las cejas arqueadas—. Lo sé, pero Sarah piensa que no se lo tomará muy bien y ahí entras tú. Has conseguido conectar con él, derribar ese murro detrás de que lleva escondido desde que lo dejó su mujer. Si te vienes a vivir aquí él también vendrá.

—No, es demasiado pronto para nosotros. Además, no quiero mentir así que deberías llamar a Sarah decirle que hablé con Alan. Lo entenderá, te lo aseguro.

Sam estuvo de acuerdo y salió para hacer la llamada. Me puse de pie mirando las fotos que Sam tenía colgadas en la pared, no era curiosidad, solo era una manera de mantener mi mente ocupada y no pensar en Alan y en su mujer.

O en que hizo Alan para pensar que merecía pagar por ello.

Vivir en el pueblo sería un sueño, vivir con Alan ahí era más allá de eso.

Iba mirando las fotos una por una, pero sin fijarme de verdad hasta que vi una de Kay. La miré dos veces hasta que me di cuenta de que era imposible, esa bebé era Liv, no Kay.

—Eso es una locura —murmuré.

—¿Qué es una locura? —preguntó Sam entrando en la consulta.

—Esta foto de Liv, podría jurar que es Kay —admití.

—Lo sé, yo también lo he notado, podrían pasar por hermanas.

Mi boca se abrió sin pensarlo.

—Tal vez tienen algún familiar en común —dije.

Le conté que había nacido en San Francisco, ella dijo que Liv nació en Nueva York.

Sam era hija única de padres que no habían tenido hermanos. No tuvo una familia grande, de hecho, solo tuvo a su abuela y a sus padres. Mi caso era parecido, hija única y nada de primos o tíos.

—Tal vez es por parte de padre. —El rostro de Sam palideció en cuanto escuchó las palabras—. Lo siento, yo....

—No, está bien —dijo ella dándose la vuelta, pero en un segundo se giró de nuevo hacia mí—. El padre de Liv es el hombre que me violó. Está muerto y su familia intentó quitarme a Liv, no me gusta hablar de ellos. Los Sanders son tan malos como lo fue su hijo.

—¿Sanders? ¿Kristin Sanders? —chillé y Sam asintió.

Miré de nuevo la foto, ahora todo tenía sentido.

—Kristin es la tía de Keith, hermana de su madre. Nunca la conocí, por lo que pude averiguar la familia de mi suegra no aceptó la relación con su marido y dejaron de hablarse hace más de veinte años. Sé que son familia porque una vez quise donar dinero a la organización benéfica que preside Kristin, Keith me lo prohibió y me contó poco sobre ellos.

—Son primas, Liv y Kay son primas —exclamó Sam.

—¡Dios! Es un poco extraño, ¿verdad?

—Espeluznante diría yo, ¿cuáles son las posibilidades de encontrarnos sin saber nada una de la otra?

Nulas, casi imposible diría yo. Además, si lo hubiera sabido habría corrido al otro lado del país sin importar que Keith no tenía ninguna relación con Sam o con Liv. Tal vez ni siquiera sabía de su existencia.

—Ahora sí que tienes que venir a vivir aquí —continuó Sam.

Resoplé sabiendo que tenía razón. Una vez arreglada la situación con Keith seré libre de vivir en cualquier lugar y no encontraría mejor lugar que el pueblo donde vivía la única prima de mi hija.

Sam insistió en hacerme una ecografía que en lugar de despejar dudas añadió más, tanto que me pidió cita en el hospital. Dijo que no era nada, pero que ella era muy meticulosa.

Ya, como si fuera a creerme eso, pero fingí que sí porque quería encontrar a Kay y decirle que su mejor amiga era su prima. Las dos niñas eran demasiado pequeñas para entender bien cómo iba lo de las relaciones familiares, por ahora tenían suficiente con saber que eran familia. Aunque, Sam dijo que un día le contará a su hija la verdad, el día que estará preparada y madura como para comprenderlo.

Nos fuimos, sentamos a las niñas y se lo contamos. Kay se echó a llorar, me abrazó y lloró mientras la familia de Sam, Alan y los niños, nos miraban consternados.

—Cielo, es una buena noticia. No hay porque llorar —dije.

—Es de alegría, mamá. —Tardé unos buenos momentos en entender lo que había dicho y continué abrazándola hasta que su llanto cesó. Cinco minutos después se había olvidado del tema y ya estaba jugando como si nada hubiera pasado.

Nos quedamos hasta bien entrada la noche, aunque si hubiera sido por los niños nunca nos habríamos ido. Sam también insistió en que deberíamos quedarnos y cuando salimos de la casa nos encontramos con que la nieve estaba cayendo con más fuerza que antes.

—Supongo que eso significa que os quedáis a dormir. —Sam sonrió y entró para preparar las habitaciones.

No era una casa muy grande, para Kay fue lo más fácil, iba a dormir en la habitación de Liv. La habitación de invitados tenía que compartirla con Julia mientras que Alan y Daniel iban a dormir en la habitación de juegos en el ático.

Los cuatro adultos nos quedamos hasta tarde compartiendo una botella de vino y conversando. Podría vivir así, ahí, con ellos. Amigos, vecinos. Era una oportunidad que no debía dejar pasar y pensé que Alan estaría de acuerdo conmigo.

Sam y su marido se habían retirado a su dormitorio y nosotros nos quedamos un poco más. Estaba nevando, el fuego ardía en la chimenea, el vino estaba increíblemente bueno y el hombre que estaba a mi lado era guapo y me deseaba.

El deseo se reflejaba en sus ojos y acerqué la cabeza para darle un beso.

—Me gusta Sam —murmuré.

—Es agradable —gruñó Alan.

—No voy a tener sexo en su casa —declaré cuando los labios de Alan se deslizaron de mi boca hacia abajo sobre mi cuello.

—¿Quién dijo algo sobre sexo? —preguntó, pero sabía que un minuto más en sus brazos era todo lo que faltaba para olvidar que Sam nos ofreció su casa y que sería una falta de respeto tener sexo en su sofá.

—Sam me ofreció un trabajo —dije.

En un instante los labios desaparecieron, en otro sus manos que antes estaban haciendo su camino hacia mis pechos.

—Por unos meses, recepcionista en la clínica mientras su empleada está de baja y después encontraré otra cosa. Kay está como loca con Liv y creo que será bueno para ella tener amigos, primas, de su edad. Y es el momento de rehacer mi vida, de dejar de correr.

—Ya tomaste la decisión, ¿verdad? —preguntó, su voz ronca.

Lo hice, sí. No lo sabía, me di cuenta de ello cuando abrí la boca para contárselo. Quería quedarme en este pueblo. Sonreí sintiéndome mejor de lo que me sentí en años, pero la felicidad me duró hasta que vi la expresión de Alan.

—Dijiste que te gustaría vivir aquí —le recordé.

—También dije que es imposible, ¿recuerdas?

—Alan, mudarte sería bueno para ti y para los niños, un

nuevo lugar, nuevas oportunidades, sería bueno.

—¿Estás segura de que será bien para nosotros o solamente estás pensando en ti misma y en lo que tú deseas? —preguntó.

La amargura de su voz era algo nuevo como también lo era el rechazo que veía en sus ojos. Y la pena, la decepción. Su expresión era tan dolorosa que tuve que apartar la mirada, quería de vuelta el cariño que brillaba en sus ojos, el deseo, la alegría.

—Alan. —Empecé, pero él me interrumpió bruscamente.

—No, ya dijiste lo suficiente.

Se puso de pie, se encaminó hacia la puerta y pensaba que iba a salir, pero se detuvo. Pasó las manos sobre su rostro y se dio la vuelta despacio.

—Sabía que era un error, pero pensé que tal vez solo por una vez elegiría a la mujer adecuada.

Sus palabras me dejaron boquiabierta. Fueron como un cuchillo que Alan lanzó hacia mí y que se clavó en mi pecho. Fueron palabras que dolieron tanto como los puños de Keith y eso era algo que, aunque lo temía, nunca pensé que haría Alan.

No, Alan no me haría daño.

¿Cómo de tonta podía ser?

Me dejé cegada por una ilusión, por un hombre. ¡Dios! Otra vez, ¿cuándo aprenderé que los hombres lo único que saben es herirte? Por lo menos Alan no me golpeó y la parte buena era que todo terminó rápido.

¿Verdad?

Era bueno que solo había pasado unos días con él, que solo me entregué a él dos veces. Menos mal que los niños no se dieron cuenta de nada.

Era bueno saberlo antes de que sea demasiado tarde.

Sin pronunciar una sola palabra me puse de pie y salí del

salón. Ni siquiera lo miré, no podía porque sentía como la furia burbujeaba dentro de mí. Quería gritar y romper algo.

¿Por qué pasaba esto, por qué?

Podría ser que había algo en mi cabeza que no funcionaba bien, que me hacía caer enamorada de los hombres equivocados. Bueno, eso ya se acabó o eso era lo que esperaba.

Entré en la habitación con cuidado, de no hacer ruido y despertar a Julia. Iba a echarlos de menos, a Leonor también. No sabía si todavía tenía un trabajo o si la oferta de Sam seguía de pie.

Odiaba depender de otros. Odiaba no ser capaz de cuidarme a mí misma y a mi hija. Odiaba pedir ayuda.

Podía hacerlo yo sola, podía y debía. No podía contar con la ayuda de los demás para siempre. Ahora ya no tenía la posibilidad de liberarme de Keith y eso me dejaba con una sola opción, aceptar la nueva identidad que me consiguió Alan.

Si era posible me gustaría quedarme en el pueblo, pero eso dependía si Sam tenía un problema con eso o no. Si no era posible, podría buscar otro pueblo, uno que ni siquiera tenía conexión a internet, tal vez una cabaña en el bosque.

Sí, una cabaña lejos del mundo, lejos de esos malditos hombres.

Cuanto más lo pensaba, más me di cuenta de que era una estupidez. La forma en que me sentía, cómo empezó todo, cómo acabó. Pasé de tenerle miedo, de sobresaltarme cada vez que se acercaba, a sentirme atraída por él.

No teníamos planes para el futuro, no me prometió nada así que no tenía sentido sentirme tan descorazonada. Fue bonito mientras duró, me devolvió una parte de mí que pensaba que había muerto hace mucho y aprendí, Dios, espero que haya aprendido a no confiar en mi corazón, en mi cuerpo tampoco. Por lo visto ni uno sabía tomar las decisiones correctas, de ahora adelante solo confiaré en mi cerebro.

Esa era una promesa que me hice a mí misma y que no rompería por nada en el mundo.

Durante la noche no cerré los ojos ni siquiera por un minuto y antes del amanecer bajé a la cocina a por un café. Ian estaba ahí con una taza de café en la mano y con el cabello mojado. El hombre era demasiado guapo.

—Buenos días.

—Casey, buenos días, ¿café? —ofreció.

—Sí, gracias, pero yo me sirvo.

Llené una taza y con el rabilo del ojo eché un vistazo por la ventana. Alan estaba fuera despejando la acera de nieve. Sujetaba la pala con fuerza, podía ver los nudillos blancos desde ahí, parecía que era su arma y la nieve el enemigo que necesitaba matar.

Sospechaba que estaba viendo mi cara plasmada en la nieve y por eso tenía esa actitud.

—¿Quieres compartir? —preguntó Ian.

—¿El café? —Lo miré frunciendo el ceño y él se echó a reír.

—No, si quieres compartir lo que sea que tiene a Alan tan furioso esta mañana.

Tomé un sorbo del café y estudié al marido de Sam. Ex agente del FBI, actual ayudante de sheriff, alto, guapo y con unos ojos azules que rivalizaban con los de Liv y Kay. Podía entender porque Sam sonreía todo el tiempo, yo también lo haría si tuviera el amor de un hombre como él.

Pero no, yo tenía mal gusto para los hombres o tal vez no sabía cómo elegirlos. Pensé si debía compartir con Ian lo que había pasado y me di cuenta de que lo conocía hace un día. No podía contarle cosas intimas y menos cuando se trataba de uno de sus amigos.

Algo más pasó en ese momento, pero no me di cuenta de ello. Estaba en una cocina con un hombre y cerca, tan cerca como en que si daba un paso podría rodear mi cuello con las manos y romperlo en un abrir y cerrar de ojos. Sin embargo, no sentía miedo y eso era un avance importante en mi recuperación.

—Tal vez deberías preguntarle a él —dije.

Sentí la mirada de Ian, pero no me giré para devolvérsela. No quería saber lo que sea que estaba pensando por su cabeza. Pude escapar de su escrutinio gracias a la llegada de Sam que entró en la cocina con una sonrisa tan grande en su rostro que podría iluminar todo el pueblo.

—¡Nieve! —exclamó ella.

Ian sacudió la cabeza y después de dejar la taza sobre la encimera se acercó a ella para tomarla en sus brazos. La besó y aunque fue un beso corto tuve que mirar a otro lado. Sentía pena por haber perdido la oportunidad de compartir lo mismo con un hombre.

No, no quiero decir los besos. Quería el cariño, el compañerismo, la calidez de un hogar, el amor, la pasión. Pero no, yo no era la mujer adecuada para Alan. ¿Qué diablos significaba eso?

¿Era por qué estaba casada?

¿Era por haber abandonado a mi marido o por aguantar sus palizas durante años?

¡Qué se vaya al infierno!

Era una mujer fuerte que cometió un error, que se enamoró de un hombre manipulador y violento, pero eso no quería decir que no mereciese amor o que no era la mujer adecuada para cualquier hombre.

Lo que tenía que agradecerle a Alan era haberme liberado, hacerme ver que era una mujer atractiva, que todavía tenía fuerzas para luchar.

—Sé que no me contarás porque tienes esa cara —dijo Sam interrumpiendo mis pensamientos—. Lo que quiero es que me digas cómo puedo ayudarte.

—Alan y yo, pues ya no hay un nosotros —declaré dándome cuenta de que nunca lo fuimos, no de verdad.

—Lo siento, ¿qué puedo hacer? Puedo pedirle a Ian que le dé una paliza.

—No, gracias. He tenido suficiente violencia para durarme tres vidas, pero puedes decirme si la oferta de trabajo sigue en pie.

—Claro que sí, ¿por qué preguntas?

—Pensé que como Alan es tu amigo y yo no...

—Para ahí que te veo venir, dirás algo que me cabreará y esta mañana tengo planes que no incluyen gritar. No me conoces muy bien y puedo entender porque pensarías algo así, pero escúchame bien, Casey, eres una mujer, una mujer buena que necesita ayuda y no importa si eres mi amiga o no, tendrás mi ayuda tanto tiempo que la necesites. ¿Entendido?

—Ya estás gritando —dije, intentando esconder la calidez que me envolvió al comprender que estará a mi lado.

—Que sí, ahora dime lo que necesitas.

Se lo dije.

No estuvo de acuerdo, pero no protestó y con el plan hecho fui a despertar a mi hija. El desayuno fue igual de entretenido como el almuerzo de ayer, excepto para dos personas, Alan y yo.

Él estuvo callado, contestando solo cuando los niños le preguntaban algo y tomando café sin apenas tocar su desayuno. Yo no, yo hablé, me reí, me lo pasé bien y eso fue porque tenía mucha experiencia en esconder lo que de verdad sentía.

Tal vez podría probar mi suerte en Hollywood ya que era tan buena actriz, pero, maldita sea, era difícil sentarme al otro lado de la mesa mirándolo. Era culpa suya, él había decidido que yo no era adecuada para él y debería sentirme furiosa, en cambio, me sentía triste, pero por él, no por mí.

Deseaba abrazarlo y decirle que todo estará bien, que no era el fin del mundo. No lo era, entonces ¿por qué Alan se veía como si supiera que el mundo se estaba acabando? Dijo que me amaba, ¿verdad? Tal vez por eso, pero seguía sin tener sentido.

Si me amaba de verdad no me alejaría de su lado, no me diría que no soy adecuada y ¿qué diablos significa eso? ¿Qué hice mal? Dije que quería mudarme al pueblo y que él también debería hacerlo, ¿qué tenía eso de malo?

¿Sabes qué? Ya tuve un hombre en mi vida que hacía lo que quería sin darme explicaciones y sin importarle lo que yo opinaba. Si alguna vez encontraba el valor de intentarlo de nuevo buscaría a ese hombre que sabrá apreciarme, un hombre que me considere su pareja en todos los sentidos de la palabra.

Nunca más seré esa mujer débil que se dejó manipular.

Nunca más.

Después del desayuno Alan dijo que era la hora de irnos y me miró a los ojos por primera vez. No había nada ahí, una expresión vacía, pero un vacío aterrador. No fui la única que notó que algo estaba pasando y mientras Ian le preguntaba algo a Alan vi a Sam escabullirse a la cocina con el teléfono en la mano.

¿Por qué me importaba? No debería así que respiré profundamente y le devolví la mirada.

—Yo me quedo —anuncié.

—¿Cómo? —preguntó Daniel.

No pudo ocultar la sorpresa y supe que Alan podía irse al infierno, pero su hijo no. Daniel se había ganado mi corazón, era un niño tan bueno que no podía herir para nada en el mundo.

Le di la espalda a Alan y me agaché delante de Daniel.

—Sam me ofreció un trabajo y tengo que buscar una casa donde vivir.

—¿Por qué? ¿No te gusta trabajar con Leonor?

—Claro que me gusta, Daniel, pero no puedo quedarme a trabajar para ella. —Me callé al darme cuenta de que no tenía una buena razón por dejar el trabajo de Leonor.

Quería aprovechar la ayuda de Sam y el plan era de hablar con Ava a ver si podía librarme de una vez por todas de Keith. Si lo conseguía significaba que podía vivir y trabajar en cualquier lugar, con Leonor o con Sam, era una decisión que debía tomar yo sin tener nada en cuenta, excepto lo que más me convenía.

—Iré de visita, lo prometo —le dije a Daniel y aunque él asintió sus ojos decían otra cosa. No confiaba en mi palabra.

Estaba triste y no podía con ello. Suspiré y prometí que la próxima semana iré con él a presentar su proyecto en el colegio. Asintió de nuevo, pero esta vez evitando mis ojos.

Julia se mantuvo en silencio igual que su padre. Verlos salir de la casa fue una de las cosas más difíciles de mi vida, se llevaban un pedazo de mi corazón. Prometí que seguiríamos en contacto, pero eso dependía de Alan y por la mirada que me echó antes de irse no lo tenía tan claro, casi podía jurar que si fuera por él nunca más nos encontraríamos.

—Ese Alan es un idiota —susurró Sam.

Ian había llevado a los niños fuera a jugar en la nieve y Sam se quedó a mi lado mientras miraba por la ventana a Alan.

—¿Solo él? En este momento creo que los dos lo fuimos, nuestras vidas están tan complicadas que no puedo entender cómo es posible que pensáramos que algo bueno saldrá de ahí. ¡Por Dios! Estoy casada y mi marido me está buscando para matarme en el caso de que no me atrape la policía y me meta en la cárcel por secuestro. Y él, ¿qué diablos le pasa a él?

—¿No lo sabes?

—No, no llegamos a esa parte. Solo fui yo la que contó su vida, la suya fue y seguirá siendo un misterio.

—Eso no lo sabes, Casey —dijo Sam.

Sí que lo sabía.

Alan me devolvió la esperanza, me hizo soñar, pero también me hizo daño y eso no era algo que pueda perdonar. Ya no, he perdonado demasiado en mi vida, he aguantado muchas cosas que no debía y mira donde me ha llevado eso.

No, has cometido un error entonces tienes que pagar el precio.

Alan ya no tenía cabida en mi vida.

Capítulo 18

Casey

—Esto no está bien —murmuré bajando la escalera del autobús agarrándome con fuerza a la barandilla.

Mi cabeza estaba dando vueltas, todo estaba borroso a mi alrededor, pero no era nada grave. Solo necesitaba un poco de aire fresco, eso era todo. Hacía mucho que no viajaba en autobús y estar encerrada ahí con treinta personas era un poco agobiante.

Por lo menos Kay no estaba conmigo y pensaba en agradecerle a Sam mil veces. La quería llevar conmigo, Sam incluso me ofreció su coche, pero al final lo pensé mejor y cuando Kay dijo que prefería quedarse en casa, acepté.

Sam se iba al trabajo y como Liv tenía un poco de fiebre se la iba a llevar con ella, a Kay también. Dijo que no había problemas, que en la clínica tenían una habitación para los niños y se van turnando para cuidarlos.

Fue Liv la que nos contó que su novio también irá. Ian maldijo y murmuró algo sobre un cadáver lo que provocó la risa de Sam.

Kay se quedó en casa con Sam, una mujer que hace una semana no conocía y eso también podría ser parte de la razón por la que me sentía mal. Dejé a mi hija con una persona que no conocía bien y ¿para qué?

Quería hacer las cosas bien y por eso tenía que hablar con Leonor. Hablar, agradecerle su ayuda cuando más lo necesité, su amistad y cariño. También quería decirle que me quedaba a trabajar en su casa hasta que encontrara a otra persona.

Iba a echarla de menos, a Daniel y Julia. Bueno, a Alan también, pero fingía que no. Lo había visto ayer, han pasado veinticuatro horas desde que se fue de casa de Sam, pero parece que fueron veinticuatro meses.

¿Cómo es posible echar de menos a alguien que te hizo sufrir, que tardó un solo instante en llegar a la conclusión de que no eras lo que él necesitaba y otro en echártelo a la cara?

Ahí estaba otra vez pensando en él y era algo que hacía constantemente. Ayer por lo menos tuve a Sam que me mantuvo ocupada. Me llevó a ver un par de casas que estaban en alquiler, todas demasiado caras para mí.

Sam no pudo abstenerse y me ofreció dinero. Tuve que rechazar su ayuda. Tenía dinero, había ahorrado casi todo el dinero que gané trabajando para Leonor y era suficiente para alquilar un apartamento o una casa pequeña.

El problema era que en el pueblo no existía ni una ni la otra, solo casas grandes y fincas, yo no necesitaba ni una ni la otra y tampoco podía permitírmelo. Se lo dije a Sam cuando hicimos una pausa en nuestra búsqueda de un lugar para mudarme.

Estábamos en una cafetería en el centro del pueblo tomando un café y le estaba explicando a Sam que tenía suficiente dinero, que se lo agradecía, pero ya no era necesaria su ayuda.

—Hazlo caso a la mujer, Sam, si dice que no necesita ayuda pues no lo necesita y punto.

Miré alrededor hasta encontrar a la dueña de la voz, una mujer que estaba de pie a la mesa de al lado y que se acercó a la nuestra para rellenar nuestras tazas de café.

—Casey, déjame presentarte a Maeve, es la dueña de la cafetería, la madre del sheriff y de la dueña del único hotel del pueblo. Ah y la suegra del alcalde. Maeve, Casey es mi nueva recepcionista —dijo Sam.

—Un placer —murmuré al mismo tiempo que Maeve.

Sonriendo cogió una silla y se sentó.

—Si estás buscando un lugar donde vivir tengo el sitio perfecto —dijo ella.

—El apartamento de arriba no le sirve, Maeve, tiene una niña de tres años —informó Sam.

Maeve le echó una mirada y su sonrisa se agrandó.

—Sigo sin entender cómo es que llevas tanto tiempo en el pueblo y no has conseguido conocerme, niña. Yo sé todo lo que pasa aquí, recuerda eso Sam la próxima vez que quieras hacer una fiesta —dijo Maeve, no entendí de lo que iba el tema, pero las mejillas de Sam se ruborizaron y Maeve satisfecha se giró hacia mí—. Mi marido me construyó una casa de invitados, para los hijos y los nietos, ¿sabes? El problema es que nunca vienen a quedarse, siempre me dicen que los niños quieren dormir en sus camas y tengo esa casa ahí cogiendo polvo. Dos dormitorios, cocina, salón, pequeño, pero suficiente para una madre y su hija, un baño y un aseo. Ah, y suficiente espacio para jugar. ¿A qué es perfecto?

Era perfecto, de eso no tenía dudas y por primera vez no encontré nada en contra.

—¿El precio? —pregunté, necesitaba saberlo antes de comprometerme.

—Cien dólares negociables, si estás de acuerdo en echar una mano en la finca los fines de semana podríamos llegar a un acuerdo. En ese caso sería gratis.

Sí, era oficial. O era el día de los milagros o yo llevaba un cartel invisible para mí que ponía: *Pobre mujer necesita ayuda con desesperación.*

—¿Puedo ver la casa antes de darle una respuesta? —pregunté y antes de darme cuenta estaba en el coche de Maeve yendo a ver la casa.

La vi y en dos minutos cerraba el trato con Maeve. Por fin tenía un lugar mío y de nadie más, un lugar que pagaba yo. Bueno, el acuerdo que me ofreció Maeve era un poco extraño. Los domingos por la mañana tenía que ayudar con las vacas y como me parecía bien acepté el trato.

A Kay le encantará vivir en una finca, a mí también y no podía esperar a mudarme. Ya me veía sentada en el pequeño porche envuelta en una manta y disfrutando de una café mientras veía la salida de sol.

Tenía que comprar un coche, pero prefería no pensar en ello y centrarme en las cosas buenas. Una nueva casa, un trabajo, un pueblo que parecía sacado de una película romántica de Navidad.

Antes de mudarme tenía que hablar con Leonor y por eso el lunes por la mañana cogí el autobús hacia la ciudad lo que, ahora me daba cuenta de ello, fue un error.

Caminé despacio buscando un sitio para sentarme y lo que encontré fue una pared. Apoyé la espalda y cerré los ojos sin darme cuenta de que mis piernas ya no me estaban sosteniendo.

Estaba bien, debía estar bien, no podía enfermarme, además Sam no vio nada extraño ayer. ¿O sí? Claro que sí, estábamos hablando mientras me examinaba y su rostro adquirió una expresión rara cuando palpó mi abdomen. Por eso me pidió esa cita en el hospital.

—Señora, ¿está bien? ¡Señora!

No me di cuenta de que estaban hablando conmigo hasta que no sentí una mano sobre mi hombro, el pánico se apoderó de mí y abrí los ojos. Una mujer me estaba hablando, pero no podía ver su rostro bien, solo escuchar su voz y otras más, mujeres y hombres.

—Una ambulancia estará aquí pronto.

La mujer.

—¿No estará borracha?

Un hombre.

—O drogada, los jóvenes hoy en día es lo único que saben hacer.

Una mujer mayor, se le notaba en la voz.

—No, no tiene las pupilas dilatadas. No son drogas.

Otro hombre.

—Mira, ahí vienen los paramédicos.

Intenté contestar, defenderme de sus acusaciones. No sabía que me estaba pasando, pero no estaba borracha, no estaba drogada. Sentí unas manos tocándome, otras voces preguntando si me dolía algo, si tomaba alguna medicación.

Cuál era mi nombre.

—Casey Ryland.

¡Hala! Lo había conseguido, dije mi nombre y eso fue lo último que pasó por mi mente antes de perder la conciencia.

Alan

—Alan, hay alguien aquí que quiere verte.

Giré la silla dejando atrás la vista del patio escolar y asentí. Gina, la secretaria de la escuela, tenía una expresión un poco extraña en su rostro y antes de poder preguntar qué le pasaba se marchó dejando la puerta abierta.

Dos segundos después tuve mi respuesta, Vladimir estaba ahí. Entró, cerró la puerta y tomó asiento en el sillón enfrente de mi escritorio.

—Alan, dijiste que era urgente.

Lo era, mejor dicho, lo fue hace meses. Ahora no tenía ni puñetera idea de lo que estaba pasando, si debía seguir adelante con lo que pretendía hacer o simplemente olvidarme del asunto, preocuparme de mi propia vida y de mis hijos.

No obstante, había algo que importaba más de lo que yo sentía y eso era la vida de Casey, la suya y la de su hija. No quería verlas sufrir y un día su marido la encontrará, de eso no tenía duda.

—Casey. —La voz de Vladimir era impersonal y por lo que vi podía adivinar mis pensamientos.

—Sí, Casey. Quiere ser libre y no puede mientras su marido la sigue buscando.

—La está buscando, pero no la encontrará —dijo Vladimir.

—No puedes estar seguro.

—Sí que puedo, pero no es eso lo que quieres de mí. ¿Por qué no me lo dices?

Decirlo parecía fácil, ¿no? Pronunciar las palabras que llevaba días repitiendo, pero parecía mucho más fácil cuando estaba flotando en una nube de felicidad. Una nube que era solo un engaño, pero eso era otro asunto.

Estaba a punto de hacer algo que, aunque no tenía pruebas, estaba seguro de que entraba en la categoría de las cosas ilegales que podrían enviar mi trasero a la cárcel en un abrir y cerrar de ojos.

¿Entonces que pasaría con mis hijos?

¿Qué pasaría con Casey y Kay si no hacía esto?

—¿Qué quieres para ella, Alan? —inquirió Vladimir.

—El divorcio, la custodia de la niña y la seguridad de que su marido no volverá a tocarla en toda su vida.

Eso no sonaba tan mal, ¿verdad? Era lo que deseaba para

ella, libertad, seguridad, no era nada fuera de lo normal excepto que se lo estaba pidiendo a un hombre que te echaba una mirada y te dejaba temblando y rezando por tu vida.

—Puedo hacer que eso suceda sin problemas, pero hay un precio —declaró Vladimir.

Ya estaba en deudas hasta el cuello, ¿qué importaba un poco más?

—¿Cuánto?

—No es dinero lo que quiero.

Eso era normal, cada día estaba cerrando acuerdos con asesinos que me miraban a los ojos y me decían que no querían mi dinero. Normal y aterrador como el infierno.

—¿Qué quieres? —pregunté y Vladimir sonrió.

—No es lo que piensas, no quiero ni tus órganos ni a tus hijos, es algo mucho más sencillo. Quiero saber por qué te ves como si el mundo se ha terminado.

Resoplé, pero como su expresión no cambió entendí que iba en serio.

¿Por qué mierda le importaba cómo me veía? Pensándolo bien era un pequeño precio y uno que me podía permitir.

—He jodido mi vida una y otra vez, cometí tantos errores y de alguna manera conseguí salir adelante. Tengo un buen trabajo, mis hijos están bien, mi hermana me ha perdonado y por un breve momento hasta creí que podría ser feliz. ¿Sabes? Verdaderamente feliz con una mujer preciosa y cariñosa a mi lado, quizás con un bebé o dos, envejeciendo juntos, viendo a nuestros hijos crecer, ayudándoles a triunfar en la vida. Lo he jodido de nuevo, me enamoré de la mujer equivocada. De nuevo, de todas las mujeres del mundo es un misterio cómo mierda he conseguido elegir otra mujer egoísta.

—Egoísta, ¿estás seguro de eso? —inquirió Vladimir.

—Desafortunadamente, sí. Vio ese pueblo, que no digo que

está mal, pero vi sus ojos encenderse con ilusión y ni doce horas después me estaba informando que tenía un trabajo ahí y que se quedaba. Ella también quería que me mudará, dejar mi vida aquí y seguirla ciegamente solo porque le gustaba ese maldito pueblo.

—Tal vez necesitaba sentirse segura y si no me equivoco creo que estás hablando de Lake Springs, ese pueblo tiene algo de magia. No puedo culparla y tú tampoco deberías, pasó por muchas cosas y está en su derecho tomar esa decisión.

—No me preguntó, no lo discutió conmigo, ¡maldita sea! ¿Sabes qué? Qué si lo hubiera hecho habría dicho que sí. Quería vivir el resto de mi vida con esa mujer, la veo, pienso en ella, y mi corazón se hincha con ese sentimiento que nunca sentí. Amo a Casey y hubiera hecho todo por ella. Ese es el problema, no ella, yo. Yo que soy incapaz de elegir una buena mujer para mí y para mi familia, que de nuevo pondré sus deseos ante los míos. Casey puede ser egoísta todo lo que quiere, puede mudarse al fin del mundo, pero yo no puedo estar con ella. No puedo atar mi vida a otra mujer sabiendo que me va a destruir, que ella tomará el primer lugar en mi vida.

—Me encargaré de todo —dijo Vladimir después de fijarme con esa mirada intensa. Se puso de pie y antes de abrir la puerta se dio la vuelta—. Yo no doy consejos, no es mi lugar para hacerlo. Cado uno hace lo que quiere con su vida, pero, tú de alguna manera extraña me gustas y por eso te lo daré. No puedes culpar a todas las mujeres por lo que hizo una y lo que definitivamente no debes hacer es dejar ir a la mujer que amas. No por miedo y sé que es el miedo que te hizo ver la situación como la ves. Piénsalo, Alan, no eches a perder tu oportunidad de ser feliz.

Vladimir cerró la puerta justo cuando el timbre anunciaba el fin del recreo. No tuve tiempo para pensar en sus palabras. Entré en la sala y todos los niños estaban de pie, jugando y riendo, aprovechando esos últimos segundos antes de clase.

Todos los niños, excepto uno. Kevin. Su cambio había sido impresionante, se pasaba el día estudiando, traía sus tareas y proyectos a tiempo, participaba en la clase, incluso pidió trabajo extra y ayuda cuando no entendía algo.

No solo en mi clase, en las otras también.

Miedo, el miedo provocado por las palabras de Vladimir lo convirtieron en un chico ejemplar. Una parte de mi seguía enfadada por eso, el miedo no era la herramienta adecuada para educar, pero otra parte estaba feliz con el cambio.

El día pasó y cuando por fin llegué a casa dejé caer mi maletín en la entrada de camino a la cocina. Necesitaba una cerveza y por una vez haría lo que no dejaba a mis hijos hacer, dejar sus mochilas en la entrada.

Por una vez deseaba tener unos hijos como la mayoría de los niños de mi escuela, los niños que pasan de los padres, que los ignoran a no ser que necesiten algo. Julia y Daniel me siguieron a la cocina y tomé un trago de la cerveza antes de respirar profundamente.

—He tenido un mal día —dije.

—Yo también. —Miré a Daniel que por una vez no escondía su tristeza y sabía que era mi culpa.

Les dejé acercarse a Casey, a encariñarse con ella, y ahora sufrían.

—¿Por qué no pedimos una pizza? —propuso Julia.

—¿Por qué no hacemos una? —Mi pregunta tuvo justo el efecto deseado, la cara triste de Daniel se convirtió en una de asco seguido por recelo. Julia miró a su hermano antes de girarse hacia mí.

—Papá...

—No, puedo cocinar. De verdad puedo, la única razón por la que fingí que no podía era porque os he visto conectar como nunca. Mi inaptitud en la cocina era algo que os hacía reír, pasar un buen rato, ser hermanos. No fue una de mis mejores decisiones, pero lo haría una y otra vez.

—¿Fingiste que no sabías cocinar para acercarme a Daniel y a mí? Eso es tonto, papá —dijo Julia.

—Sí, papá, muy tonto.

De nuevo, mis hijos se ponían de acuerdo en algo y después cuando me ayudaban con la pizza llegué a la conclusión de que todo saldrá bien. Éramos una familia, nosotros tres y nadie más. Íbamos a sobrevivir.

O no.

—Papá. —Miré a Daniel que había dejado de comer, aunque solo un minuto antes declaró que era la mejor pizza que había probado en su vida, y lo vi preocupado.

—Daniel, ¿qué pasa? —pregunté, pero él continuó mirando su plato—. Sabes que puedes hablar conmigo de lo que sea.

—¿Podemos mudarnos a Lake Springs con Casey?

Espere, no sé qué esperaba, quizás algo sobre la escuela o sus amigos, pero no eso. Todo menos eso. Ser padre era difícil, educar y criar a los hijos para que sean buenas personas, para que triunfen en la vida es una de las tareas más difíciles de la vida de un padre.

Me tocaba explicarle a mi hijo porque no podíamos mudarnos y no tenía ni puñetera idea de cómo hacerlo. Daniel necesitaba una figura femenina en su vida, eso lo podía entender como también que le había cogido tanto cariño a Casey, pero no podíamos seguir a cada mujer que entraba en nuestras vidas.

—Hijo, mudarse esa decisión muy importante. No es algo que podemos decidir de un día para otro.

—Casey lo hizo —dijo él.

—Sí, pero su situación es diferente. Nosotros tenemos una vida aquí, mi trabajo, la escuela, vuestros amigos, Sarah y Max. Esta es nuestra vida y sé que echarás de menos a Casey y Kay, pero no podemos mudarnos ahí. Tal vez iremos de visita, ¿te gustaría eso?

—¿No puedes hacer que se enamore de ti? Podrías casarte, Kay podría ser nuestra hermana, ¿verdad, Julia?

Julia asintió, pero evitó la mirada de Daniel y eso significaba una sola cosa, que sabía más de lo que dejaba ver. Me encontraba en una situación sin salida, no sabía qué decir o cómo decirlo, y Dios se apiadó de mí.

Escuché la puerta abrirse y luego unos tacones, Sarah estaba aquí y no había mejor persona en el mundo para ayudarme con ese asunto tan espinoso. Sin embargo, ella no traía su sonrisa de siempre sino una expresión preocupada que no consiguió esconder mientras abrazaba a los niños.

—Que buena pinta tiene esta pizza, estás mejorando Julia —dijo Sarah, sentándose a la mesa.

—La hizo papá. —Julia habló sin apartar la mirada de su tía —. ¿Qué ha pasado?

—Nada, Julia, no ha pasado nada. He tenido un mal día —explicó Sarah.

—Ya, papá también —dijo Julia.

—Vale, niños, ¿por qué no vais arriba a terminar los deberes? —Mi propuesta no fue de agrado de ninguno, pero ni uno protestó y en los momentos que tardaron en salir de la cocina mil cosas pasaron por mi cabeza.

Max, le había pasado algo.

Sarah, estaba enferma.

Leonor, le había dado un ictus o un infarto.

—¿Quién? —pregunté.

—Casey.

Capítulo 19

Casey

Tenía frío.

¿Por qué tenía tanto frío?

Tenía dolor.

¿Por qué tenía tanto dolor?

No podía pensar, el frío tenía a mi cuerpo temblando con tan fuerza que tenía miedo de romperme los dientes. No podía recordar dónde estaba o por qué y abrir los ojos no me sirvió de mucho.

Estaba a oscuras, ni una luz iluminando la habitación. Me di cuenta de que estaba dentro, pero no reconocía el lugar. Tal vez con la luz encendida podría recordar. Por ahora sabía que estaba en una cama y que al intentar levantarme el dolor se intensificaba.

Lo último que recordaba era sentirme mal y bajar del autobús, tenía nauseas. Será por eso por lo que me dolía el abdomen, aunque el dolor no era como uno normal de tripa y cuando llevé la mano sentí algo extraño.

No tenía sentido levantarme para intentar ver algo, con esa oscuridad era imposible, así que levanté la camiseta que llevaba y toqueteé mi abdomen. Tenía un vendaje en el centro y dolía mucho más al presionar. Lógico, ¿no?

Con dolor o sin tenía que averiguar dónde estaba y ver cómo podía volver a casa con Kay. Mordiendo mis labios, maldiciendo e ignorando el dolor me senté en la cama. Deslizar mis pies fuera fue otro cuento igual que ponerme de pie, tuve que sujetarme al cabecero para enderezarme.

Despacio y con las manos extendidas hacia delante caminé buscando una lampara o algo parecido. Encontré una puerta que también me servía y la abrí. No lo hice en silencio, pensaba que alguien me había llevado a su casa cuando me desmayé y no creía que estuviese en peligro.

—¿Hola, hay alguien? —grité.

Salí a un pasillo que también estaba sumido en la oscuridad y la única luz que la rompía un poco estaba al fondo donde había una escalera. Olía raro, aire cerrado y pintura. Olía a algo más, tabaco, uno que conocía, pero que no me di cuenta de ello hasta que bajé la escalera. Hasta que fue demasiado tarde.

—¿Vas a alguna parte, esposa mía?

Había esperado, me había imaginado mil versiones y en cada una de ellas salía vencedora. Me libraba de Keith, vivía feliz con mi hija. ¡Mierda! Incluso soñé con Alan. Había esperado y todas esas esperanzas fueron en vano.

Estaba atrapada y no había manera de escapar. Lo sabía en el fondo de mi alma. Esta vez no sobreviviría. Las palizas de Keith me dejaban adolorida, sin poder moverme o defenderme y hoy ya estaba mal. Una paliza más me llevaría a la tumba.

Keith estaba en el centro del pasillo, entre la escalera y la puerta de la entrada. No había escapatoria y cerré los ojos rezando por un milagro. Recuerdo el momento en que nació a mi hija, justo antes de que saliera y el dolor era tan grande que deseé dar vuelta atrás y no quedarme embarazada.

Era todo tan nuevo y aterrador, pero me la pusieron en los brazos y olvidé los miedos. Hoy recé de nuevo, pero no para dar vuelta atrás, recé para que mi muerte sea rápida. Había tenido suficiente sufrimiento en mi vida y solo quería morir de una manera fácil y si era posible indolora.

—A sentarme, ¿puedo?

Keith no respondió, pero tampoco dio ninguna señal de que no podía moverme. Di un paso y viendo que no me lo impedía di otro y otro hasta llegar a lo que podría decir que era un salón. Había una gran televisión sobre un mueble bajo, un sofá viejo y muchas botellas de cerveza vacías tiradas en el suelo.

Las dos ventanas estaban cubiertas con mantas oscuras y aunque quería ir hasta ahí y echar un vistazo fuera para ver dónde estaba, no lo hice. Caminé evitando la basura del suelo y me senté en el sofá.

El polvo llenó mi nariz cuando lo hice, el polvo y un olor horrible. Me hubiera levantado, pero me había quedado sin fuerzas. Keith me siguió y se quedó a poca distancia del sofá.

Me estaba fijando con la mirada y por una vez no me dejé asustar por él. Ni por la manera en la cruzó los brazos sobre el pecho mostrando sus brazos musculosos.

¿Quería golpearme? No podía impedírselo.

Antes, cuando empezó el abuso, quise preguntarle por qué lo hacía, quería saber que había detrás de todo ese odio y violencia. Ya no quería saber, por mi podría caer muerto en ese mismo instante y no me importaría ni un poco.

Después de estar casada con él durante tanto tiempo no tenía nada de qué hablar. Eso era lo que yo pensaba, pero su expresión me decía otra cosa.

—¿Dónde está la niña? —preguntó.

Sonreí sabiendo muy bien que mi sonrisa iba a volverle loco.

—Está a salvo en un lugar donde nunca podrás encontrarla.

—Te encontré a ti, ¿no? No una sino dos veces, Casey.

Bueno, ahí tenía razón y me di cuenta de que sí que había algo de hablar.

—¿Cómo me has encontrado?

—Igual que la primera vez, fuiste estúpida, pero eso no es algo nuevo. Lo supe desde el primer momento que no tenías nada en la cabeza.

—Que sí, soy estúpida —espeté—. No recuerdo nada de lo que pasó.

Esperé durante unos momentos y pensé que no iba a contármelo, no podía esperar nada bueno del hombre que intentó matarme. Necesitaba saber si tenía alguna idea de dónde encontrar a Kay.

No tenía duda de que Sam la protegería, que la cuidaría. Kay estará bien y no importaba si no la veo crecer. Estará a salvo.

—Me llamaron desde el hospital cuando te ingresaron —dijo finalmente Keith.

—¿Qué me pasó?

—¿Crees que me importó? Firmé el alta voluntario y aquí estamos, ahora es tu turno de decirme dónde está esa mocosa.

—¿Para qué quieres saberlo? Nunca te importó la niña, ni siquiera sabes su nombre —espeté.

—Keira Moore.

—No, es Keira Ryland. Nunca la reconociste, tu nombre no está en su certificado de nacimiento.

Frunció el ceño y avanzó hacia mí. Mentía y no sabía muy bien la razón, tal vez quería terminar de una vez con todo.

—No importa, es tuya y quiero que vivas el resto de tu miserable vida sabiendo que está conmigo. Estarás en la prisión y pensarás en ella, en como arruinaste nuestras vidas.

—¿Yo? ¿Yo arruiné nuestras vidas? ¡Yo no hice nada, fuiste tú! Con tu violencia, con tu abuso. Lo único que hice yo fui amarte, pero pisoteaste ese amor hasta que se convirtió en odio.

—¡No, Casey! —gruñó y dio los pocos pasos que faltaban

hasta quedar delante de mí, tuve que reclinarme en el sofá para evitar quedarme mirando su entrepierna—. Eres mi mujer, tienes que obedecer en todo lo que yo digo. Si quiero algo tu deber es conseguirlo para mí. Si me apetece salir con mis amigos tú debes quedarte en casa y esperarme. Si quiero castigarte por cometer un error entonces tienes que aceptar el castigo. No hiciste nada de lo que tiene que hacer una buena esposa, Casey, y por eso irás a la prisión.

¿Cómo demonios no vi que estaba mal de la cabeza? Tantos años viviendo con él y nunca vi que necesitaba ayuda psiquiátrica. Aunque, no tenía mucho sentido su deseo de verme en prisión. No es así como actúan los hombres como él, la mayoría prefieren matar a las mujeres a dejarlas vivir su vida.

—¿Por qué prisión, Keith?

—Es más divertido así, Casey. Podría matarte, podría haberlo hecho en el hospital y nadie habría buscado un culpable, todo hubiera sido un accidente. Pero prefiero saber que estás sufriendo, que me estás viendo triunfar y vivir mi vida. ¿Sabes que me nombraron jefe de batallón? Sí, hay más dinero, más ventajas. Incluso he conocido a una mujer, deberías verla, Casey, es perfecta. Guapa, inteligente, será la madre perfecta para Keira. Espera y verás. Y si piensas que podrás mantener a la niña escondida de mí piénsalo de nuevo, mi futuro suegro es el jefe de policía. La encontraremos.

—Keith, deberías ver un médico, algo está fallando en tu cabeza—dije —. Me importa una mierda tu promoción o quién es tu futuro suegro, si crees que me quedaré callada y entraré en prisión solo porque es lo que tú quieres, estás loco.

—¡No estoy loco! —gritó, pero su mirada decía lo contrario y la bofetada que me dio también.

Dolía, había olvidado cuánto dolía y cuánta fuerza tenía Keith. Mi mejilla ardía y sentía el sabor de la sangre en mi boca. Sin embargo, giré la cabeza y lo miré.

—No me quedaré callada y no encontrarás a mi hija. ¿Quieres saber por qué? Porque yo también tengo amigos y los míos pueden hacer mucho más que tu jefe de policía.

Estaba preparada para la segunda bofetada y ni siquiera grité.

—¿Y cómo justificarás mi cara hinchada y el ojo morado, Keith?

—¡Eres una puta! —gritó rodeando mi cuello con las manos—. ¡Dime dónde está la niña! —exigió.

Mantuve la boca cerrada mientras Keith apretaba y poco a poco me estaba quedando sin aire. Quería luchar, no quería morir ahí y dejar a mi hija huérfana, pero él era más fuerte y mis posibilidades de ganar esta batalla eran nulas.

Alan

Dos malditos días.

Casey llevaba dos días desaparecida y nadie hacía nada para encontrarla. La policía ya la tenía en búsqueda y captura e hizo caso omiso de nuestras explicaciones.

Sarah llamó a su amiga Ava, pero estaba fuera de país y no cogió el teléfono. Vladimir no contestó a ninguno de los cien correos que le envié.

No tenía nada, ni puñetera idea de dónde podría estar. El único que averiguó algo fue Ian, habló con el chofer del autobús que la llevaba a la ciudad y supimos que Casey bajó porque se sentía mal.

El hospital dijo que fue dada de alta, que su marido se la llevó a casa. Ian llamó a un amigo que fue a casa del marido en

San Francisco, pero no había nadie allí.

Dos malditos días en los que tuve que buscarla y al mismo tiempo convencer a mis hijos de que todo estaba bien, pero lo que no tenía era unos hijos tontos. Sabían que Casey había desaparecido y me llamaban cada hora para preguntar si la encontramos.

Cada vez que decía *todavía no* perdía un poco más de mi corazón.

Cada vez que escuchaba esas palabras de Ian perdía otro más.

Era justo lo que estaba a punto de pasar ahora. Volvimos al hospital para hablar con una de las enfermeras que trató a Casey y él insistió en entrar solo. Ahora volvía y por su expresión me di cuenta de que no tenía noticias.

—Lo siento, hombre. Ella estaba con otro paciente cuando Casey se fue con el marido, lo vio empujar la silla de ruedas de Casey, pero nada más. Ni con qué coche se fueron ni hacia dónde. La encontraremos, ten fe —dijo Ian.

—¡Maldita sea!

Será demasiado tarde, lo presentía, y la fe la perdí hace mucho.

—¡Por fin! —exclamó Ian.

Seguí su mirada y vi un todoterreno negro del que bajó Vladimir. Se acercó con paso rápido.

—Casey está desaparecida, ¿no dijiste que el marido seguía en la ciudad? —le reproché.

—Retrocede, Ian, yo me ocupo de esto de ahora en adelante —declaró Vladimir ignorándome y después de unos segundos, cuando recibió la confirmación de Ian, se dio la vuelta.

Ian se encogió de hombros.

—Si alguien puede encontrar a Casey es Vladimir —dijo Ian.

El hombre en que había puesto mis últimas esperanzas se estaba alejando, caminando de vuelta al todoterreno y me apresuré alcanzándolo antes de subir.

—Voy contigo —declaré.

Mantuvo mi mirada por un instante. —Vale, sube.

Treinta segundos después de abrochar el cinturón el coche arrancaba y alcanzaba la máxima velocidad.

—Sabes dónde está —dije.

—Sí, ese cabrón la tiene en una casa a medio camino de Nueva York. Es de uno de sus amigos, hay que ser idiota para secuestrar a una mujer y llevarla a un sitio que pueden conectar contigo.

—Está viva.

—Sí. Mira, lo siento. Me ha pillado por sorpresa. Ava está de vacaciones, los otros equipos están ocupados con otros casos. El caso de Casey no estaba marcado como urgente y cuando nos dimos cuenta de lo que pasó era demasiado tarde.

Demasiado tarde para cambiar algo y esperaba que no fuera demasiado tarde para Casey. Vladimir condujo como un piloto de Fórmula uno y poco después del anochecer entró en un camino de piedra.

Detuvo el coche a unos quinientos metros y miramos la casa. Dos plantas, muchas ventanas y parecía que una ráfaga de viento podría volarla.

—Habitualmente trabajo solo, pero hoy tengo prisa, ¿crees que podrás ayudarme y mantener la boca cerrada después?

¿Por Casey? Lo que sea.

Asentí y Vladimir me explicó el plan. Bajó del coche mientras yo me moví al asiento del piloto y conduje hasta la casa. Antes de bajar comprobé el teléfono móvil, pero estaba muerto. Me había quedado sin batería.

Maldiciendo caminé hasta la entrada donde pude ver la única luz que iluminaba la casa. Golpeé a la puerta y poco después vi al hombre que había hecho la vida de Casey un infierno.

—¿Qué quieres? —preguntó al abrir la puerta.

No dudé, aunque lo que quería hacer era estrellar al cabrón contra la pared y preguntar por qué.

—Tengo una rueda pinchada y me quedé sin batería, solo necesito hacer una llamada —dije. Él me miro y entendí que no se fiaba—. Bueno, dos llamadas. A la grúa y a la esposa. Su familia viene a cenar y, joder, es un infierno, ¿sabes?

—La próxima vez búscate una mujer sin familia —me aconsejó.

Quise extender las manos, agarrarlo y golpear su cabeza contra el marco de la puerta hasta ver su cerebro manchando la madera. Mi papel en el plan era otro, distraer su atención mientras Vladimir entraba por la puerta de atrás.

—Gracias, hombre —dije cuando me extendió su teléfono móvil.

Me sorprendió su confianza, había secuestrado una mujer y la tenía cautiva en la casa y aun así abrió la puerta, me estaba dejando su móvil para hacer una llamada. Tal vez pensaba que no tenía nada de qué preocuparse, al fin y al cabo, llevaba años abusando de Casey sin pagar.

Lo estaba mirando a los ojos y aun así conseguí ver a Vladimir acercarse por detrás. Vi como rodeaba el cuello del hombre con su brazo y apretaba. Vi como intentó luchar, pero en contra de Vladimir no tuvo ni una oportunidad.

—Está en el salón, está herida, pero no es grave —dijo Vladimir retrocediendo y arrastrando al hombre.

Me olvidé de ellos y en tres pasos estaba en la puerta del salón. Y sí, Casey estaba ahí. Estaba viva. Caminé hasta el sofá en el que estaba sentada, sus ojos sin apartarse de los míos ni un instante.

—Hola —dije estúpidamente.

—Hola —respondió Casey, su voz un susurro bajo y ronco.

Me agaché enfrente, mirando a ver dónde estaba herida.

—Viniste —murmuró Casey, pero esta vez no le estaba prestando atención. Sus manos presionaban su abdomen ahí donde la camiseta estaba manchada de sangre.

—Claro que he venido, Casey. Aguanta un momento, ¿de acuerdo? —Acaricié su mejilla, la izquierda ya que la otra estaba hinchada, y le sonreí.

Asintió y me puse de pie. La furia hervía dentro de mí y caminé a través de la casa a oscuras buscando a Vladimir, pensando en darle a ese maldito la paliza de su vida. Primero escuché los gemidos, no gritos, simplemente gemidos de dolor, luego vi la luz por debajo de la puerta de una habitación.

Empujé la puerta y me encontré con la escena de una película de terror. El marido de Casey estaba atado a una silla y su cabeza giró hacia mí al escuchar el ruido que hice al entrar. Había sangre, tanta sangre que no podía entender cómo pudo perder tanta en tan poco tiempo.

Estuve con Casey un minuto o dos, no más, pero por lo que podía ver fue suficiente para Vladimir. Lo que le hizo a ese hombre era imposible de describir. Un ojo cerrado, sangre saliendo de su nariz, boca y oídos, su pecho tenía cortes, tantos que era imposible saber dónde empezaba uno y acababa otro.

—Casey necesita una ambulancia —dije sin apartar la mirada del hombre.

A Vladimir ni siquiera lo miré.

—Coge el coche, todavía no he terminado aquí —declaró él y lo miré, no porque quería preguntar qué más le quedaba por hacer, lo miré para no mirar al hombre. Ese que después de pasar años de su vida golpeando a una mujer indefensa se encontraba en la misma situación, golpeado por alguien más fuerte, y me estaba pidiendo ayuda. En sus ojos se reflejaba un miedo atroz que pude ignorar solo porque había visto el daño que le hizo a Casey, aunque sabía que esa mirada me torturará el resto de mi vida.

En silencio me di la vuelta y cerré la puerta suavemente. Hice algunas cosas malas en mi vida, una de ellas fue transportar drogas y sabía que era un mundo peligroso, pero nunca vi nada parecido a lo que vi en esa habitación.

Eso solo confirmaba lo que sospechaba de Vladimir, que era un hombre peligroso y no era nada bueno tenerlo como enemigo.

Volví al salón y encontré a Casey de pie sus manos sobre su abdomen. La mancha de sangre no había aumentado y tomé eso como una buena señal.

—Casey, ¿qué haces? —pregunté.

Me acerqué y la cogí en brazos, enseguida apoyó la cabeza sobre mi pecho, pero no me contestó. La saqué de la casa dejando atrás ese infierno y solo entonces murmuró algo que no entendí.

—Kay —repitió.

—Está bien, está con Sam. Julia y Daniel también están ahí.

Me tomé unos días libres para buscar a Casey y después de ver a Kay cuando fui a hablar con Ian decidí que debía hacer lo mismo con los niños. La niña echaba de menos a su madre y nada parecía alegrarla, pero con Daniel tenía una conexión especial y su presencia la ayudó un poco.

Conduje mientras intentaba poner el GPS, no sabía dónde estaba el hospital más cercano, pero miré a Casey que se estaba quedando dormida y eso no debía ser bueno.

—Casey, despierta —dije.

—Estoy cansada —susurró ella.

—Necesitamos llegar al hospital, ahí podrás dormir.

No me hizo caso, sin importar cuánto intenté mantenerla despierta fue en vano. Conduje a máxima velocidad aprovechando que era de madrugada y la carretera estaba vacía, pero de todos modos me pareció que tardé una eternidad llegar al hospital.

El hospital más cercano era uno de los mejores de Nueva York y cuando aparqué enfrente ya había una camilla y un equipo de doctores esperando. Cuando bajé del coche ellos ya tenían a Casey sobre la camilla y se apresuraban dentro.

—Nosotros nos encargamos, Alan. No te preocupes —dijo una mujer y no fue hasta más tarde cuando me di cuenta de que dijo mi nombre.

Me senté en la sala de espera y esperé. Nadie vino a pedirme los datos del seguro que es lo que suelen hacer, a preguntar sobre el paciente. Nada y nadie. Llamé a Sarah para avisar de que la encontramos y que no debería decirle nada a Kay, no hasta que no supiéramos que estaba bien.

Por fin una enfermera vino y dijo que Casey necesitaba cirugía, no dijo qué cirugía o para qué. Me tocó esperar más, pero esta vez no lo hice solo. Un instante después de recibir la información de la enfermera Vladimir entró en la sala.

Iba vestido de negro igual que antes y me pregunté si vestía de esa manera para ocultar mejor las manchas de sangre.

—Vamos arriba, el café es mejor ahí —propuso Vladimir.

—No sabrán donde encontrarnos para avisarnos cuando acabe la cirugía —dije.

—Isabella está operando y esa mujer lo sabe todo, no te preocupes.

No tenía ni idea de quién era Isabella, pero necesitaba un café, además de que no quería esperar solo. Ya había imaginado cómo sería llegar a casa y contar a mis hijos que Casey estaba muerta. Necesitaba algo para distraerme y Vladimir era una buena opción.

Arriba significaba un viaje en ascensor, una sala de espera que parecía un salón de una mansión de lujo y una máquina de café que parecía sacada de una película de ciencia ficción, pero que sabía mejor que cualquier café que había tomado en mi vida.

—¿Está muerto? —pregunté.

Vladimir sentado en el otro extremo del sofá giró la cabeza y parecía que estaba decidiendo que decirme.

—Mira, no me importa sí lo está, por mí se lo merecía —dije.

—No, no está muerto, pero deseará estarlo y eso es todo lo que necesitas saber.

—Casey querrá saberlo.

—Le diremos lo mismo, que su marido está vivo, que ha sufrido un accidente que lo hizo recapacitar y que nunca más volverá a molestarla.

Era una buena respuesta, algo con lo que podría vivir y poco después cuando llegó la doctora con la noticia de que Casey estaba bien, fuera de peligro, entendí que todo había terminado bien, que podría ir a casa con buenas noticias para todos.

Se había terminado.

Capítulo 20

Casey

—Es un idiota, un idiota cabezota y tú eres peor que él —espetó Sarah.

La ignoré y seguí poniendo las galletas en la caja. A Daniel le encantaban esas galletas, anoche me ayudó a prepararlas y mañana tenía que llevarlas al colegio. Otro proyecto que involucraba ayuda de los padres y la comida, me hacía preguntar qué diablos pasaba en esos colegios, ¿no había ni un proyecto sobre otra cosa?

—Casey, ¿me estás escuchando?

—Sí, pero preferiría no hacerlo —dije ignorando que acababa de robarme otra galleta—. La única cabezota aquí eres tú, no yo, no Alan, tú Sarah. No pasará, ¿de acuerdo?

—Pero sé que sois perfectos uno para el otro, ¿qué os cuesta intentarlo otra vez?

¿Mi corazón?

¿Mi autoestima?

¿Mi felicidad?

¿Mi nueva y perfecta vida?

Alan me rescató y por eso le estaré agradecida hasta el último día en la Tierra, pero eso era todo. No había final feliz ahí, de ninguna maldita manera.

Me desperté en el hospital sola, no había nadie a mi lado

cuando abrí los ojos y tuve que esperar a una doctora, una extraña, para saber qué me había pasado. Algo recordaba, el viaje en autobús, Keith, la casa, incluso recordaba a Alan que me cargó en brazos hasta un coche.

El desmayo fue causado por una anemia provocada por un problema con el bazo que a su vez era por culpa de un traumatismo. Me operaron, lo quitaron y todo bien hasta que Keith me secuestró. Esa parte la recuerdo bien, cuando quiso estrangularme y colocó su rodilla en mi abdomen justo donde tenía la incisión de la operación.

Alan me llevó al hospital donde me operaron por segunda vez para reparar el daño que me hizo Keith. Sobreviví, no hay efectos a corto o largo plazo, la anemia está más que curada, estoy comiendo mejor e incluso gané algo de peso, no tanto como para comprarme ropa nueva, pero suficiente para dejar de verme cómo un zombi.

Salí del hospital y vine directamente a Lake Springs, Sam se encargó de todo, no sé cómo lo hizo ya que sin importar cuántas veces lo pregunté nunca me lo quiso decir. Me alquiló una casa al otro lado de su calle y cuando dije que prefería la casa que me había ofrecido Maeve me echó la bronca.

Acababa de pasar por dos cirugías y necesitaba ayuda, vivir fuera del pueblo no era una buena idea. Cerré la boca y fingí que estaba de acuerdo, pensaba mudarme en cuanto me siéntese mejor.

Eso pasó la primera semana.

La segunda recibí los papeles de divorcio firmados y otros documentos en los que Keith renunciaba a sus derechos paternales. También recibí un cheque de la venta de la casa que estaba a nombre de los dos. Pude acceder a mis cuentas y ahora podría decir que era una mujer que no tenía problemas con el dinero.

Podía comprarme una casa, enviar a Kay a estudiar a cualquier universidad, podía quedarme en casa y trabajar de vez en cuando. No hice nada de esas cosas, me quedé en la casa alquilada porque me gustaba estar cerca de Sam y Kay de su prima.

Trabajé tres meses para Sam en la clínica y ahora he vuelto a lo que más me gusta, a la decoración. La hija de Maeve es dueña del único hotel del pueblo y me contrató para darle una nueva imagen.

Iba a quedar impresionante.

Nuevo trabajo, nuevo proyecto, nueva casa, nuevos amigos. Hice amigos, podría decir que toda la gente del pueblo era mi amiga. No había día sin quedar con alguien para tomar un café o para una cita de juegos.

Kay estaba en el séptimo cielo, por fin teníamos un hogar, un lugar donde echar raíces, donde hacer amigos, donde estábamos a salvo. El cambio se notó mucho en Kay, era una niña feliz y sonriente, pero de un día a otro floreció.

Iba a la escuela infantil con Liv, aprendía cosas nuevas cada día y me las contaba encantada al salir, ya no llevaba todos los peluches con ella a cada lado, solo al Señor Lobo, el peluche que le regaló Alan.

No preguntó nada de su padre, de hecho, nunca lo hizo. Para ella él no existía y no vi la necesidad de contarle que estaba en prisión. Sí, confesó los abusos, el secuestro y el intento de homicidio. Le esperaban quince años en la prisión y no me sentía nada mal por él, se lo merecía.

La única nube en mi vida era Alan, ese mismo hombre que rompió conmigo sin saber muy bien porque, el que me buscó durante días y que me rescató. El maldito hombre que un mes después de mi secuestro se mudó al pueblo.

Eso no era todo, se mudó al lado. Llevaba siete semanas largas viviendo en la misma calle, viéndolo por la mañana cuando llevaba los niños al colegio, respondiendo a su saludo con una sonrisa falsa en mi cara. Siete semanas de ver por la ventana de mi dormitorio la luz encendida en el suyo y a veces verlo a él también, más de una vez saliendo desnudo de la ducha. Siete semanas de cenas, de reuniones y charlas que no me apetecía nada tener.

Siete semanas y aun no podía creerlo.

Sentía mi cabeza a punto de explotar recordando su actitud esa noche y no podía entender qué diablos sucedió, qué cambió para que se mudará al pueblo.

Intentó hablar conmigo varias veces, me invitó a cenar y todas las veces le envié al infierno.

¿Cabezota? Posiblemente, pero ya no confiaba en él.

Sus hijos eran otro cuento, Kay los amaba, yo también y pasábamos todo el tiempo juntos. Cocinando, de paseo, viendo películas. De vez en cuando me tocaba aguantar al padre, pero hacía todo lo posible para ignorarlo. No era fácil ya que él hacía todo lo posible para hacerse notar.

Me traía flores cuando venían a cenar.

Me ayudaba a recoger la cocina.

Llevaba a Kay a la escuela cuando yo no podía.

Despejaba la entrada de nieve.

Pasaba por la clínica para traerme un café.

Me preguntaba cada día cómo me sentía.

Me enviaba mensajes de buenas noches.

Me regaló un collar por Navidad.

¡Dios! La Navidad fue una tortura. Él fue a pasarla en casa de Sarah y yo a casa de Sam, pero nos vimos un día antes en una fiesta que organizó el sheriff del pueblo y su esposa. Música, mucha gente hablando, riendo, cantando, muchos niños haciendo travesuras y una cantidad obscena de muérdago.

Conseguí escapar durante una buena parte de la noche, pero cometí el error de salir a tomar el aire y ahí estaba Alan. Se acercó despacio mirándome a los ojos.

—Dicen que es mala suerte rechazar un beso bajo el muérdago.

Era la primera vez que escuchaba eso y más tarde le eché la culpa al ponche, a la luna llena, a la alegría contagiosa de los invitados. Eché la culpa a todos excepto a mí, yo fui la que puso las manos sobre sus hombros, inclinó su cabeza y lo besó.

El beso fue corto y caliente, hubiera durado más, pero alguien salió y nos interrumpió. Me recordó a lo que teníamos, a lo que yo pensaba que teníamos, y a como me sentí después cuando él decidió poner fin a lo nuestro.

Desde entonces intenté mantenerme lo más alejada de él y no era tarea fácil. Por eso Sarah estaba aquí, Alan estaba usando a su hermana. La envió para convencerme, algo que él no consiguió.

Dijo que necesitaba explicármelo. ¿Explicar qué? Pasé tres días en el hospital y tuve tiempo para pensar. A Keith le perdoné muchas cosas y eso casi me mató, no cometería el mismo error otra vez.

¿Qué mi corazón saltaba cuando lo veía, cuando me sonreía?

¿Qué a pesar de que Keith estaba lejos y no podía herirme no había vuelto a sentirme tan segura como me sentía en los brazos de Alan?

¿Qué estaba rodeada de parejas felices y que yo iba sola a una cama fría todas las noches?

¿Qué amaba a sus hijos tanto como amaba a Kay?

¿Y qué? No caería en la misma trampa, lo juré y ahora necesitaba hacérselo saber. Era el tiempo de ponerle fin a esta tontería, que lo era, su idea de conquistarme era justo lo que haría un niño de diez años. Lo que me faltaba eran las notas pintadas de rosa y declaraciones de amor.

—Casey, habla con él, aunque sea una vez. Hazlo por mí —insistió Sarah.

—¡Jesús, Sarah! —exclamé cerrando la caja con fuerza—. ¿Quieres que vaya a hablar con él? De acuerdo, eso haré.

Sin darme la posibilidad de cambiar de opinión caminé con pasos grandes hacia la entrada, fuera y me detuve enfrente de su puerta. Levanté la mano para golpear, pero Alan abrió la puerta antes de que mis nudillos tocaran la madera.

—¿Quieres hablar? Tienes cinco minutos —espeté.

Alan retrocedió abriendo un poco más la puerta y entré pisando fuerte. Fingí no ver cómo de vacía era su casa, sabía que llevaban suficiente tiempo viviendo ahí, pero no la razón por la que Alan compró solo camas y escritorios para los niños. En el salón había un sofá en el centro y una televisión pequeña colocada sobre una silla.

Mordí la lengua para no decirle que debería amueblar la casa, que los niños no tenían por qué vivir de esa manera.

—¿Quieres sentarte? —me preguntó y esta vez mordí la lengua para no decirle lo que verdaderamente quería.

Era la primera vez que estábamos solo, la primera después del beso, y era difícil resistirme, difícil no abalanzarme a sus brazos y besarlo. ¿Y por qué era tan guapo? Hubiera sido mucho más fácil de ignorar si fuera feo, bajo y con tripa. Y con barba, nunca me han gustado los hombres con barba o con bigote.

Pero no, Alan tenía que ser alto y guapo, tenía que mirarme como si se estuviera ahogando y yo era su salvavidas, tenía que hacer que mi corazón latiera con fuerza.

—No, no quiero sentarme, quiero terminar con esto de una vez, ¿empiezas ya?

Algo cambió en su expresión y no sabía muy bien qué, pero parecía como si hubiera recibido un golpe. Tenía el sofá a mi espalda y me senté en el reposabrazos, de repente mis piernas se sentían demasiado débiles para sostenerme.

—Conocí a Briseida cuando era joven y perdí la cabeza por

ella en un instante. Era guapa, sociable, tenía un montón de amigos, una sonrisa que cautivaba a todo el mundo, una confianza que envidiaba y le di todo lo que deseaba. Sin preguntar, sin preocuparme si era algo que podía permitirme o no. Nos graduamos al mismo tiempo, los dos teníamos muy buenas ofertas de trabajo, pero ella se quedó embarazada. Yo no quería hijos, ella tampoco, pero sus padres eran muy creyentes e interrumpir el embarazo no era una opción. Los meses que estuvo embarazada no dejó de hablar de lo que le pasaría a su cuerpo, de que perdería su trabajo, de que odiaría convertirse en una ama de casa así que renuncié a mi trabajo para cuidar a Julia. Habíamos comprado una casa y nuestra economía no nos permitía una guardería o una niñera. Cuidé a Julia y cuando pensaba que ya podría volver al trabajo Briseida se quedó embarazada de nuevo. Sigo preguntándome cómo pasó, ella siempre estaba cansada, nunca tenía tiempo para mí, nunca salíamos juntos.

Debí hacer una mueca porque Alan se echó a reír, pero no había nada de diversión en ese sonido.

—Yo también lo pensé, incluso lo comprobé durante un chequeo de rutina. Daniel es mi hijo a pesar de que mi mujer tenía una aventura con su jefe. La perdoné, ¿sabes? Creí sus explicaciones y me culpé a mí mismo por no darle la atención que necesitaba, por cuidar a los niños e ignorar a mi mujer. Mi vida con ella no fue fácil, ahora lo sé, pero en ese momento estaba ciego, pensaba que era mi deber hacer su vida más fácil, era ella la que traía el dinero a casa, la que pagaba las facturas. Cuando murieron mis padres cedí una vez más, compré otra casa más grande y bonita, otro coche y un día que verifiqué las cuentas vi que casi no quedaba nada del dinero que había heredado. No, no eran las innumerables cajas de zapatos o las bolsas de llenas de ropa con las que volvía cada día a casa. No, eran los gastos de la casa, los niños que crecían demasiado y necesitaban ropa o juguetes. Fingí que todo eso no estaba sucediendo y de nuevo me dejé convencer por ella, vendí la casa que heredó Sarah de mi abuela, esa casa que llevaba cuatro generaciones en mi familia.

Porque es lo que ella quería y yo fui demasiado idiota, demasiado débil y enamorado para decir que no. Eso no fue lo peor, Briseida trató mal a mi hermana y en vez de defenderla me puse del lado de mi mujer. Eché a la calle a mi hermana por ella, Casey. Fui ciego, no la vi cómo era en realidad, no vi el daño que le hacíamos a Daniel con nuestra indiferencia y si ella no hubiera pedido el divorcio puedo asegurarte de que seguiría con ella. No vi su verdadera cara hasta que me dejó en bancarrota y con dos niños, sin casa, sin ahorros, sin nada. Se llevó todo y lo que no se lo llevó lo vendió.

Cuando me dijiste que tenías un trabajo en Lake Springs, que ibas a mudarte aquí volví a esos días en los que mi mujer tomaba decisiones sin mí. Yo no importaba, mis hijos no importaban. Ahora sé que no es verdad, que nunca podrías ser como ella, pero confiar en otra persona, darle el poder de herirme, no es fácil. Sabes cómo es, ¿verdad, Casey?

—Lo sé —murmuré poniéndome de pie, caminé hasta quedar enfrente de él y después de mirarlo a los ojos por un breve segundo, lo abracé. Puse mi cabeza sobre su pecho, cerré los ojos y aspiré su aroma—. Tu vida también fue un infierno, pero ahora hay que mirar hacia el futuro.

—Tú y yo —dijo Alan, su mano se deslizó arriba por mi espalda hacia mi nuca, agarró con suavidad mi cabello e inclinó mi cabeza.

Sacudir la cabeza no fue fácil, pero Alan entendió el mensaje.

—Lo siento, Casey. Me asusté y dejé el miedo gobernarme. No volverá a pasar, lo prometo.

—La que lo siente soy yo, juré que no cometería el mismo error dos veces y tú ya me has herido una vez, Alan. No volverá a pasar.

—Casey, todo lo que necesito es otra oportunidad para demostrarte que lo nuestro funcionará. Tienes miedo, yo también lo tengo y no prometo que nunca más te haré daño, estoy seguro de que cometeré alguna estupidez, pero nunca te golpearía. Tienes que creerme.

Ese no era el problema, Alan no era un hombre violento, el problema era mi corazón. No quería dejarlo una vez más tomar las decisiones, esta vez mi cerebro estaba a cargo.

Era mala idea, malísima.

—Piensa en los niños, Daniel y Julia te adoran, aman a Kay con locura. Podríamos ser una familia feliz —continuó Alan—. ¿Sabes qué? No tienes que decidir ahora, déjame llevarte a cenar solo nosotros dos, a pasear o al cine. Pasa tiempo conmigo, Casey, el tiempo que haga falta para convencerte de que te amo y que haré lo imposible por hacerte feliz. Un mes, un año, diez años, los que hacen falta.

Mi cerebro me traicionó, encontró la idea de Alan muy satisfactoria. Un año o diez, más que suficiente para averiguar qué tipo de hombre era Alan en realidad y existía la posibilidad de herirme de nuevo.

—De acuerdo, tienes un año y después analizaremos de nuevo la situación.

Alan sonrió e inclinó la cabeza, supongo que para besarme. Giré la cabeza y sus labios tocaron mi mejilla. Mi corazón estaba en el bando de Alan y con el cerebro dispuesto a darle una oportunidad no confiaba en mí misma.

No, ni siquiera con un beso y menos en una casa vacía.

Alan tenía un año para conquistarme.

Un año después

—¿Seis meses? —exclamó Sam.

Sonreí y bebí un poco de mi copa de champán, acababa de soltar uno de mis secretos. No solía compartir mucho de mi vida privada, pero Sam y Sarah se habían convertido en mis mejores amigas y estaba un poco harta de escucharlas hablar de sus maridos perfectos.

Alan también lo era y una de las pruebas era que no me había tocado durante seis meses. Besos, caricias y nada más. No me presionó, simplemente esperó hasta que estuve preparada. El plan era aguantar el año entero, el sexo siempre complicaba las cosas, pero no necesité tanto tiempo. Seis meses fueron suficientes para convencerme de que Alan era el hombre para mí, de que él me amaba, de que yo lo amaba y que habíamos aprendido de nuestros errores.

—¿Seis meses? —repitió Sarah —. ¡Dios! No contestes, es mi hermano y no quiero saber nada de su vida sexual.

Sonreí y escondiendo mi sonrisa detrás de la copa busqué con la mirada a Alan. La fiesta era una locura, muchos invitados que en esos momentos dificultaban mi búsqueda. Lo encontré al fondo de la sala, el hombro apoyado contra la pared, una copa en su mano, asintiendo con la cabeza a lo que sea que le estaba contando uno de los invitados.

Seguía siendo guapo, tan guapo que me quitaba el aliento, y eso era algo que no pensaba que era posible. Un año, pasó casi un año desde que decidí darle otra oportunidad y Alan supo aprovecharlo muy bien.

Cenas a la luz de las velas, paseos, picnics. Lo hicimos todo los dos o los cinco. Cada uno seguía viviendo en su casa, pero eso iba a cambiar muy pronto. Le guiñé un ojo a Sarah y me abrí paso entre la multitud hasta donde estaba Alan.

Tuve ojos solo para él, ni siquiera me di cuenta de que el hombre con el que estaba hablando me saludó o que dijo que algo que hizo reír a Alan.

—¿Te he dicho que guapa estás hoy? —preguntó Alan.

—Creo que una vez —dije frunciendo el ceño.

Alan se enderezó quedando entre nosotros espacio suficiente para pasar el aire. Su aroma me envolvió, nublando mi mente como siempre.

—Eres la mujer más guapa de esta fiesta, de este mundo, y yo soy el hombre más afortunado —susurró en mi oído, su voz haciéndome cosquillas.

—Siento decirte que lo de afortunado te durará muy poco —anuncié.

Alan me miró serio, quedamos en que esta noche después de la fiesta tendríamos esa conversación, esa que pondría fin a nuestra relación o que la llevaría al siguiente nivel. Por un momento, al ver su expresión quise sacudirlo a ver si de esa manera entendía de una vez lo que llevaba meses intentando mostrarle.

Amaba a Alan, pero él seguía desconfiando.

—¿Casey?

—¿Sabes lo bonita que ha quedado tu casa después de que te ayudé con la decoración? —pregunté, Alan asintió confundido y continué—. ¿Sabes cuánto te gusta tener tu propia oficina en casa y trabajar sin que te molesten los niños y cuánto te gusta dormir los domingos hasta tarde? ¿Y esos paseos en la montaña, los viajes de fin de semana con Ian y los chicos?

—¡Casey! —me advirtió, pero los dos sabíamos que su amenaza era en vano.

—Bueno, tu vida cambiará y puedes decirle adiós a tu vida como la conoces hasta ahora. Tu vida cambiará en cuanto vayas a comprar un anillo y me lo pongas en el dedo, pero no tardes mucho. Tienes seis meses para convertirme en tu esposa, seis meses hasta que nos convertiremos en padres. Y no estoy hablando de Kay, Daniel o Julia. Un bebé, Alan, nuestro.

Había merecido la pena, palizas, sufrimiento, solo por este momento cuando al mirar a Alan a los ojos vi brillando todo el amor que sentía por mí, toda la felicidad.

—¿Sabes cuánto te amo? —me preguntó y sacudí la cabeza—. Más que a mi vida, Casey, más que a mi vida.

Epílogo

Alan

—Eres un hombre afortunado, Wilder —dijo Vladimir mirando a mi esposa.

Mi esposa.

Mi novia.

La mujer que cambió mi vida y la de mis hijos, que trajo más alegría y felicidad en nuestras vidas de la que nunca soñé. No había mujer más hermosa que mi Casey, ni una podía compararse con ella.

Su vestido blanco se ajustaba a su vientre ahí donde crecía nuestro hijo, a sus curvas, y eso no era lo que la hacía verse tan guapa. Era su sonrisa, esa que brillaba, que iluminaba hasta el alma más oscuro.

No sé exactamente cuando me enamoré de ella, si fue la primera vez que la vi o las siguientes, lo que sé es que la mujer que conocí no es la misma mujer con la que me casé. Ha cambiado tanto que me preguntó como he podido vivir sin ella.

Sonríe todo el tiempo, hasta cuando está enfadada por algo sonríe.

Baila y canta con los niños justo como lo está haciendo ahora mismo. Daniel está enseñando a Kay los pasos del baile mientras que Julia y Casey están compartiendo un secreto en medio de la pista del baile.

Es algo suyo, de las dos, no hay día sin verlas susurrarse

Dios sabe qué, sin encontrarlas en algún rincón de la casa acurrucadas bajo una manta y riendo. Casey es una combinación de mejor amiga y mamá, una mamá de las buenas que no castiga, pero que aun así se ha ganado el respeto de Julia.

Daniel, pues a él puedo darlo por perdido también. Habla con Casey de cualquier cosa, a ella va a pedirle consejo sobre escuela o chicas. Lo que he ganado fue otra niña, mientras que mis hijos adoran a Casey la pequeña Kay me adora a mí.

A mí me pide un cuento de buenas noches, un helado después de comer, un nuevo peluche. La estoy malcriando, pero no me importa. Somos una familia feliz y desde hoy es oficial.

Casey es mi esposa, es la madre de mis hijos y yo soy el padre de su hija. La vida me estaba sonriendo, Vladimir tenía razón. Era un hombre afortunado.

—Por lo que he visto tú también —dije mirando hacia la derecha donde la esposa de Vladimir estaba hablando con Sarah. Era una mujer muy guapa, una con el poder de derretir el frío de los ojos de Vladimir.

—La vida es llena de sorpresas y hablando de eso, ¿quieres una buena noticia? —me preguntó.

—Claro.

—El ex de Casey está muerto, un accidente en la cárcel —dijo Vladimir y lo miré con una ceja levantada—. Por accidente quiero decir que se metió con quien no debía, yo no tuve nada que ver.

Acepté su explicación, aunque me importaba poco cómo o por qué había muerto ese maldito. Casey estaba viendo a una psicóloga cada semana, seguía trabajando para olvidar lo vivido, el trauma causado por años de abusos.

Lo estaba consiguiendo, poco a poco. De vez en cuando tenía pesadillas de las que se despertaba y se iba a ver si Kay estaba en su cama, pero ya llevaba dos meses sin ni una y tenía esperanza de que jamás volverían.

Esperanza, tenía mucha de esa.

Confianza.

Amor.

¡Jesús! Amaba tanto a Casey que a veces pensaba que mi corazón iba a explotar. La amaba por su sonrisa, por su belleza, por su bondad, por el cariño con el que cuidaba a mis hijos, por su fuerza.

Me abrí paso entre los invitados de la boda queriendo llegar a ella, a mi esposa y decirle que la amo.

—Te lo dije, ¿verdad, Alan?

El bastón de Leonor me impedía pasar y le sonreí mientras me sentaba en una silla vacía a su lado. Le sonreí mientras me inclinaba para besarla. Sabía a lo que se refería, pero quería escucharlo de nuevo.

—Te dije que encontrarías el amor —continuó Leonor.

—Me lo dijiste, Leonor, y debo agradecértelo. No lo hubiera conseguido sin ti.

—Tonto —dijo ella apoyando el bastón sobre mi pie—. Ve a bailar con tu esposa, me estás asustando los pretendientes.

Riendo me puse de pie, dejé a Leonor con lo que sea que estaba planeando y fui a rescatar a mi esposa de los brazos de Ian.

—Es mi esposa, vete a buscar la tuya —gruñí.

Ian se alejó riendo y por fin pude abrazar a mi esposa.

—¿Sabes que te eché de menos? —le pregunté mirándola a los ojos.

—Han pasado veinte minutos, Alan, veinte minutos desde que fuimos arriba a la habitación porque dijiste que la cola de mi vestido estaba rasgada.

—Y lo está, no mentí —dije, recordando lo que pasó en esa habitación, lo que llevaba Casey debajo de ese vestido blanco e inocente.

—Bésame, dime que me amas y vete a hablar con los invitados —ordenó Casey.

Deslicé la mano desde su cintura hasta su cuello, incliné su cabeza y durante un breve momento miré a los ojos de la mujer que me había hechizado. No era una princesa, no era una bruja, solo una mujer que me amaba tanto como la amaba yo a ella.

—Te amo, Casey Wilder.

—Lo sé, ahora bésame.

∞ ∞ ∞

Casey

—¡No! ¡No y no! —grité.

La enfermera y la matrona cambiaron una mirada, pero, maldita sea, no iba a ceder. No era como debía pasar, no era como lo había planeado o soñado.

Alan me lo dio todo.

La propuesta más romántica y torpe del mundo. Me llevó a cenar en el bosque, en un claro que habían decorado con flores blancas y velas. Me dijo que me amaba, que era la mujer de sus sueños, que no podía esperar a pasar el resto de su vida conmigo y cuando tuvo que poner el anillo en mi dedo lo dejó caer.

Hierba, noche, bosque. Una hora tardamos en encontrar el anillo de diamantes que ahora brillaba en mi dedo al lado de la alianza.

Esa era otra de las cosas que me dio Alan, la boda que no sabía que quería. Flores, música, amigos, baile, buena comida.

Me dio una familia y ahora era mi turno de darle algo, a su hijo. Nuestro pequeño bebé no vendrá al mundo sin Alan a mi lado. Me negaba a hacerlo sola, otra vez no.

Alan no tenía la culpa, yo sí. Yo fui la que pensó que era demasiado pronto para el parto, que estaba a días de dar a luz, y me fui de compras a la ciudad. Necesitaba el regalo perfecto para Julia, una chica no cumplía cada día quince años y con el nacimiento de su hermanito tan cerca quise hacer algo especial para ella.

Por lo visto, el pequeñajo quería compartir el día de cumpleaños con su hermana mayor.

—Casey, el bebé está listo. Tienes que empujar —insistió la matrona.

No podían obligarme, ellas no, pero mi cuerpo sí. Una nueva contracción me hizo gritar y justo en ese momento llegó Alan.

—¡Jesús, Casey! Estoy aquí —dijo, agarrando mi mano.

—¡Empuja! —ordenó la matrona.

Empujé, grité y mirando a Alan di a luz a nuestro hijo. El miedo que sentí cuando nació Kay no se presentó esta vez, lo que sentía ahora era solo felicidad. Lloré, claro que lloré, pero eran lágrimas de alegría al ver a Alan sostener a nuestro hijo.

El sufrimiento se quedó atrás, ya nada estropeaba mi vida. Alan me había liberado de esa jaula de dolor y miedo, ahora era el momento de vivir feliz al lado de la familia que siempre había deseado.

—Leo Wilder —murmuró Alan colocando al pequeño sobre mi pecho.

Era libre.

Era feliz.

Por fin.

Fin

Nota

A Alan lo conocimos en la serie El Pacto, es el hermano de Sarah, el malo. No quería un libro para él, pero vosotras, las lectoras, lo han pedido y os lo tengo que agradecer. Traté de convertir a Alan en un héroe y ya me dirán si lo he conseguido o no.

El otro tema de la novela es la violencia de género que es un tema bastante delicado, pero no hay que olvidar que esta es una obra de ficción. La historia de Casey es fruto de mi imaginación, nada más. Aunque, la historia de Mafer sí es real. Hay esperanza, se puede salir de una relación abusiva, todo lo que tienen que hacer es pedir ayuda.

El último asunto del que os quería hablar es de los personajes de mis libros. Vladimir, Ava, esos dos que aparecen por arte de magia, los conocimos en la serie Encontrar la felicidad. Es una manía mía, conectar series y personajes, por la que pido disculpas a las nuevas lectoras que se llevan algún que otro spoiler.

Agradecimientos

Gracias a Flora por contestar a mis preguntas cualquier hora de día o noche.

Gracias a Roxana por su ayuda con los términos medicales, serás una gran doctora, sigue luchando por tus sueños.

Gracias a Rosario por escucharme y darme tu opinión.

Gracias a Beatriz por hacerme ver que la vida hay que vivirla, hay que aprovechar cada minuto.

Gracias a Las Palmeras, mis chicas que están siempre ahí para charlar, para ayudarme o para animarme.

Gracias a todas mis lectoras, a las personas que se toman un momento para dejar una reseña en Amazon o Goodreads. Aquí haré una pausa para confesar que sé cuántas reseñas tienen mis libros, pero que no las leo. Todos tenemos un miedo de ese irracional, algunos a las arañas, a la oscuridad o a los zombis. Bueno, yo tengo dos: al fin del mundo y a las reseñas.

Os agradezco de corazón las reseñas, es un apoyo increíble para un escritor, y si quieren asegurarse de que leo vuestras reseñas solo tienen que enviarme un mensaje privado por Facebook o Instagram.

Si quieren saber cuándo publicaré mi próximo libro me pueden seguir en las redes sociales o incluso pueden unirse a mi grupo de Facebook, Los libros de Eva Alexander.

Instagram: https://www.instagram.com/evaalexanderauthor/?hl=es

Facebook: https://www.facebook.com/EvaAlexanderl/?eid=ARAyON4nRcjtinXg5Fzh-nXBlneS3p4KhNIELcBcq8TWpc1GN994XyshvieL6rx-Bre8W3sWW3hbFrJJm

Grupo: https://www.facebook.com/groups/516967059017790/

Grupo Telegram: https://t.me/joinchat/Nw_0A9Bvo-GI3OWE8

Lista libros

Serie Encontrar la felicidad

1.Felices para siempre

2.Mia

3.Sueño de felicidad

4.Ayala

5.El cuento de Evie

6.Simplemente Eva

Serie El Pacto

1.El hombre perfecto

2.El hombre inesperado

3.El hombre soñado

4.El hombre ideal

5.El hombre insuperable

Sin serie

1.Cumplir un sueño

2.Espérame

Serie Novias

1.Perdida

2. Desesperada

3. Liberada

Próximamente:

4. Novela de Vanessa

5. Novela de Gianna

Sin título